|经典散文精华本|

汪曾祺散文
难得最是得从容

汪曾祺 ◎ 著

图书在版编目（CIP）数据

难得最是得从容：汪曾祺散文 / 汪曾祺著. -- 北京：北京联合出版公司，2015.7（2017.9 重印）
ISBN 978-7-5502-5486-2

Ⅰ.①难… Ⅱ.①汪… Ⅲ.①散文集－中国－当代 Ⅳ.①I267

中国版本图书馆 CIP 数据核字（2015）第 117533 号

难得最是得从容：汪曾祺散文

作　　者：汪曾祺
选题策划：北京宏泰恒信文化传播有限公司
责任编辑：徐秀琴
策划编辑：李　根
封面设计：尚书堂
版式设计：张　敏
责任校对：赵建华

北京联合出版公司出版
（北京市西城区德外大街 83 号楼 9 层　100088）
北京时捷印刷有限公司印刷　新华书店经销
字数 203 千字　880 毫米 × 1230 毫米　1/32　10 印张
2015 年 7 月第 1 版　2017 年 9 月第 3 次印刷
ISBN 978-7-5502-5486-2
定价：29.80 元

未经许可，不得以任何方式复制或抄袭本书部分或全部内容
版权所有，侵权必究
本书若有质量问题，请与本公司图书销售中心联系调换。电话：010-58572848

目　录

第一辑　四方食事

五味 / 003

寻常茶话 / 008

豆汁儿 / 014

手把肉 / 016

果园杂记 / 020

岁朝清供 / 023

冬天 / 026

北京人的遛鸟 / 029

看画 / 032

沽源 / 036

觅我游踪五十年 / 040

第二辑　天山行色

途杂记 / 049

天山行色 / 056

菏泽游记 / 076

滇游新记 / 083

索溪峪 / 094

泰山片石 / 097

第三辑　人间草木

人间草木 / 113

葡萄月令 / 118

北京的秋花 / 124

腊梅花 / 129

夏天的昆虫 / 132

花园 / 135

夏天 / 139

昆虫备忘录 / 142

果蔬秋浓 / 145

第四辑　自得其乐

踢毽子 / 151

读廉价书 / 154

自得其乐 / 162

果园的收获 / 169

写字 / 173

烟赋 / 178

文化的异国 / 186

第五辑　七载云烟

观音寺 / 191

七载云烟 / 196

我的家乡 / 209

闹市闲民 / 211

大妈们 / 214

草巷口 / 219

故乡的元宵 / 224

却老 / 228

第六辑 一辈古人

老舍先生 / 235

金岳霖先生 / 240

星斗其文,赤子其人 / 245

沈从文和他的《边城》 / 256

难得最是得从容 / 274

我的父亲 / 278

我的母亲 / 286

我的祖父祖母 / 291

遥寄爱荷华

——怀念聂华苓和保罗·安格尔 / 299

一辈古人 / 307

第 一 辑
四 方 食 事

我十九岁到昆明,今年七十一岁,说游踪五十年,是不错的。但我这次并没有去寻觅。朋友建议我到民强巷和若园巷看看,已经到了跟前,不知道为什么,我不怎么想去。昆明我还是要来的!昆明是可依恋的。当然,可依恋的不止是五十年前的旧迹。

五味

山西人真能吃醋！几个山西人在北京下饭馆，坐定之后，还没有点菜，先把醋瓶子拿过来，每人喝了三调羹醋。邻座的客人直瞪眼。有一年我到太原去，快过春节了。别处过春节，都供应一点好酒，太原的油盐店却都贴出一个条子："供应老陈醋，每户一斤。"这在山西人是大事。

山西人还爱吃酸菜，雁北尤甚。什么都拿来酸，除了萝卜白菜，还包括杨树叶子，榆树钱儿。有人来给姑娘说亲，当妈的先问，那家有几口酸菜缸。酸菜缸多，说明家底子厚。

辽宁人爱吃酸菜白肉火锅。

北京人吃羊肉酸菜汤下杂面。

福建人、广西人爱吃酸笋。我和贾平凹在南宁，不爱吃招待所的饭，到外面瞎吃。平凹一进门，就叫："老友面！""老友面"者，酸笋肉丝氽汤下面也，不知道为什么叫作"老友"。

傣族人也爱吃酸。酸笋炖鸡是名菜。

延庆山里夏天爱吃酸饭。把好好的饭焐酸了，用井拔凉水

一和,呼呼地就下去了三碗。

都说苏州菜甜,其实苏州菜只是淡,真正甜的是无锡。无锡炒鳝糊放那么多糖!包子的肉馅里也放很多糖,没法吃!

四川夹沙肉用大片肥猪肉夹了洗沙蒸,广西芋头扣肉用大片肥猪肉夹芋泥蒸,都极甜,很好吃,但我最多只能吃两片。

广东人爱吃甜食。昆明金碧路有一家广东人开的甜品店,卖芝麻糊、绿豆沙,广东同学趋之若鹜。"番薯糖水"即用白薯切块熬的汤,这有什么好喝的呢?广东同学曰:"好!"

北方人不是不爱吃甜,只是过去糖难得。我家曾有老保姆,正定乡下人,六十多岁了。她还有个婆婆,八十几了。她有一次要回乡探亲,临行称了两斤白糖,说她的婆婆就爱喝个白糖水。

北京人很保守,过去不知苦瓜为何物,近年有人学会吃了。菜农也有种的了。农贸市场上有很好的苦瓜卖,属于"细菜",价颇昂。

北京人过去不吃蕹菜,不吃木耳菜,近年也有人爱吃了。

北京人在口味上开放了!

北京人过去就知道吃大白菜。由此可见,大白菜主义是可以被打倒的。

北方人初春吃苣荬菜。苣荬菜分甜荬、苦荬,苦荬相当的苦。

有一个贵州的年轻女演员上我们剧团学戏,她的妈妈不远迢迢给她寄来一包东西,是"择耳根",或名"则尔根",即鱼腥草。她让我尝了几根。这是什么东西?苦,倒不要紧,它有一股强烈的生鱼腥味,实在招架不了!

剧团有一干部，是写字幕的，有时也管杂务。此人是个吃辣的专家。他每天中午饭不吃菜，吃辣椒下饭。全国各地的，少数民族的，各种辣椒，他都千方百计地弄来吃，剧团到上海演出，他帮助搞伙食，这下好，不会缺辣椒吃。原以为上海辣椒不好买，他下车第二天就找到一家专卖各种辣椒的铺子。上海人有一些是能吃辣的。

我的吃辣是在昆明练出来的，曾跟几个贵州同学在一起用青辣椒在火上烧烧，蘸盐水下酒。平生所吃辣椒之多矣，什么朝天椒、野山椒，都不在话下。我吃过最辣的辣椒是在越南。一九四七年，由越南转道往上海，在海防街头吃牛肉粉，牛肉极嫩，汤极鲜，辣椒极辣，一碗汤粉，放三四丝辣椒就辣得不行。这种辣椒的颜色是橘黄色的。在川北，听说有一种辣椒本身不能吃，用一根线吊在灶上，汤做得了，把辣椒在汤里涮涮，就辣得不得了。云南佤族有一种辣椒，叫"涮涮辣"，与川北吊在灶上的辣椒大概不相上下。

四川不能说是最能吃辣的省份，川菜的特点是辣且麻，——搁很多花椒。四川的小面馆的墙壁上黑漆大书三个字：麻辣烫。麻婆豆腐、干煸牛肉丝、棒棒鸡；不放花椒不行。花椒得是川椒，捣碎，菜做好了，最后再放。

周作人说他的家乡整年吃咸极了的咸菜和咸极了的咸鱼，浙东人确实吃得很咸。有个同学，是台州人，到铺子里吃包子，掰开包子就往里倒酱油。口味的咸淡和地域是有关系的。北京人说南甜北咸东辣西酸，大体不错。河北、东北人口重，福建菜多很淡。但这与个人的性格习惯也有关。湖北菜并不咸，但闻一多先生却嫌云南蒙自的菜太淡。

中国人过去对吃盐很讲究，如桃花盐、水晶盐，"吴盐胜雪"，现在则全国都吃再制精盐。只有四川人腌咸菜还坚持用自贡产的井盐。

我不知道世界上还有什么国家的人爱吃臭。

过去上海、南京、汉口都卖油炸臭豆腐干。长沙火宫殿的臭豆腐因为一个大人物年轻时常吃而出名。这位大人物后来还去吃过，说了一句话："火宫殿的臭豆腐还是好吃。""文化大革命"中火宫殿的影壁上就出现了两行大字：

最高指示：
火宫殿的臭豆腐还是好吃。

我们一个同志到南京出差，他的爱人是南京人，嘱咐他带一点臭豆腐干回来。他千方百计，居然办到了。带到火车上，引起一车厢的人强烈抗议。

除豆腐干外，面筋、百叶（千张）皆可臭。蔬菜里的莴苣、冬瓜、豇豆皆可臭。冬笋的老根咬不动，切下来随手就扔进臭坛子里。——我们那里很多人家都有个臭坛子，一坛子"臭卤"。腌芥菜挤下的汁放几天即成"臭卤"。臭物中最特殊的是臭苋菜杆。苋菜长老了，主茎可粗如拇指，高三四尺，截成二寸许小段，入臭坛。臭熟后，外皮是硬的，里面的芯呈果冻状。嚼住一头，一吸，芯肉即入口中。这是佐粥的无上妙品。我们那里叫作"苋菜秸子"，湖南人谓之"苋菜咕"，因为吸起来"咕"

的一声。

北京人说的臭豆腐指臭豆腐乳。过去是小贩沿街叫卖的:

"臭豆腐,酱豆腐,王致和的臭豆腐。"臭豆腐就贴饼子,熬一锅虾米皮白菜汤,好饭!现在王致和的臭豆腐用很大的玻璃方瓶装,很不方便,一瓶一百块,得很长时间才能吃完,而且卖得很贵,成了奢侈品。我很希望这种包装能改进,一器装五块足矣。

我在美国吃过最臭的"气死"(干酪),洋人多闻之掩鼻,对我说起来实在没有什么,比臭豆腐差远了。

甚矣,中国人口味之杂也,敢说堪为世界之冠。

寻常茶话

袁鹰编《清风集》约稿。

我对茶实在是个外行。茶是喝的,而且喝得很勤,一天换三次叶子。每天起来第一件事,便是坐水,沏茶。但是毫不讲究,对茶叶不挑剔。青茶、绿茶、花茶、红茶、沱茶、乌龙茶,但有便喝。茶叶多是别人送的,喝完了一筒,再开一筒,喝完了碧螺春,第二天就可以喝蟹爪水仙。但是不论什么茶,总得是好一点的。太次的茶叶,便只好留着煮茶叶蛋。《北京人》里的江泰认为喝茶只是"止渴生津利小便",我以为还有一种功能是提神。《陶庵梦忆》记闵老子茶,说得神乎其神。我则有点像董日铸,以为"浓、热、满三字尽茶理"。我不喜欢喝太烫的茶,沏茶也不爱满杯。我的家乡认为客人斟茶斟酒"酒要满,茶要浅",茶斟得太满是对客人不敬,甚至是骂人。于是就只剩下一个字:浓。我喝茶是喝得很酽的。常在机关开会,有女同志尝了我的一口茶,说是"跟药一样"。因此,写不出关于茶的文章。要写,也只是些平平常常的话。

我读小学五年级那年暑假,我的祖父不知怎么忽然高了兴,要教我读书。"穿堂"的左侧有两间空屋。里间是佛堂,挂了一幅丁云鹏画的佛像,佛的袈裟是红的。佛像下,是一尊乌斯藏铜佛。我的祖母每天早晚来烧一炷香。外间本是个贮藏室,房梁上挂着干菜,干的粽叶。靠墙有一缸"臭卤",面筋、百叶、笋头、苋菜都放在里面臭。临窗设一方桌,便是我的书桌。祖父每天早晨来讲《论语》一章,剩下的时间由我自己写大小字各一张。大字写《圭峰碑》,小字写《闲邪公家传》,都是祖父从他的藏帖里拿来给我的。隔日作文一篇。还不是正式的八股,是一种叫作"义"的文体,只是解释《论语》的内容。题目是祖父出的。我共做了多少篇"义",已经不记得了。只记得有一题是"孟子反不伐义"。

祖父生活俭省,喝茶却颇考究。他是喝龙井的,泡在一个深栗色的扁肚子的宜兴砂壶里,用一个细瓷小杯倒出来喝。他喝茶喝得很酽,一次要放多半壶茶叶。喝得很慢,喝一口,还得回味一下。

他看看我的字,我的"义",有时会另拿一个杯子,让我喝一杯他的茶。真香。从此我知道龙井好喝,我的喝茶浓酽,跟小时候的熏陶也有点关系。

后来我到了外面,有时喝到龙井茶,会想起我的祖父,想起孟子反。

我的家乡有"喝早茶"的习惯,或者叫作"上茶馆"。上茶馆其实是吃点心、包子、蒸饺、烧卖、千层糕……茶自然是要喝的。在点心未端来之前,先上一碗干丝。我们那里原先没有煮干丝，只有烫干丝。干丝在一个敞口的碗里堆成塔状，临吃，堂倌把装在一个茶杯里的作料——酱油、醋、麻油浇入。喝热茶、吃干丝，一绝！

抗日战争时期，我在昆明住了七年，几乎天天泡茶馆。"泡茶馆"是西南联大学生特有的说法。本地人叫作"坐茶馆"，"坐"，本有消磨时间的意思，"泡"则更胜一筹。这是从北京带过去的一个字。"泡"者，长时间地沉溺其中也，与"穷泡"、"泡蘑菇"的"泡"是同一语源。联大学生在茶馆里往往一泡就是半天。干什么的都有。聊天、看书、写文章。有一位教授在茶馆是读梵文。有一位研究生，可称泡茶馆的冠军。此人姓陆，是一怪人。他曾经徒步旅行了半个中国，读书甚多，而无所著述，不爱说话。他简直是"长"在茶馆里。上午、下午、晚上，要一杯茶，独自坐着看书。他连漱洗用具都放在一家茶馆里，一起来就到茶馆里洗脸刷牙。听说他后来流落在四川，穷困潦倒而死，悲夫！

昆明茶馆里卖的都是青茶，茶叶不分等次，泡在盖碗里。文林街后来开了家"摩登"茶馆，用玻璃杯卖绿茶、红茶——滇红、滇绿。滇绿色如生青豆，滇红色似"中国红"葡萄酒，茶叶都很厚。滇红尤其经泡，三开之后，还有茶色。我觉得滇红比祁（门）红、英（德）红都好，这也许是我的偏见。当然比斯里兰卡的"利普顿"要差一些——有人喝不来"利普顿"，说是味道很怪。人之好恶，不能勉强。我在昆明喝过大烤茶。把茶叶放在粗陶的烤茶罐里，放在炭火上烤得半焦，倾入滚水，茶香扑人。几年前在大理街头看到有烤茶缸卖，犹豫一下，没有买。买了，放在煤气灶上烤，也不会有那样的味道。

一九四六年冬，开明书店在绿杨请客。饭后，我们到巴金先生家喝工夫茶。几个人围着浅黄色的老式圆桌，看陈蕴珍（萧珊）"表演"濯器、炽炭、注水、淋壶、筛茶。每人喝了三小杯。我第一次喝工夫茶，印象深刻。这茶太酽了，只能喝三小杯。在座的除巴先生夫妇，有靳以、黄裳。一转眼，四十三年了。靳以、萧珊都不在了。巴老衰病，大概也没有喝一次工夫茶的兴致了。那套紫砂茶具大概也不在了。

我在杭州喝过一杯好茶。

一九四七年春，我和几个在一个中学教书的同事到杭州去玩。除了"西湖景"，使我难忘的两样方物，一是醋鱼带把。所谓"带把"，是把活草鱼脊肉剔下来，快刀切为薄片，其薄如纸，浇上好秋油，生吃。鱼肉发甜，鲜脆无比。我想这就是中国古代的"切脍"。一是在虎跑喝的一杯龙井。真正的狮峰龙井雨前新芽，每蕾皆一旗一枪，泡在玻璃杯里，茶叶皆直立不倒，载浮载沉，茶色颇淡，但入口香浓，直透肺腑，真是好茶！只是太贵了。一杯茶，一块大洋，比吃一顿饭还贵。狮峰茶名不虚，但不得虎跑水不可能有这样的味道。我自此才知道，喝茶，水是至关重要的。

我喝过的好水有昆明的黑龙潭泉水。骑马到黑龙潭，疾驰之后，下马到茶馆里喝一杯泉水泡的茶，真是过瘾。泉就在茶馆檐外地面，一个正方的小池子，看得见泉水骨嘟骨嘟往上冒。井冈山的水也很好，水清而滑。有的水是"滑"的，"温泉水滑洗凝脂"并非虚语。井冈山水洗被单，越洗越白；以泡"狗古脑"茶，色味俱发，不知道水里含了什么物质。天下第一泉、第二泉的水，我没有喝出什么道理。济南号称泉城，但泉水只能供观赏，以泡茶，不觉得有什么特点。

有些地方的水真不好。比如盐城。盐城真是"盐城"，水是咸的。中产以上人家都吃"天落水"。下雨天，在天井上方张了布幕，以接雨水，存在缸里，备烹茶用。最不好吃的水是菏泽。菏泽牡丹甲天下，因为菏泽土中含碱，牡丹喜碱性土。我们到菏泽看牡丹，牡丹极好，但是茶没法喝。不论是青茶、绿茶，沏出来一会儿就变成红茶了，颜色深如酱油，入口咸涩，由菏泽往梁山，住进招待所后，第一件事便是赶紧用不带碱味的甜水沏一杯茶。

老北京早起都要喝茶，得把茶喝"通"了，这一天才舒服。无论贫富，皆如此。一九四八年我在午门历史博物馆工作。馆里有几位看守员，岁数都很大了。他们上班后，都是先把带来的窝头片在炉盘上烤上，然后轮流用水氽坐水沏茶。茶喝足了，才到午门城楼的展览室里去坐着。他们喝的都是花茶。北京人爱喝花茶，以为只有花茶才算是茶（很多人把茉莉花叫作"茶叶花"）。我不太喜欢花茶，但好的花茶例外，比如老舍先生家的花茶。

老舍先生一天离不开茶。他到莫斯科开会，苏联人知道中国人爱喝茶，倒是特意给他预备了一个热水壶。可是，他刚沏了一杯茶，还没喝几口，一转脸，服务员就给倒了。老舍先生很愤慨地说："他妈的！他不知道中国人喝茶是一天喝到晚的！"一天喝茶喝到晚，也许只有中国人如此。外国人喝茶都是论

"顿"的，难怪那位服务员看到多半杯茶放在那里，以为老先生已经喝完了，不要了。

龚定庵以为碧螺春天下第一。我曾在苏州东山的"雕花楼"喝过一次新采的碧螺春。"雕花楼"原是一个华侨富商的住宅，楼是进口的硬木造的，到处都雕了花，八仙庆寿、福禄寿三星、龙、凤、牡丹……真是集恶俗之大成。但碧螺春真是好。不过茶是泡在大碗里的，我觉得这有点煞风景。后来问陆文夫，文夫说碧螺春就是讲究用大碗喝的。茶极细，器极粗，亦怪！

在湖南桃源喝过一次擂茶。茶叶、老姜、芝麻、米、加盐放在一个擂钵里，用硬木的擂棒"擂"成细末，用开水冲开，便是擂茶。我在《湘行二记》中对擂茶有较详细的叙述，为省篇幅，不再抄引。

茶可入馔，制为食品。杭州有龙井虾仁，想不恶。裘盛戎曾用龙井茶包饺子，可谓别出心裁。日本有茶粥。《俳人的食物》说俳人小聚，食物极简单，但"惟茶粥一品，万不可少"。茶粥是啥样的呢？我曾用粗茶叶煎汁，加大米熬粥，自以为这便是"茶粥"了。有一阵子，我每天早起喝我所发明的茶粥，自以为很好喝。四川的樟茶鸭子乃以柏树枝、樟树叶及茶叶为熏料，吃起来有茶香而无茶味。曾吃过一块龙井茶心的巧克力，这简直是恶作剧！用上海人的话说：巧克力与龙井茶实在完全"弗搭界"。

豆汁儿

没有喝过豆汁儿,不算到过北京。

小时看京剧《豆汁记》(即《鸿鸾禧》,又名《金玉奴》,一名《棒打薄情郎》),不知"豆汁"为何物,以为即是豆腐浆。

到了北京,北京的老同学请我吃了烤鸭、烤肉、涮羊肉,问我:"你敢不敢喝豆汁儿?"我是个"有毛的不吃掸子,有腿的不吃板凳,大荤不吃死人,小荤不吃苍蝇"的,喝豆汁儿,有什么不"敢"?他带我去到一家小吃店,要了两碗,警告我说:"喝不了,就别喝。有很多人喝了一口就吐了。"我端起碗来,几口就喝完了。我那同学问:"怎么样?"我说:"再来一碗。"

豆汁儿是制造绿豆粉丝的下脚料。很便宜。过去卖生豆汁儿的,用小车推一个有盖的木桶,串背街、胡同。不用"唤头"(招徕顾客的响器),也不吆唤。因为每天串到哪里,大都有准时候。到时候,就有女人提了一个什么容器出来买。有了豆汁儿,这天吃窝头就可以不用熬稀粥了。这是贫民食物。《豆汁记》的金玉奴的父亲金松是"杆儿上的"（叫花头），所以家里有吃剩的豆汁儿，可以给莫稽盛一碗。

卖熟豆汁儿的，在街边支一个摊子。一口铜锅，锅里一锅豆汁，用小火熬着。熬豆汁儿只能用小火，火大了，豆汁儿一翻大泡，就"澥"了。豆汁儿摊上备有辣咸菜丝——水疙瘩切细丝浇辣椒油、烧饼、焦圈——类似油条，但作成圆圈，焦脆。卖力气的，走到摊边坐下，要几套烧饼焦圈，来两碗豆汁儿，就一点辣咸菜，就是一顿饭。

豆汁儿摊上的咸菜是不算钱的。有保定老乡坐下，掏出两个馒头，问"豆汁儿多少钱一碗"，卖豆汁儿的告诉他，"咸菜呢？"——"咸菜不要钱。"——"那给我来一碟咸菜。"

常喝豆汁儿，会上瘾。北京的穷人喝豆汁儿，有的阔人家也爱喝。梅兰芳家有一个时候，每天下午到外面端一锅豆汁儿，全家大小，一人喝一碗。豆汁儿是什么味儿？这可真没法说。这东西是绿豆发了酵的，有股子酸味。不爱喝的说是像泔水，酸臭。爱喝的说：别的东西不能有这个味儿——酸香！这就跟臭豆腐和启司一样，有人爱，有人不爱。

豆汁儿沉底，干糊糊的，是麻豆腐。羊尾巴油炒麻豆腐，加几个青豆嘴儿（刚出芽的青豆），极香。这家这天炒麻豆腐，煮饭时得多量一碗米，——每人的胃口都开了。

手把肉

　　蒙古人从小吃惯羊肉，几天吃不上羊肉就会想得慌。蒙古族舞蹈家斯琴高娃（蒙古族女的叫斯琴高娃的很多，跟那仁花一样的普遍）到北京来，带着她的女儿。她的女儿对北京的饭菜吃不惯。我们请她在晋阳饭庄吃饭，这小姑娘对红烧海参、脆皮鱼……统统不感兴趣。我问她想吃什么，"羊肉！"我把服务员叫来，问他们这儿有没有羊肉，说只有酱羊肉。"酱羊肉也行，咸不咸？""不咸。"端上来，是一盘羊犍子。小姑娘白嘴把一盘羊犍子都吃了。问她："好吃不好吃？""好吃！"她妈说："这孩子！真是蒙古人！她到北京几天，头一回说'好吃'。"

　　蒙古人非常好客，有人骑马在草原上漫游，什么也不带，只背了一条羊腿。日落黄昏，看见一个蒙古包，下马投宿。主人把他的羊腿解下来，随即杀羊。吃饱了，喝足了，和主人一家同宿在蒙古包里，酣然一觉。第二天主人送客上路，给他换了一条新的羊腿背上。这人在草原上走了一大圈，回家的时候还是背了一条羊腿，不过已经不知道换了多少次了。

　　"四人帮"肆虐时期，我们奉江青之命，写一个剧本，搜集材料,曾经四下内蒙古。我在内蒙古学会了两句蒙古话。蒙古族同志说,会说这两句话就饿不着。一句是"不达一的"——要吃的;一句是"莫哈一的"——要吃肉。"莫哈"泛指一切肉,特指羊肉(元杂剧有一出很特别,汉话和蒙古话掺和在一起唱。其中有一句是"莫哈整斤吞",意思是整斤地吃羊肉)。果然,我从伊克昭盟到呼伦贝尔大草原,走了不少地方,吃了多次手把肉。

八九月是草原最美的时候。经过一夏天的雨水,草都长好了,草原一片碧绿。阿格长好了,灰背青长好了,阿格和灰背青是牲口最爱吃的草。草原上的草在我们看起来都是草,牧民却对每一种草都叫得出名字。草里有野葱、野韭菜(蒙古人说他们那里的羊肉不膻,是因为羊吃野葱,自己把味解了)。到处开着五颜六色的花。羊这时也都上了膘了。

内蒙古的作家、干部爱在这时候下草原,体验生活,调查工作,也是为去"贴秋膘"。进了蒙古包,先喝奶茶。内蒙古的奶茶制法比较简单,不像西藏的酥油茶那样麻烦。只是用铁锅坐一锅水,水开后抓入一把茶叶,滚几滚,加牛奶,放一把盐,即得。我没有觉得有太大的特点,但喝惯了会上瘾的(蒙古人一天也离不开奶茶。很多人早起不吃东西,喝两碗奶茶就去放羊)。摆了一桌子奶食,奶皮子、奶油(是稀的)、奶渣子……还有月饼、桃酥。客人喝着奶茶,蒙古包外已经支起大锅,坐上水,杀羊了。蒙古人杀羊真是神速,不是用刀子捅死的,是掐断羊的主动脉。羊挣扎都不挣扎,就死了。马上开膛剥皮,工具只有一把比水果刀略大一点的折刀。一会儿的工夫,羊皮就剥下来,抱到稍远处晒着去了。看看杀羊的现场,连一滴血都不溅出，草还是干干净净的。

"手把肉"即白水煮切成大块的羊肉。一手"把"着一大块肉，用一柄蒙古刀自己割了吃。蒙古人用刀子割肉真有功夫。一块肉吃完了，骨头上连一根肉丝都不剩。有小孩子割剔得不净，妈妈就会说："吃干净了，别像那干部似的！"干部吃肉，不像牧民细心，也可能不大会使刀子。牧民对奶、对肉都有一种近似宗教情绪似的敬重，正如汉族的农民对粮食一样，糟蹋了，是罪过。吃手把肉过去是不预备佐料的，顶多放一碗盐水，蘸了吃。现在也有一点佐料，酱油、韭菜花之类。因为是现杀、现煮、现吃，所以非常鲜嫩。在我一生中吃过的各种做法的羊肉中，我以为手把羊肉第一。如果要我给它一个评语，我将毫不犹豫地说：无与伦比！

吃肉，一般是要喝酒的。蒙古人极爱喝酒，而且几乎每饮必醉。我在呼和浩特听一个土默特旗的汉族干部说"骆驼见了柳，蒙古人见了酒"，意思就走不动了——骆驼爱吃柳条。我以为这是一句现代俗话。偶读一本宋人笔记，见有"骆驼见柳，蒙古见酒"之说，可见宋代已有此谚语，已经流传几百年了。可惜我把这本笔记的书名忘了。宋朝的蒙古人喝的大概是武松喝的那种煮酒，不会是白酒——蒸馏酒。白酒是元朝的时候才从阿拉伯传进来的。

在达茂旗吃过一次"羊贝子"，即煮全羊。整只羊放在大锅里煮。据说蒙古人吃只煮三十分钟，因为我们是汉族，怕太生了不敢吃，多煮了十五分钟。整羊，剁去四蹄，趴在一个大铜盘里。羊头已经切下来，但仍放在脖子后面的腔子上，上桌后再搬走。吃羊贝子有规矩，先由主客下刀，切下两条脖子后面的肉（相当于北京人所说的"上脑"部位），交叉斜搭在肩背上，然后其他客人才动刀，各自选取自己爱吃的部位。羊贝子真是够嫩的，一刀切下去，会有血水滋出来。同去的编剧、导演，有的望而生畏，有的浅尝即止，鄙人则吃了个不亦乐乎。羊肉越嫩越好。蒙古人认为煮久了的羊肉不好消化，诚然诚然。我吃了一肚子半生的羊肉，太平无事。

蒙古人真能吃肉。海拉尔有两位书记到北京东来顺吃涮羊肉，两个人要了十四盘肉，服务员问："你们吃得完吗？"一个书记说："前几天我们在呼伦贝尔，五个人吃了一只羊！"

蒙古人不是只会吃手把肉，他们也会各种吃法。呼和浩特的烧羊腿，烂，嫩，鲜，入味。我尤其喜欢吃清蒸羊肉。我在四子王旗一家不大的饭馆中吃过一次"拔丝羊尾"。我吃过拔丝山药、拔丝土豆、拔丝苹果、拔丝香蕉，从来没听说过羊尾可以拔丝。外面有一层薄薄的脆壳，咬破了，里面好像什么也没有，一包清水，羊尾油已经化了。这东西只宜供佛，人不能吃，因为太好吃了！

我在新疆唐巴拉牧场吃过哈萨克的手抓羊肉。做法与内蒙古的手把肉略似，也是大锅清水煮，但切的肉块较小，煮的时间稍长。肉熟后，下面条，然后装在大瓷盘里端上来。下面是面，上面是肉。主人以刀把肉切成小块，客人以手抓肉及面同吃。吃之前，由一个孩子执铜壶注水于客人之手。客人手上浇水后不能向后甩，只能待其自干，否则即是对主人不敬。铜壶颈细而长，壶身镂花，有中亚风格。

果园杂记

涂白

一个孩子问我:干吗把树涂白了?

我从前也非常反对把树涂白了,以为很难看。

后来我到果园干了两年活,知道这是为了保护树木过冬。

把牛油、石灰在一个大铁锅里熬得稠稠的,这就是涂白剂。我们拿了棕刷,担了一桶一桶的涂白剂,给果树涂白。要涂得很仔细,特别是树皮有伤损的地方、坑坑洼洼的地方,要涂到,而且要涂得厚厚的,免得来年存留雨水,窝藏虫蚁。

涂白都是在冬日的晴天。男的、女的,穿了各种颜色的棉衣,在脱尽了树叶的果林里劳动着。大家的心情都很开朗,很高兴。

涂白是果园一年最后的农活了。涂完白,我们就很少到果园里来了。这以后,雪就落下来了。果园一冬天埋在雪里。从此,我就不反对涂白了。

粉蝶

我曾经做梦一样在一片盛开的茼蒿花上看见成千上万的粉蝶——在我童年的时候。那么多的粉蝶,在深绿的蒿叶和金黄的花瓣上乱纷纷地飞着,看得我想叫,想把这些粉蝶放在嘴里嚼,我醉了。

后来我知道这是一场灾难。

我知道粉蝶是菜青虫变的。

菜青虫吃我们的圆白菜。那么多的菜青虫!而且它们的胃口那么好,食量那么大。它们贪婪地、迫不及待地、不停地吃,吃得菜地里沙沙地响。一上午的工夫,一地的圆白菜就叫它们咬得全是窟窿。

我们用DDT喷它们,使劲地喷它们。DDT的激流猛烈地射在菜青虫身上,它们滚了几滚,僵直了,扑的一声掉在了地上,我们的心里痛快极了。我们是很残忍的,充满了杀机。

但是粉蝶还是挺好看的。在散步的时候,草丛里飞着两个粉蝶,我现在还时常要停下来看它们半天。我也不反对国画家用它们来点缀画面。

波尔多液

喷了一夏天的波尔多液,我的所有的衬衫都变成浅蓝色的了。

硫酸铜、石灰,加一定比例的水,这就是波尔多液。波尔多液是很好看的,呈天蓝色。过去有一种浅蓝的阴丹士林布,就是那种颜色。这是一个果园的看家的农药，一年不知道要喷多少次。不喷波尔多液，就不成其为果园。波尔多液防病，能保证水果的丰收。果农都知道，喷波尔多液虽然费钱，却是划得来的。

这是个细致的活。把喷头绑在竹竿上，把药水压上去，喷在梨树叶子上、苹果树叶子上、葡萄叶子上。要喷得很均匀，不多，也不少。喷多了，药水的水珠糊成一片，挂不住，流了；喷少了，不管用。树叶的正面、反面都要喷到。这活不重，但是干完了，眼睛、脖颈，都是酸的。

我是个喷波尔多液的能手。大家叫我总结经验。我说：一、我干不了重活，这活我能胜任；二、我觉得这活有诗意。

为什么叫它"波尔多液"呢？——中国的老果农说这个外国名字已经说得很顺口了。这有个故事。

波尔多是法国的一个小城，出马铃薯。有一年，法国的马铃薯都得了晚疫病，——晚疫病很厉害，得了病的薯地像火烧过一样，只有波尔多的马铃薯却安然无恙。大伙捉摸，这是什么道理呢？原来波尔多城外有一个铜矿，有一条小河从矿里流出来，河床是石灰石的。这水蓝蓝的，是不能吃的，农民用它来浇地。莫非就是这条河，使波尔多的马铃薯不得疫病？于是世界上就有了波尔多液。

中国的老农现在说这个法国名字也说得很顺口了。

去年，有一个朋友到法国去，我问他到过什么地方，他很得意地说：波尔多！

我也到过波尔多，在中国。

岁朝清供

"岁朝清供"是中国画家爱画的画题。明清以后画这个题目的尤其多。任伯年就画过不少幅。画里画的、实际生活里供的,无非是这几样:天竹果、腊梅花、水仙。有时为了填补空白,画里加两个香橼。"橼"谐音圆,取其吉利。水仙、腊梅、天竹,是取其颜色鲜丽。隆冬风厉,百卉凋残,晴窗坐对,眼目增明,是岁朝乐事。

我家旧园有腊梅四株,主干粗如汤碗,近春节时,繁花满树。这几棵腊梅磬口檀心,本来是名贵的,但是我们那里重白心而轻檀心,称白心者为"冰心",而给檀心的起一个不好听的名字:"狗心"。我觉得狗心腊梅也很好看。初一一早,我就爬上树去,选择一大枝——要枝子好看,花蕾多的,拗折下来——腊梅枝脆,极易折,插在大胆瓶里。这枝腊梅高可三尺,很壮观。天竹我们家也有一棵,在园西墙角。不知道为什么总是长不大,细弱伶仃,结果也少。我不忍心多折,只是剪两三穗,插进胆瓶,为腊梅增色而已。

我走过很多地方,像我们家那样粗壮的腊梅还没有见过。

在安徽黟县参观古民居,几乎家家都有两三丛天竹。有一家有一棵天竹,结了那么多果子,简直是岂有此理!而且颜色是正红,——一般天竹果都偏一点紫。我驻足看了半天,已经走出门了,又回去看了一会。大概黟县土壤气候特宜天竹。

在杭州茶叶博物馆,看见一个山坡上种了一大片天竺。我去时不是结果的时候,不能断定果子是什么颜色的,但看梗干枝叶都作深紫色,料想果子也是偏紫的。

任伯年画天竹,果极繁密。齐白石画天竹,果较疏,粒大,而色近朱红,叶亦不做羽状。或云此别是一种,湖南人谓之草天竹,未知是否。

养水仙得会"刻",否则叶子长得很高,花弱而小,甚至花未放蕾即枯瘪。但是画水仙都还是画完整的球茎,极少画刻过的,即福建画家郑乃珖也不画刻过的水仙。刻过的水仙花美,而形态不入画。

北京人家春节供腊梅、天竹者少,因不易得。富贵人家常在大厅里摆两盆梅花(北京谓之"干枝梅",很不好听),在泥盆外加开光丰彩或景泰蓝套盆,很俗气。

穷家过年,也要有一点颜色。很多人家养一盆青蒜。这也算代替水仙了吧。或用大萝卜一个,削去尾,挖去肉,空壳内种蒜,铁丝为箍,以线挂在朝阳的窗下,蒜叶碧绿,萝卜皮通红,萝卜缨翻卷上来,也颇悦目。

广州春节有花市,四时鲜花皆有。曾见刘旦宅画"广州春节花市所见",画的是一个少妇的背影,背兜里背着一个娃娃,右手抱一大束各种颜色的花,左手拈花一朵,微微回头逗弄娃娃,少妇着白上衣,银灰色长裤,身材很苗条。穿浅黄色拖鞋。轻轻两笔,勾出小巧的脚跟。很美。这幅画最动人之处,正在脚跟两笔。

这样鲜艳的繁花,很难说是"清供"了。

曾见一幅旧画:一间茅屋,一个老者手捧一个瓦罐,内插梅花一枝,正要放到案上,题目:"山家除夕无他事,插了梅花便过年。"这才真是"岁朝清供"!

冬天

天冷了，堂屋里上了槅子。槅子，是春暖时卸下来的，一直在厢屋里放着。现在，搬出来，刷洗干净了，换了新的粉连纸，雪白的纸。上了槅子，显得严紧，安适，好像生活中多了一层保护。家人闲坐，灯火可亲。

床上拆了帐子，铺了稻草。洗帐子要捡一个晴朗的好天，当天就晒干。夏布的帐子，晾在院子里，夏天离得远了。稻草装在一个布套里，粗布的，和床一般大。铺了稻草，暄腾腾的，暖和，而且有稻草的香味，使人有幸福感。

不过也还是冷的。南方的冬天比北方难受，屋里不生火。晚上脱了棉衣，钻进冰凉的被窝里，早起，穿上冰凉的棉袄棉裤，真冷。

放了寒假，就可以睡懒觉。棉衣在铜炉子上烘过了，起来就不是很困难了。尤其是，棉鞋烘得热热的，穿进去真是舒服。

我们那里生烧煤的铁火炉的人家很少。一般取暖，只是铜炉子，脚炉和手炉。脚炉是黄铜的，有多眼的盖。里面烧的是粗糠。粗糠装满，铲上几铲没有烧透的芦柴火（我们那里烧芦苇，叫作"芦柴"）的红灰盖在上面。粗糠引着了，冒一阵烟，不一会，烟尽了，就可以盖上炉盖。粗糠慢慢延烧，可以经很久。老太太们离不开它。闲来无事，抹抹纸牌，每个老太太脚下都有一个脚炉。脚炉里粗糠太实了，空气不够，火力渐微，就要用"拨火板"沿炉边挖两下，把粗糠拨松，火就旺了。脚炉暖人。脚不冷则周身不冷。焦糠的气味也很好闻。仿日本俳句，可以作一首诗："冬天，脚炉焦糠的香。"手炉较脚炉小，大都是白铜的，讲究的是银制的。炉盖不是一个一个圆窟窿，大都是镂空的松竹梅花图案。手炉有极小的，中置炭墼（煤炭研为细末，略加蜜，筑成饼状），以纸煤头引着。一个炭墼能经一天。

冬天吃的菜，有乌青菜、冻豆腐、咸菜汤。乌青菜塌棵，平贴地面，江南谓之"塌苦菜"，此菜味微苦。我的祖母在后园辟小片地，种乌青菜，经霜，菜叶边缘作紫红色，味道苦中泛甜。乌青菜与"蟹油"同煮，滋味难比。"蟹油"是以大螃蟹煮熟剔肉，加猪油"炼"成的，放在大海碗里，凝成蟹冻，久贮不坏，可吃一冬。豆腐冻后，不知道为什么是蜂窝状。化开，切小块，与鲜肉、咸肉、牛肉、海米或咸菜同煮，无不佳。冻豆腐宜放辣椒、青蒜。我们那里过去没有北方的大白菜，只有"青菜"。大白菜是从山东运来的，美其名曰"黄芽菜"，很贵。"青菜"似油菜而大，高二尺，是一年四季都有的，家家都吃的菜。咸菜即是用青菜腌的。阴天下雪，喝咸菜汤。

冬天的游戏：踢毽子，抓子儿，下"逍遥"。"逍遥"是在一张正方的白纸上，木版印出螺旋的双道，两道之间印出八仙、马、兔子、鲤鱼、虾……；每样都是两个，错落排列，不依次序。玩的时候各执铜钱或象棋子为子儿，掷骰子，如果骰子是五点，自"起马"处数起，向前走五步，是兔子，则可向内圈寻找另一个兔子，以子儿押在上面。下一轮开始，自里圈兔子处数起，如是六点，进六步，也许是铁拐李，就寻另一个铁拐李，把子儿押在那个铁拐李上。如果数至里圈的什么图上，则到外圈去找，退回来。点数够了，子儿能进终点（终点是一座宫殿式的房子，不知是月宫还是龙门），就算赢了。次后进入的为"二家"、"三家"。"逍遥"两个人玩也可以，三个四个人玩也可以。不知道为什么叫作"逍遥"。

早起一睁眼，窗户纸上亮晃晃的，下雪了！雪天，到后园去折腊梅花、天竺果。明黄色的腊梅、鲜红的天竺果、白雪，生意盎然。腊梅开得很长，天竺果尤为耐久，插在胆瓶里，可经半个月。

舂粉子。有一家邻居，有一架碓。这架碓平常不大有人用，只在冬天由附近的一二十家轮流借用。碓屋很小，除了一架碓，只有一些筛子、箩。踩碓很好玩，用脚一踏，吱扭一声，碓嘴扬了起来，嘭的一声，落在碓窝里。粉子舂好了，可以蒸糕，做"年烧饼"（糯米粉为蒂，包豆沙白糖，作为饼，在锅里烙熟），搓圆子（即汤团）。舂粉子，就快过年了。

北京人的遛鸟

遛鸟的人是北京人里头起得最早的一拨。每天一清早,当公共汽车和电车首班车出动时,北京的许多园林以及郊外的一些地方空旷、林木繁茂的去处,就已经有很多人在遛鸟了。他们手里提着鸟笼,笼外罩着布罩,慢慢地散步,随时轻轻地把鸟笼前后摇晃着,这就是"遛鸟"。他们有的是步行来的,更多的是骑自行车来的。他们带来的鸟有的是两笼——多的可至八笼。如果带七八笼,就非骑车来不可了。车把上、后座、前后左右都是鸟笼,都安排得十分妥当。看到它们平稳地驶过通向密林的小路,是很有趣的,——骑在车上的主人自然是十分潇洒自得,神清气朗。

养鸟本是清朝八旗子弟和太监们的爱好,"提笼架鸟"在过去是对游手好闲、不事生产的人的一种贬词。后来,这种爱好才传到一些辛苦忙碌的人中间,使他们能得到一些休息和安慰。我们常常可以在一个修鞋的、卖老豆腐的、钉马掌的摊前的小树上看到一笼鸟。这是他的伙伴。不过养鸟的还是以上岁数的较多,大都是从五十岁到八十岁的人,大部分是退休的职工,在职的稍少。近年在青年工人中也渐有养鸟的了。

北京人养的鸟的种类很多。大别起来,可以分为大鸟和小鸟两类。大鸟主要是画眉和百灵,小鸟主要是红子、黄鸟。

鸟为什么要"遛"?不遛不叫。鸟必须习惯于笼养,习惯于喧闹扰嚷的环境。等到它习惯于与人相处时,它就会尽情鸣叫。这样的一段驯化,术语叫作"压"。一只生鸟,至少得"压"一年。

让鸟学叫,最直接的办法是听别的鸟叫,因此养鸟的人经常聚会在一起,把他们的鸟揭开罩,挂在相距不远的树上,此起彼歇地赛着叫,这叫作"会鸟儿"。养鸟人不但彼此很熟悉,而且对他们朋友的鸟的叫声也很熟悉。鸟应该向哪只鸟学叫,这得由鸟主人来决定。一只画眉或百灵,能叫出几种"玩艺",除了自己的叫声,能学山喜鹊、大喜鹊、伏天、苇乍子、麻雀打架、公鸡打架、猫叫、狗叫。

曾见一个养画眉的用一架录音机追逐一只布谷鸟,企图把它的叫声录下,好让他的画眉学。他追逐了五个早晨(北京布谷鸟是很少的),到底成功了。

鸟叫的音色是各色各样的。有的宽亮,有的窄高,有的鸟聪明,一学就会;有的笨,一辈子只能老实巴交地叫那么几声。有的鸟害羞,不肯轻易叫;有的鸟好胜,能不歇气地叫一个多小时!

养鸟主要是听叫,但也重相貌。大鸟主要要大,但也要大得匀称。画眉讲究"眉子"(眼外的白圈)清楚。百灵要大头,短嘴。养鸟人对于鸟自有一套非常精细的美学标准，而这种标准是他们共同承认的。

因此，鸟的身份悬殊极大。一只生鸟（画眉或百灵）值二三元人民币，甚至还要少，而一只长相俊秀能唱十几种"曲调"的值一百五十元，相当一个熟练工人一个月的工资。

养鸟是很辛苦的。除了遛，预备鸟食也很费事。鸟一般要吃拌了鸡蛋黄的棒子面或小米面，牛肉——把牛肉焙干，碾成细末。经常还要吃"活食"，——蚱蜢、蟋蟀、玉米虫。

养鸟人所重视的，除了鸟本身，便是鸟笼。鸟笼分圆笼、方笼两种。一般的鸟笼值一二十元，有的雕镂精细，近于"鬼工"，贵得令人咋舌。——有人不养鸟，专以搜集名贵鸟笼为乐。鸟笼里大有高低贵贱之分的是鸟食罐。一副雍正青花的鸟食罐，已成稀世的珍宝。

除了笼养听叫的鸟，北京人还有一种养在"架"上的鸟。所谓架，是一截树杈。养这类鸟的乐趣是训练它"打弹"，养鸟人把一个弹丸扔在空中，鸟会飞上去接住。有的一次飞起能接连接住两个。架养的鸟一般体大嘴硬，例如锡嘴和交嘴鹊。所以，北京过去有"提笼架鸟"之说。

看画

上初中的时候,每天放学回家,一路上只要有可以看看的画,我都要走过去看看。

中市口街东有一个画画的,叫张长之,年纪不大,才二十多岁,是个小胖子。小胖子很聪明。他没有学过画,他画画是看会的。画册、画报、裱画店里挂着的画,他看了一会就能默记在心。背临出来,大致不差。他的画不中不西,用色很鲜明,所以有人愿意买。他什么都画。人物、花卉、翎毛、草虫都画。只是不画山水。他不只是临摹,有时也"创作"。有一次他画了一个斗方,画一棵芭蕉,一只五彩大公鸡,挂在他的画室里(他的画室是敞开的)。这张画只能自己画着玩玩,买是不会有人买的,谁家会在家里挂一张"鸡巴图"?

他擅长的画体叫作"断简残篇"。一条旧碑帖的拓片(多半是汉隶或魏碑)、半张烧糊一角的宋版书的残页、一个裂了缝的扇面、一方端匋斋的印谱……七拼八凑,构成一个画面。画法近似"颖拓",但是颖拓一般不画这种破破烂烂的东西。他画得很逼真，乍看像是剪贴在纸上的。这种画好像很"雅"，而且这种画只有他画，所以有人买。

这个家伙写信不贴邮票，信封上的邮票是他自己画的。

有一阵子，他每天骑了一匹大马在城里兜一圈，呱嗒呱嗒，神气得很。这马是一个营长的。城里只要驻兵，他很快就和军官混得很熟。办法很简单，每人送一套春宫。

一九四七年，我在上海先施公司二楼卖字画的陈列室看到四条"断简残篇"，一看署名，正是"张长之"！这家伙混得能到上海来卖画，真不简单。

北门里街东有一个专门画像的画工，此人名叫管又萍。走进他的画室，左边墙上挂着一幅非常醒目的朱元璋八分脸的半身画，高四尺，装在镜框里。朱洪武紫棠色脸，额头、颧骨、下巴，都很突出。这种面相，叫作"五岳朝天"。双眼奕奕，威风内敛，很像一个开国之君。朱皇帝头戴纱帽，着圆领团花织金大红龙袍。这张画不但皮肤、皱纹、眼神画得很"真"，纱帽、织金团龙，都画得极其工致。这张画大概是画工平生得意之作，他在画的一角用掺糅篆隶笔意的草书写了自己的名字：管又萍。若干年后，我才体会到管又萍的署名后面所挹注的画工的辛酸。画像的画工是从来不署名的。

若干年后，我才认识到管又萍是一个优秀的肖像画家，并认识到中国的肖像画有一套自成体系的肖像画理论和技法。

我的二伯父和我的生母的像都是管又萍画的。二伯父端坐在椅子上，穿着却是明朝的服装，头戴方巾，身着湖蓝色的斜领道袍。这可能是尊重二伯父的遗志，他是反满的。我没有见过二伯父，但是据说是画得很像的。我母亲去世时我才三岁，记不得她的样子，但我相信也是画得很像的，因为画得像我的姐姐，家里人说我姐姐长得很像我母亲。画工画像并不参照照片，是死人断气后，在床前直接勾描的。

然后还得起一个初稿。初稿只画出颜面，画在熟宣纸上，上面蒙了一张单宣，剪出一个椭圆形的洞，像主的面形从椭圆形的洞里露出。要请亲人家属来审查，提意见，胖了，瘦了，颧骨太高，眉毛离得远了……管又萍按照这些意见，修改之后，再请亲属看过，如无意见，即可完稿。然后再画衣服。

画像是要讲价的，讲的不是工钱，而是用多少朱砂，多少石绿，贴多少金箔。

为了给我的二伯母画像，管又萍到我家里和我的父亲谈了几次，所以我知道这些手续。

管又萍的"生意"是很好的，因为他画人很像，全县第一。

这是一个谦恭谨慎的人，说话小声，走路低头。

出北门，有一家卖画的。因为要下一个坡，而且这家的门总是关着，我没有进去看过。这家的特点是每年端午节前在门前柳树上拉两根绳子，挂出几十张钟馗。饮酒、醉眠、簪花、骑驴、仗剑叱鬼、从鸡笼里掏鸡、往胆瓶里插菖蒲、嫁妹、坐着山轿出巡……大概这家藏有不少种钟馗的画稿，每年只要照描一遍。钟馗在中国人物画里是个很有人性，很有幽默感的可爱的形象。我觉得美术出版社可以把历代画家画的钟馗收集起来出一本《钟馗画谱》，这将是一本非常有趣的画册。这不仅有美术意义，对了解中国文化也是很有意义的。

新巷口有一家"画匠店",这是画画的作坊。所生产的主要是"家神菩萨"。家神菩萨是几个本不相干的家族的混合集体。最上一层是南海观音和善财龙女。当中是关云长和关平、周仓。下面是财神。他们画画是流水作业,"开脸"的是一个人,画衣纹的是另一个人,最后加彩贴金的又是一个人。开脸的是老画匠,做下手活的是小徒弟。画匠店七八个人同时做活,却听不到声音,原来学画匠的大都是哑巴。这不是什么艺术作品,但是也还值得看看。他们画得很熟练,不会有败笔。有些画法也使我得到启发。比如他们画衣纹是先用淡墨勾线,然后在必要的地方用较深的墨加几道,这样就有立体感,不是平面的,我在画匠店里常常能站着看一个小时。

这家画匠店还画"玻璃油画"。在玻璃的反面用油漆画福禄寿或老寿星。这种画是反过来画的,作画程序和正面画完全不同。比如画脸,是先画眉眼五官,后涂肉色;衣服先画图案,后涂底子。这种玻璃油画是作插屏用的。

我们县里有几家裱画店,我每一家都要走进去看看。但所裱的画很少好的。人家有古一点的好画都送到苏州去裱。本地裱工不行,只有一次在北市口的裱画店里看到一副王匋民写的八尺长的对子,给我留下深刻的印象,我认为王匋民是我们县的第一画家。他的字也很有特点,我到现在还说不准他的字的来源,有章草,又有王铎、倪瓒。他用侧锋写那样大的草书对联,这种风格我还没有见过。

沽源

沙岭子农业科学研究所派我到沽源的马铃薯研究站去画马铃薯图谱。我从张家口一清早坐上长途汽车，近晌午时到沽源县城。

沽源原是一个军台。军台是清代在新疆和蒙古西北两路专为传递军报和文书而设置的邮驿。官员犯了罪，就会被皇上命令"发往军台效力"。我对清代官制不熟悉，不知道什么品级的官员，犯了什么样的罪名，就会受到这种处分，但总是很严厉的处分，和一般的贬谪不同。然而据龚定庵说，发往军台效力的官员并不到任，只是住在张家口，花钱雇人去代为效力。我这回来，是来画画的，不是来看驿站送情报的，但也可以说是"效力"来了，我后来在带来的一本《梦溪笔谈》的扉页上画了一方图章："效力军台"，这只是跟自己开开玩笑而已，并无很深的感触。我戴了右派分子的帽子，只身到塞外——这地方在外长城北侧，可真正是"塞外"了——来画山药（这一带人都把马铃薯叫作"山药"），想想也怪有意思。

沽源在清代一度曾叫"独石口厅"。龚定庵说他"北行不过独石口",在他看来,这是很北的地方了。这地方冬天很冷。经常到口外揽工的人说:"冷不过独石口。"据说去年下了一场大雪,西门外的积雪和城墙一般高。我看了看城墙,这城墙也实在太矮了点,像我这样的个子,一伸手就能摸到城墙顶了。不过话说回来,一人多高的雪,真够大的。

这城真够小的。城里只有一条大街。从南门慢慢地溜达着,不到十分钟就出北门了。北门外一边是一片草地,有人在套马;一边是一个水塘,有一群野鸭子自自在在地浮游。城门口游着野鸭子,城中安静可知。城里大街两侧隔不远种一棵树——杨树,都用土墼围了高高的一圈,为的是怕牛羊啃吃,也为了遮风,但都极瘦弱,不一定能活。在一处墙角竟发现了几丛波斯菊,这使我大为惊异了。波斯菊昆明是很常见的。每到夏秋之际,总是开出很多浅紫色的花。波斯菊花瓣单薄,叶细碎如小茴香,茎细长,微风吹拂,姗姗可爱。我原以为这种花只宜在土肥雨足的昆明生长,没想到它在这少雨多风的绝塞孤城也活下来了。当然,花小了,更单薄了,叶子稀疏了,它,伶仃萧瑟了。虽则是伶仃萧瑟,它还是竭力地放出浅紫浅紫的花来,为这座绝塞孤城增加了一分颜色,一点生气。谢谢你,波斯菊!

我坐了牛车到研究站去。人说世间"三大慢":等人、钓鱼、坐牛车。这种车实在太原始了,车轱辘是两个木头饼子,本地人就叫它"二饼子车"。真叫一个慢。好在我没有什么急事,就躺着看看蓝天;看看平如案板一样的大地——这真是

"大地",大得无边无沿。

我在这里的日子真是逍遥自在之极。既不开会,也不学习,也没人领导我。就我自己,每天一早蹚着露水,掐两丛马铃薯的花,两把叶子,插在玻璃杯里,对着它一笔一笔地画。上午画花,下午画叶子——花到下午就蔫了。到马铃薯陆续成熟时,就画薯块,画完了,就把薯块放到牛粪火里烤熟了,吃掉。我吃过几十种不同样的马铃薯。据我的品评,以"男爵"为最大,大的一个可达两斤;以"紫土豆"味道最佳,皮色深紫,薯肉黄如蒸栗,味道也似蒸栗;有一种马铃薯可当水果生吃,很甜,只是太小,比一个鸡蛋大不了多少。

沽源盛产莜麦。那一年在这里开全国性的马铃薯学术讨论会,与会专家提出吃一次莜面。研究站从一个叫"四家子"的地方买来坝上最好的莜面,比白面还细,还白;请来几位出名的做莜面的媳妇来做。做出了十几种花样,除了"搓窝窝"、"搓鱼鱼"、"猫耳朵",还有最常见的"压饸饹",其余的我都叫不出名堂。蘸莜面的汤汁也极精彩,羊肉口蘑潲(这个字我始终不知道怎么写)子。这一顿莜面吃得我终生难忘。

夜雨初晴,草原发亮,空气闷闷的,这是出蘑菇的时候。我们去采蘑菇。一两个小时,可以采一网兜。回来,用线穿好,晾在房檐下。蘑菇采得,马上就得晾,否则极易生蛆。口蘑干了才有香味,鲜口蘑并不好吃,不知是什么道理。我曾经采到一个白蘑。一般蘑菇都是"黑片蘑",菌盖是白的,菌折是紫黑色的。白蘑则菌盖菌折都是雪白的,是很珍贵的,不易遇到。年底探亲,我把这只亲手采的白蘑带到北京,一个白蘑做了一碗汤，孩子们喝了，都说比鸡汤还鲜。

一天，一个干部骑马来办事，他把马拴在办公室前的柱子上。我走过去看看这匹马，是一匹枣红马，膘头很好，鞍鞯很整齐。我忽然意动，把马解下来，跨了上去。本想走一小圈就下来，没想到这平平的细沙地上骑马是那样舒服，于是一抖缰绳，让马快跑起来。这马很稳，我原来难免的一点畏怯消失了，只觉得非常痛快。我十几岁时在昆明骑过马，不想人到中年，忽然作此豪举，是可一记。这以后，我再也没有骑过马。

有一次，我一个人走出去，走得很远。忽然变天了，天一下子黑了下来，云头在天上翻滚，堆着，挤着，绞着，拧着。闪电熠熠，不时把云层照透。雷声訇訇，接连不断，声音不大，不是劈雷，但是浑厚沉雄，威力无边。我仰天看看凶恶奇怪的云头，觉得这真是天神发怒了。我感觉到一种从未体验过的恐惧。我一个人站在广漠无垠的大草原上，觉得自己非常的小，小得只有一点。

我快步往回走。刚到研究站，大雨下来了，还夹有雹子。雨住了，却又是一个很蓝很蓝的天，阳光灿烂。草原的天气，真是变幻莫测。

天凉了，我没有带换季的衣裳，就离开了沽源。剩下一些没有来得及画的薯块，是带回沙岭子完成的。

我这辈子大概不会再有机会到沽源去了。

觅我游踪五十年

将去云南，临行前的晚上，写了三首旧体诗。怕到了那里，有朋友叫写字，临时想不出合适词句。一九八七年去云南，一路写了不少字，平地抠饼，现想词儿，深以为苦。其中一首是：

羁旅天南久未还，
故乡无此好湖山。
长堤柳色浓如许，
觅我旅踪五十年。

我在西南联大读书时，曾两度租了房子住在校外。一度在若园巷二号，一度在民强巷五号一位姓王的老先生家的东屋。民强巷五号的大门上刻着一副对联：

圣代即今多雨露
故乡无此好湖山

我每天进出,都要看到这副对子,印象很深。这副对联是集句。上联我到现在还没有查到出处,意思我也不喜欢。我们在昆明的时候,算什么"圣代"呢!下联是苏东坡的诗。王老先生原籍大概不是昆明,这里只是他的寓庐。他在门上刻了这样的对联,是借前人旧句,抒自己情怀。我在昆明待了七年。除了高邮、北京,在这里的时间最长,按居留次序说,昆明是我的第二故乡。少年羁旅,想走也走不开,并不真的是留恋湖山,写诗(应是偷诗)时不得不那样说而已。但是,昆明的湖山是很可留恋的。

我在民强巷时的生活,真是落拓到了极点。一贫如洗。我们交给房东的房租只是象征性的一点,而且常常拖欠。昆明有些人家也真是怪,愿意把闲房租给穷大学生住,不计较房租。这似乎是出于对知识的怜惜心理。白天,无所事事,看书,或者搬一个小板凳,坐在廊檐下胡思乱想。有时看到庭前寂然的海棠树有一小枝轻轻地弹动,知道是一只小鸟离枝飞去了。或是无目的地到处游逛,联大的学生称这种游逛为 Wandering。晚上,写作,记录一些印象、感觉、思绪,片片段段,近似 A. 纪德的《地粮》。毛笔,用晋人小楷,写在自己订成的一个很大的棉纸本子上。这种习作是不准备发表的,也没有地方发表。不停地抽烟,扔得满地都是烟蒂,有时烟抽完了,就在地下找找,拣起较长的烟蒂,点了火再抽两口。睡得很晚。没有床,我就睡在一个高高的条几上,这条几也就是一尺多宽。被窝的里面都已不知去向,只剩下一条棉絮。我无论冬夏,都是拥絮而眠。条几临窗,窗外是隔壁邻居的鸭圈,每天都到这些鸭子呷呷叫起来，天已薄亮时，才睡。有时没钱吃饭，就坚卧不起。同学朱德熙见我到十一点钟还没有露面，——我每天都要到他那里聊一会的，就夹了一本字典来，叫："起来，去吃饭！"把字典卖掉，吃了饭，Wandering，或到"英国花园"（英国领事馆的花园）的草地上躺着，看天上的云，说一些"没有两片树叶长在一个空间"之类的虚无缥缈的胡话。

有一次替一个小报约稿，去看闻一多先生。闻先生看了我的颓废的精神状态，把我痛斥了一顿。我对他的参与政治活动也不以为然，直率地提出了意见。回来后，我给他写了一封短信，说他对我俯冲了一通。闻先生回信说："你也对我高射了一通。今天晚上你不要出去，我来看你。"当天，闻先生来看了我。他那天说了什么，我已经不记得了，看了我，他就去闻家驷先生家了，——闻家驷先生也住在民强巷。闻先生是很喜欢我的。

若园巷二号的房东是一个上了年纪的寡妇，她没有儿女，只和一个又像养女又像使女的女孩子同住楼下的正屋，其余两进房屋都租给联大学生。我和王道干同住一屋，他当时正在读蓝波的诗，写波特莱尔式的小散文，用粉笔到处画着普希金的侧面头像，把宝珠梨切成小块用线穿成一串喂养果蝇。后来到了法国，在法国入了党，成了专译马克思主义文艺理论的翻译家。他的转折，我一直不了解。若园巷的房客还有何炳棣、吴讷孙，他们现在都在美国，是美籍华人了，一个是历史学家，一个是美学和美术史专家。有一年春节，吴讷孙写了一副春联，贴在大门上：

人斗南唐金叶子

街飞北宋闹蛾儿

这副对联很有点富贵气，字也写得很好。闹蛾儿自然是没有的，昆明过年也只是放鞭炮。"金叶子"是指扑克牌。联大师生打桥牌成风，这位 Nelson 先生就是一个桥牌迷。吴讷孙写了一本反映联大生活的长篇小说《未央歌》，在台湾多次再版。一九八七年我在美国见到他，他送了我一本。

若园巷二号院里有一棵很大的缅桂花（即白兰花）树，枝叶繁茂，坐在屋里，人面一绿。花时，香出巷外。房东老太太隔两三天就搭了短梯，叫那个女孩子爬上去，摘下很多半开的花苞，囊在绿叶里，拿到花市上去卖。她怕我们乱摘她的花，就主动用白磁盘码了一盘花，洒一点清水，给各屋送去。这些缅桂花，我们大都转送了出去。曾给萧珊、王树藏送了两次。今萧珊、树藏都已去世多年，思之怅怅。

我们这次到昆明，当天就要到玉溪去，哪里也顾不上去看看，只和冯牧陪凌力去找了找逼死坡。路，我还认得，从青莲街上去，拐个弯就是。一九三九年，我到昆明考大学、在青莲街的同济大学附中寄住过。青莲街是一个相当陡的坡，原来铺的是麻石板；急雨时雨水从五华山奔泻而下，经陡坡注入翠湖，水流石上，哗哗作响，很有气势。现在改成了沥青路面。昆明城里再找一条麻石板路，大概没有了。逼死坡还是那样。路边立有一碑："明永历帝殉国处"，我记得以前是没有的，大概是后来立的。凌力将写南明历史，自然要来看看遗迹。我无感触，只想起坡下原来有一家铺子卖核桃糖，装在一个玻璃匣子里，很好吃，也很便宜。

我们一行的目标是滇西，原以为回昆明后可以到处走走，不想到了玉溪第二天就崴了脚，脚上敷了草药，缠了绷带，拄杖跛行了瑞丽、芒市、保山等地，人很累了。脚伤未愈，来访客人又多，懒得行动。翠湖近在咫尺，也没有进去，只在宾馆门前，眺望了几回。

即目可见的风景，一是湖中的多孔石桥，一是近西岸的圆圆的小岛。

这座桥架在纵贯翠湖的通路上，是我们往来市区必经的。我在昆明七年，在这座桥上走过多少次，真是无法计算了。我记得这条道路的两侧原来是有很高大的柳树的。人行路上，柳条拂肩，溶溶柳色，似乎透入体内。我诗中所说"长堤柳色浓如许"，主要即指的是这条通路上的垂柳。柳树是有的，但是似乎矮小，也稀疏，想来是重栽的了。

那座圆形的小岛，实是个半岛，对面是有小径通到陆上的。我曾在一个月夜和两个女同学到岛上去玩。岛上别无景点，平常极少游客，夜间更是阒无一人，十分安静。不料幽赏未已，来了一队警备司令部的巡逻兵，一个班长，把我们骂了一顿："半夜三更，你们到这里来整哪样？你们哪校长，就是这样教育你们哪！"语气非常粗野。这不但是煞风景，而且身为男子，受到这样的侮辱，却还不出一句话来，实在是窝囊。我送她们回南院（女生宿舍），一路沉默。这两个女学生现在大概都已经当了祖母,她们大概已经不记得那晚上的事了。隔岸看小岛,杂树蓊郁,还似当年。

本想陪凌力去看看莲花池,传说这是陈圆圆自沉的地方。凌力要到图书馆去抄资料,听说莲花池已经没有水(一说有水,但很小),我就没有单独去的兴致。

《滇池》编辑部的三位同志来看我,再三问我想到哪里看看,我说脚疼,哪里也不想去。他们最后建议:有一个花鸟市场,不远,乘车去,一会就到,去看看。盛情难却,去了。看了出售的花、鸟、猫、松鼠、小猴子、新旧银器……我问:"这条街原来是什么街?"——"甬道街"。甬道街!我太熟了,我告诉他们,这里原来有一家馆子,鸡做得很好,昆明人想吃鸡,都上这家来。这家饭馆还有个特点,用大锅熬了一锅苦菜汤。苦菜汤是不收钱的,可以甩大碗自己去舀。现在已经看不出痕迹了。

甬道街的隔壁,是文明街,过去都叫"文明新街"。一眼就看出来,两边的店铺都是两层楼木结构,楼上临街是栏杆,里面是隔扇。这些房子竟还没有坏!文明街是卖旧货的地方。街两边都是旧货摊。一到晚上,点了电石灯,满街都是电石臭气。什么旧货都有,玛瑙翡翠、铜佛瓷瓶、破铜烂铁。沿街浏览,蹲下来挑选问价,也是个乐趣。我们有个同班的四川同学,姓李,家里寄来一件棉袍,他从邮局取出来,拆开包裹线,到了文明街,把棉袍搭在胳膊上:"哪个要这件棉袍!"当时就卖掉了,伙同几个同学,吃喝了一顿。街右有几家旧书店,收集中外古今旧书。联大学生常来光顾,买书,也卖书。最吃香的是工具书。有一个同学,发现一家旧书店收购《辞源》的收价,比定价要高不少。出街口往西不远,就是商务印书馆。这位老兄于是到商务印书馆以原价买出一套崭新的《辞源》,拿到旧书店卖掉。文明街有三家瓷器店,都是桐城人开的。昆明的操瓷器业者多为桐城帮。朱德熙的丈人家所开的瓷器店即在街的南头。德熙婚后,我常随他到他丈人家去玩,和孔敬(德熙的夫人)到后面仓库里去挑好玩的小酒壶、小花瓶。桐城人请客,每个菜都带汤,谓之"水碗",桐城人说:"我们吃菜,就是这样汤汤水水的。"美国在广岛扔了原子弹后,一天,有两个美国兵来买瓷器,德熙伏在柜台上和他们谈了一会。这两个美国兵一定很奇怪:瓷器店里怎么会有一个能说英语的伙计,而且还懂原子物理!

这文明街为文庙西街,再西,即为正义路。这条路我走过多次,现在也还认得出来。

我十九岁到昆明,今年七十一岁,说游踪五十年,是不错的。但我这次并没有去寻觅。朋友建议我到民强巷和若园巷看看,已经到了跟前,不知道为什么,我不怎么想去。

昆明我还是要来的!昆明是可依恋的。当然,可依恋的不止是五十年前的旧迹。

记住:下次再到云南,不要崴脚!

一九九一年五月十一日,北京
(载一九九一年第八期《女声》)

第 二 辑
天 山 行 色

我们的祖先就是这样生活下来的，他们生活得很艰难也许他们也有快乐。人就是这样生活过来的。生活是悲壮的。生活的意义在哪里？就在于磨制一根骨针，想出在骨针上刻个针鼻。

途杂记

半坡人的骨针

我这是第二次参观半坡,不像二十年前第一次参观时那样激动了。但我还是相当细致地看了一遍。房屋的遗址,防御野兽的深沟,烧制陶器的残窑,埋葬儿童的瓮棺……我在心里重复了二十年前的感慨——平平常常的、陈旧的感慨:我们的祖先就是这样生活下来的,他们生活得很艰难——也许他们也有快乐。人就是这样生活过来的。生活是悲壮的。

在文物陈列室里我看到石锛。我们的祖先就是用这种完全没有锋刃,几乎是浑圆的石锛,劈开了大树。

我看到两根骨针。长短如现在常用的牙签,微扁,而极光滑。这两根针用过不少次,缝制过不少件衣裳——那种仅能蔽体的、粗劣的短褐。磨制这种骨针一定是很不容易的。针都有鼻。一根的针鼻是圆的;一根的略长,和现在用的针很相似。大概略长的针鼻更好使些。

针是怎样发明的呢?谁想出在针上刻出个针鼻来的呢?这

个人真是一个大发明家,一个了不起的聪明人。

在招待所听几个青年谈论生活有没有意义,我想,半坡人是不会谈论这种问题的。

生活的意义在哪里?就在于磨制一根骨针,想出在骨针上刻个针鼻。

兵马俑的个性

头一个搞兵马俑的并不是秦始皇。在他以前,就有别的王者,制造过铜的或是瓦的一群武士,用来保卫自己的陵墓。不过规模都没有这样大。搞了整整一师人,都与真人等大,密匝匝地排成四个方阵,这样的事,只有完成了"六王毕,四海一"的大业的始皇帝才干得出来。兵马俑确实很壮观。

面对着这样一个瓦俑的大军,我简直不知道对秦始皇应该抱什么感情。是惊叹于他的气魄之大,还是对他的愚蠢的壮举加以嘲笑?

俑之上,原来据说是有建筑的,被项羽的兵烧掉了。很自然的,人们会慨叹:"楚人一炬,可怜焦土。"

有人说始皇陵兵马俑是世界第八奇迹。

单个地看,兵马俑的艺术价值并不是很高。它的历史价值、文物价值,要比艺术价值高得多。当初造俑的人,原来就没有把它当作艺术作品,目的不在使人感动,造出后,就埋起来了,当时看到这些俑的人也不会多。最初的印象,这些俑,大都只有共性,即只是一个兵,没有很鲜明的个性。其实就是对于活着的士卒,从秦始皇到下面的百夫长,也不要求他们有什么个性，有他们的个人的思想、情绪。不但不要求，甚至是不允许的。他们只是兵，或者可供驱使来厮杀，或者被"坑"掉。另外，造一个师的俑，要来逐一地刻画其性格，使之互相区别，也很难。即或是把米开朗琪罗请来，恐怕也难于措手。

我很怀疑这些俑的身体是用若干套模子扣出来的。他们几乎都是一般高矮。穿的服装虽有区别（大概是标明等级的），但多大同小异。大部分是短褐，披甲，着裤，下面是一色的方履。除了屈一膝跪着的射手外，全都直立着，两脚微微分开，和后来的"立正"不同。大概那时还没有发明立正。如果这些俑都是绷直地维持立正的姿势，他们会累得多。

但是他们的头部好像不是用模子扣出来的。这些脑袋是"活"的，是烧出来后安上去的。当初发掘时，很多俑已经身首异处；现在仍然可以很方便地从颈腔里取下头来。乍一看，这些脑袋都大体相似，脸以长圆形的居多，都梳着偏髻，年龄率为二十多岁，两眼平视，并不木然，但也完全说不上是英武，大都是平静的，甚至是平淡的，看不出有什么痛苦或哀愁——自然也说不上高兴。总而言之，除了服装，这些人的脸上寻不出兵的特征，像一些普通老百姓，"黔首"，农民。

但是细看一下，就可以发现他们并不完全一样。

有一个长了络腮胡子的，方方的下颌，阔阔的嘴微闭着，双目沉静而仁慈，看来是个老于行伍的下级军官。他大概很会带兵，而且善于驭下，宽严得中。

有一个胖子，他的脑袋和身体都是圆滚滚的（他的身体也许是特制的，不是用模子扣出来的），脸上浮着憨厚而有点狡猾的微笑。他的胃口和脾气一定都很好，而且随时会说出一些稍带粗野的笑话。

有一个的双颊很瘦削，是一个尖脸，有一撮山羊胡子。据说这样的脸型在现在关中一带的农民中还很容易发现。他也微微笑着，但从眼神里看，他在深思着一件什么事情。

有人说，兵马俑的形象就是造俑者的形象，他们或是把自己，或是把同伴的模样塑成俑了。这当然是推测。但这种推测很合理。

听说太原晋祠宋塑宫女的形象即晋祠附近少女的形象，现在晋祠附近还能看到和宋塑形态仿佛的女孩子。

我于是生出两种感想。

塑像总是要有个性的。即便是塑造兵马俑，不需要，不要求有个性，但是造俑者还是自觉、不自觉地，多多少少地赋予了他们一些个性。因为他塑造的是人，人总有个性。

塑像总是有模特儿的。他塑造的只能是他见过的人，或是熟人，或是他自己。凭空设想，是不可能的。

任何艺术，想要完全摆脱现实主义，是几乎不可能的事。

三苏祠

三次游杜甫草堂，都没有留下多少印象。

这是一个公园，不是一个祠堂。

杜甫的遗迹，一样也没有。

有很多竹木盆景，很多建筑。到处是对联、题咏，时贤的字画。字多很奔放；画多大写意，着色很浓重。

好像有很多人一齐大声地谈论着杜甫，但是看不到杜甫本人,感觉不到他的行动气息、声音笑貌。

眉山的三苏祠要好一些。

三苏祠以宅为祠。苏东坡文云:"家有五亩之园",今略广,占地约八亩。房屋当然是后来重盖了的,但是当日的布局,依稀可见,有一口井,据说还是苏氏的旧物。井栏是这一带常见的红砂石的。井里现在还能打上水来。一侧有一棵荔枝树。传说苏东坡离家的时候,乡人种了一棵荔枝,约好等东坡回来时一同摘食。东坡远谪,一直没有吃上家乡的荔枝。当年的那棵荔枝早已死了,现在的据说是明朝人补栽的,也已经枯萎了,正在抢救。这些都是有纪念意义的。

东边有一个版本陈列室,搜罗了自元版至现在的铅字排印的东坡集的各种版本,虽然并不齐全,但是这种陈列思想,有足取者。

由眉山往乐山的汽车中,"想"了一首旧体诗:

当日家园有五亩,
至今文字重三苏。
红栏旧井犹堪汲,
丹荔重栽第几株?

伏小六、伏小八

大足的唐宋摩崖石刻是惊人的。

十二圆觉,刻得极细致。袈裟衣带静静地垂着,但是你感

觉得到其间有一丝微风在轻轻地流动。不像一般的群像（比如罗汉）强调其间的异，这十二尊像强调的是同。他们的年貌、衣着、坐态都差不多。他们都在沉思默念。但是从其眼梢嘴角，看得出其会心不尽相同。不怕其相同，能于同中见异，十二尊像造成一个既生动又和谐的整体，自是大手笔。

我看过很多千手观音。除了承德的木雕大佛，总觉得不大自然。那么多的细长的手臂长在一个"人"的肩背上，违反常理，使人很不舒服。大足的千手观音另辟蹊径。他的背上也伸出好几只手，但是看来是负担得起的。这几只手之外，又伸出好多只手。据说某年装金时曾一只一只地编过号，一共有一千零七只（不知道为什么是一个单数）。手具各种姿态，或正、或侧、或反，或似召唤，或似慰抚，都很像人的手，很自然，很好看。一千零七只手，造成一个很大的手的佛光。这些手是怎样伸出来的，全不交代。但是你又觉得这都是观音的手，都是和观音有联系的，其联系处不在形，而在意。构思非常巧妙。

释迦涅槃像，即通常所说的卧佛。释迦面部极为平静，目微睁，显出无爱无欲，无生亦无死。像长三十余米，但只刻了释迦的头和胸。肩手无交代。下肢伸入岩石，不知所终。释迦前，刻了佛弟子，有的冠服似中土产，有一个科头鬈发似西方人。他们都在合十赞诵，眉尖微蹙，稍露愁容。这些弟子并不是整齐地排成一列，而是有正面的，有反面的，有朝左的，有朝右的，距离也不相等。他们也只露出半身，腹部以下，在石头里，也不知所终。于有限的空间造无限的境界，形有尽，意无穷。雕刻这一组佛像的是一个气魄雄伟的匠师！他想必在这一壁岩石之前徘徊坐卧好多个日夜!

普贤像被人称为东方的维纳斯。

数珠手观音被称为媚态观音,全身的线条都非常柔软。

佛教的像原来也是取形于人的,但是后来高度升华起来了。仅修得阿罗汉果的自了汉还一个一个都有人的性格,菩萨以上,就不复是"人"了。他们不但抛弃了人的性格,连性别也分不清了。菩萨和佛,都有点女性的美。

大足石刻是了不起的艺术。

中国的造像人大都无姓名可查。值得庆幸的是大足石刻有一些石壁上刻下了造像的匠师的姓名。他们大都姓伏。他们的名字是卑微的:伏小六、伏小八……他们的事迹都无可考了,然而中国美术史上无疑地将会写出这样一篇,题目是:《伏小六、伏小八》。

看了大足石刻,我想起一路上看到一些纪念性的现代塑像,李冰父子、屈原、杜甫、苏东坡、杨升庵……好像都差不多。这些塑像塑得都不太像古人。为什么我们的雕塑家不能从大足石刻得到一点启发呢?

天山行色

南山塔松

所谓南山者,是一片塔松林。

乌鲁木齐附近,可游之处有二,一为南山,一为天池。凡到乌鲁木齐者,无不往。

南山是天山的边缘,还不是腹地。南山是牧区。汽车渐入南山境,已经看到牧区景象。两边的山起伏连绵,山势皆平缓,望之浑然,遍山长着茸茸的细草。去年雪不大,草很短。老远的就看到山间错错落落,一丛一丛的塔松,黑黑的。

汽车路尽,舍车从山涧两边的石径向上走,进入松林深处。

塔松极干净,叶片片如新拭,无一枯枝,颜色蓝绿。空气也极干净。我们借草倚树吃西瓜,起身时衣裤上都沾了松脂。

新疆雨量很少,空气很干燥,南山雨稍多,本地人说:"一块帽子大的云也能下一阵雨。"然而也不过只是帽子大的云的那么一点雨尔,南山也还是干燥的。然而一棵一棵塔松密密地长起来了,就靠了去年的雪和那么一点雨。塔松林中草很丰盛,花很多，树下可以捡到蘑菇。蘑菇大如掌，洁白细嫩。

塔松带来了湿润，带来了一片雨意。

树是雨。

南山之胜处为杨树沟、菊花台，皆未往。

天池雪水

一位维吾尔族的青年油画家（他看来很有才气）告诉我：天池是不能画的，太蓝，太绿，画出来像是假的。

天池在博格达雪山下。博格达山终年用它的晶莹洁白吸引着乌鲁木齐人的眼睛。博格达是乌鲁木齐的标志，乌鲁木齐的许多轻工业产品都用博格达山做商标。

汽车出乌鲁木齐，驰过荒凉苍茫的戈壁滩，驰向天池。我恍惚觉得不是身在新疆，而是在南方的什么地方。庄稼长得非常壮大苗实，油绿油绿的，看了教人身心舒畅。路旁的房屋也都干净整齐。行人的气色也很好，全都显出欣慰而满足。黄发垂髫，并怡然自得。有一个地方，一片极大的坪场，长了一片极大的榆树林。榆树皆数百年物，有些得两三个人才抱得过来。树皆健旺，无衰老态。树下悠然地走着牛犊。新疆山风化层厚，少露石骨。有一处，悬崖壁立，石骨尽露，石质坚硬而有光泽，黑如精铁，石缝间长出大树，树荫下覆，纤藤细草，蒙翳披纷，石壁下是一条湍急而清亮的河水……这不像是新疆，好像是四川的峨眉山。

到小天池（谁编出来的，说这是王母娘娘洗脚的地方，真是煞风景！）少憩，在崖下池边站了一会，赶快就上来了：水边凉气逼人。

到了天池,嗬!那位维族画家说得真是不错。有人脱口说了一句:"春水碧于蓝。"

天池的水,碧蓝碧蓝的。上面,稍远处,是雪白的雪山。对面的山上密密匝匝地布满了塔松,——塔松即云杉。长得非常整齐,一排一排地,一棵一棵挨着,依山而上,显得是人工布置的。池水极平静,塔松、雪山和天上的云影倒映在池水当中,一丝不爽。我觉得这不像在中国,好像是在瑞士的风景明信片上见过的景色。

或说天池是火山口,——中国的好些天池都是火山口,自春至夏,博格达山积雪溶化,流注其中,终年盈满,水深不可测。天池雪水流下山,流域颇广。凡雪水流经处,皆草木华滋,人畜两旺。作《天池雪水歌》:

明月照天山,
雪峰淡淡蓝。
春暖雪化水流渐,
流入深谷为天池。
天池水如孔雀绿,
水中森森万松覆。
有时倒映雪山影,
雪山倒影明如玉。
天池雪水下山来,
快笑高歌不复回。

下山水如蓝玛瑙，
卷沫喷花斗奇巧。
雪水流处长榆树，
风吹白杨绿火炬。
雪水流处有人家，
白白红红大丽花。
雪水流处小麦熟，
新面打馕烤羊肉。
雪水流经山北麓，
长宜子孙聚国族。
天池雪水深几许？
储量恰当一年雨。
我从燕山向天山，
曾度苍茫戈壁滩。
万里西来终不悔，
待饮天池一杯水。

天山

天山大气磅礴，大刀阔斧。

一个国画家到新疆来画天山，可以说是毫无办法。所有一切皴法，大小斧劈、披麻、解索、牛毛、豆瓣，统统用不上。天山风化层很厚，石骨深藏在砂砾泥土之中，表面平平浑浑，不见棱角。一个大山头，只有阴阳明暗几个面，没有任何琐碎的笔触。

天山无奇峰，无陡壁悬崖，无流泉瀑布，无亭台楼阁，而且没有一棵树，——树都在"山里"。画国画者以树为山之目，天山无树，就是一大片一大片紫褐色的光秃秃的裸露的干山，国画家没了辙了！

自乌鲁木齐至伊犁，无处不见天山。天山绵延不绝，无尽无休，其长不知几千里也。

天山是雄伟的。

早发乌苏望天山
苍苍浮紫气，
天山真雄伟。
陵谷分阴阳，
不假皴擦美。
初阳照积雪，
色如胭脂水。

往霍尔果斯途中望天山
天山在天上，
没在白云间。
色与云相似，
微露数峰巅。
只从蓝襞褶，
遥知这是山。

伊犁闻鸠

到伊犁,行装甫卸,正洗着脸,听见斑鸠叫:

"鹁鸪鸪——咕……"

"鹁鸪鸪——咕……"

这引动了我的一点乡情。

我有很多年没有听见斑鸠叫了。

我的家乡是有很多斑鸠的。我家的荒废的后园的一棵树上,住着一对斑鸠。"天将雨,鸠唤妇",到了浓阴将雨的天气,就听见斑鸠叫,叫得很急切:

"鹁鸪鸪,鹁鸪鸪,鹁鸪鸪……"

斑鸠在叫他的媳妇哩。

到了积雨将晴,又听见斑鸠叫,叫得很懒散:

"鹁鸪鸪,——咕!"

"鹁鸪鸪,——咕!"

单声叫雨,双声叫晴。这是双声,是斑鸠的媳妇回来啦。"——咕",这是媳妇在应答。

是不是这样呢?我一直没有踏着挂着雨珠的青草去循声观察过。然而凭着鸠声的单双以占阴晴,似乎很灵验。我小时常常在将雨或将晴的天气里,谛听着鸣鸠,心里又快乐又忧愁,凄凄凉凉的,凄凉得那么甜美。

我的童年的鸠声啊。

昆明似乎应该有斑鸠,然而我没有听鸠的印象。

上海没有斑鸠。

我在北京住了多年,没有听过斑鸠叫。

张家口没有斑鸠。

我在伊犁,在祖国的西北边疆,听见斑鸠叫了。

"鹁鸪鸪——咕,"

"鹁鸪鸪——咕……"

伊犁的鸠声似乎比我的故乡的要低沉一些,苍老一些。

有鸠声处,必多雨,且多大树。鸣鸠多藏于深树间。伊犁多雨。伊犁在全新疆是少有的雨多的地方。伊犁的树很多。我所住的伊犁宾馆,原是苏联领事馆,大树很多,青皮杨多合抱者。

伊犁很美。

洪亮吉《伊犁记事诗》云:

鹁鸪啼处却春风,
宛如江南气候同。

注意到伊犁的鸠声的,不是我一个人。

伊犁河

人间无水不朝东,伊犁河水向西流。

河水颜色灰白,流势不甚急,不紧不慢,汤汤洄洄,似若有所依恋。河下游,流入苏联境。

在河边小作盘桓,使我惊喜的是河边长满我所熟悉的水乡的植物:芦苇,蒲草。蒲草甚高,高过人头。洪亮吉《天山客话》记云:"惠远城关帝庙后,颇有池台之胜,池中积蒲盈顷,游鱼百尾,蛙声间之。"伊犁河岸之生长蒲草,是古已有之的事了。蒲苇旁边,摇动着一串一串殷红的水蓼花,俨然江南秋色。

蹲在伊犁河边捡小石子,起身时发觉腿上脚上有几个地方奇痒,伊犁有蚊子!乌鲁木齐没有蚊子,新疆很多地方没有蚊子,伊犁有蚊子,因为伊犁水多。水多是好事,咬两下也值得。自来新疆,我才更深切地体会到水对于人的生活的重要性。

几乎每个人看到戈壁滩,都要发出这样的感慨:这么大的地,要是有水,能长多少粮食啊!

伊犁河北岸为惠远城。这是"总统伊犁一带"的伊犁将军的驻地,也是获罪的"废员"充军的地方。充军到伊犁,具体地说,就是到惠远。伊犁是个大地名。

惠远有新老两座城。老城建于乾隆二十七年,后为伊犁河水冲溃,废。光绪八年,于旧城西北郊十五里处建新城。

我们到新城看了看。城是土城,——新疆的城都是土城,黄土版筑而成,颇简陋,想见是草草营建的。光绪年间,清廷的国力已经很不行了。将军府遗址尚在,房屋已经翻盖过,但大体规模还看得出来。照例是个大衙门的派头,大堂、二堂、花厅,还有个供将军下棋饮酒的亭子。两侧各有一溜耳房,这便是"废员"们办事的地方。将军府下设六个处,"废员"们都须分发在各处效力。现在的房屋有些地方还保留当初的材料。木料都不甚粗大,有的地方还看得到当初的彩画遗迹,都很粗率。

新城没有多少看头,使人感慨兴亡,早生华发的是老城。

旧城的规模是不小的。城墙高一丈四，城周九里。这里有将军府，有兵营，有"废员"们的寓处，街巷市里，房屋栉比。也还有茶坊酒肆，有"却卖鲜鱼饲花鸭"、"铜盘炙得花猪好"的南北名厨。也有可供登临眺望，诗酒流连的去处。"城南有望河楼，面伊江，为一方之胜"，城西有半亩宫，城北一片高大的松林。到了重阳，归家亭子的菊花开得正好，不妨开宴。惠远是个"废员"、"谪宦"、"迁客"的城市。"自巡抚以下至簿尉，亦无官不具，又可知伊犁迁客之多矣。"从上引洪亮吉的诗文，可以看到这些迁客下放到这里，倒是颇不寂寞的。

伊犁河那年发的那场大水，是很不小的。大水把整个城全扫掉了。惠远城的城基是很高的，但是城西大部分已经塌陷，变成和伊犁河岸一般平的草滩了。草滩上的草很好，碧绿的，有牛羊在随意啃啮。城西北的城基犹在，人们常常可以在废墟中捡到陶瓷碎片，辨认花纹字迹。

城的东半部的遗址还在。城里的市街都已犁为耕地，种了庄稼。东北城墙，犹余半壁。城墙虽是土筑的，但很结实，厚约三尺。稍远，右侧，有一土墩，是鼓楼残迹，那应该是城的中心。林则徐就住在附近。

据记载：鼓楼前方第二巷，又名宽巷，是林的住处。我不禁向那个地方多看了几眼。林公则徐，您就是住在那里的呀？

伊犁一带关于林则徐的传说很多，有的不一定可靠。比如现在还在使用的惠远渠，又名皇渠，传说是林所修筑，有人就认为这不可信：林则徐在伊犁只有两年，这样一条大渠，按当时的条件，两年是修不起来的。但是林则徐之致力新疆水利，是不能否定的（林则徐分发在粮饷处，工作很清闲，每月只须到职一次，本不管水利）。林有诗云："要荒天遣作箕子，此说足壮羁臣羁"，看来他虽在迁谪之中，还是壮怀激烈，毫不颓唐的。他还是想有所作为，为百姓做一点好事，并不像许多废员，成天只是"种树养花，读书静坐"（洪亮吉语）。林则徐离开伊犁时有诗云："格登山色伊江水，回首依依勒马看"，他对伊犁是有感情的。

惠远城东的一个村边，有四棵大青枫树。传说是林则徐手植的。这大概也是附会。林则徐为什么会跑到这样一个村边来种四棵树呢？不过，人们愿意相信，就让他相信吧。

这样一个人，是值得大家怀念的。

据洪亮吉《客话》云：废员例当佩长刀，穿普通士兵的制服——短后衣。林则徐在伊犁日，亦当如此。

伊犁河南岸是察布查尔。这是一个锡伯族自治县。锡伯人善射，乾隆年间，为了戍边，把他们由东北的呼伦贝尔迁调来此。来的时候，戍卒一千人，连同家属和愿意一同跟上来的亲友，共五千人，路上走了一年多。——原定三年，提前赶到了。朝廷发下的差旅银子是一总包给领队人的，提前到，领队可以白得若干。一路上，这支队伍生下了三百个孩子！

这是一支多么壮观的，富于浪漫主义色彩，充满人情气味的队伍啊。五千人，一个民族，男男女女，锅碗瓢盆，全部家当，骑着马，骑着骆驼，乘着马车、牛车，浩浩荡荡，迤迤逦逦，告别东北的大草原，朝着西北大戈壁，出发了。落日，朝雾，启明星，北斗星。搭帐篷，饮牲口，宿营。火光，炊烟，茯茶，奶子。歌声，谈笑声。哪一个帐篷或车篷里传出一声啼哭，"呱——"又一个孩子出生了，一个小锡伯人，一个未来的武士。

一年多。

三百个孩子。

锡伯人是骄傲的，他们在这里驻防二百多年，没有后退过一步。没有一个人跑过边界，也没有一个人逃回东北，他们在这片土地扎下了深根。

锡伯族到现在还是善射的民族。他们的选手还时常在各地举行的射箭比赛中夺标。

锡伯人是很聪明的，他们一般都会说几种语言，除了锡伯语，还会说维语、哈萨克语、汉语。他们不少人还能认古满文。在故宫翻译、整理满文老档的，有几个是从察布查尔调去的。

英雄的民族！

雨晴，自依伊犁往尼勒克车中望乌孙山

一痕界破地天间，

浅绛依稀暗暗蓝。

夹道白杨无尽绿，

殷红数点女郎衫。

尼勒克

站在尼勒克街上，好像一步可登乌孙山。乌孙故国在伊犁河上游特克斯流域，尼勒克或当是其辖境。细君公主、解忧公主远嫁乌孙，不知有没有到过这里。汉代女外交家冯嫽夫人是个活跃人物，她的锦车可能是从这里走过的。

尼勒克地方很小，但是境内现有十三个民族。新疆的十三个民族，这里全有。喀什河从城外流过，水清如碧玉，流甚急。

唐巴拉牧场

在乌鲁木齐，在伊犁，接待我们的同志，都劝我们到唐巴拉牧场去看看，说是唐巴拉很美。

唐巴拉果然很美，但是美在哪里，又说不出。勉强要说，只好说：这儿的草真好！

喀什河经过唐巴拉，流着一河碧玉。唐巴拉多雨。由尼勒克往唐巴拉，汽车一天到不了，在卡提布拉克种蜂场住了一夜。那一夜就下了一夜大雨。有河，雨水足，所以草好。这是一个绿色的王国，所有的山头都是碧绿的。绿山上，这里那里，有小牛在慢悠悠地吃草。唐巴拉是高山牧场，牲口都散放在山上，尽它自己漫山瞎跑，放牧人不用管它，只要隔两三天骑着马去看看，不像内蒙，牲口放在平坦的草原上。真绿，空气真新鲜，真安静，——一点声音都没有。

我们来晚了。早一个多月来，这里到处是花。种蜂场设在这里，就是因为这里花多。这里的花很多是药材，党参、贝母……蜜蜂场出的蜂蜜能治气管炎。

有的山是杉山。山很高，满山满山长了密匝匝的云杉。云杉极高大。这里的云杉据说已经砍伐了三分之二，现在看起来还很多。招待我们的一个哈萨克牧民告诉我们：林业局有规定，四百年以上的，可以砍；四百年以下的，不许砍。云杉长得很慢。他用手指比了比碗口粗细："一百年，才这个样子！"

到牧场，总要喝喝马奶子，吃吃手抓羊肉。

马奶子微酸，有点像格瓦斯，我在内蒙喝过，不难喝，但也不觉得怎么好喝。哈萨克人可是非常爱喝。他们一到夏天，就高兴了：可以喝"白的"了。大概他们冬天只能喝砖茶，是黑的。马奶子要夏天才有，要等母马下了驹子，冬天没有。一个才会走路的男娃子，老是哭闹。给他糖，给他苹果，都不要，摔了。他妈给他倒了半碗马奶子，他巴呷巴呷地喝起来，安静了。

招待我们的哈萨克牧人的孩子把一群羊赶下山了。我们看到两个男人把羊一只一只周身揣过，特别用力地揣它的屁股蛋子。我们明白，这是揣羊的肥瘦（羊们一定不明白，主人这样揣它是干什么），揣了一只，拍它一下，放掉了；又重捉过一只来，反复地揣。看得出，他们为我们选了一只最肥的羊羔。

哈萨克吃羊肉和内蒙不同，内蒙是各人攥了一大块肉，自己用刀子割了吃。哈萨克是：一个大磁盘子，下面衬着煮烂的面条，上面覆盖着羊肉，主人用刀把肉割成碎块，大家连肉带面抓起来，送进嘴里。

好吃吗？

好吃！

吃肉之前，由一个孩子提了一壶水，注水遍请客人洗手，这风俗近似阿拉伯、土耳其。

"唐巴拉"是什么意思呢？哈萨克主人说：听老人说，这是蒙古话。从前山下有一片大树林子，蒙古人每年来收购牲畜，在树上烙了好些印子（印子本是烙牲口的），作为做买卖的标志。唐古拉是印子的意思。他说：也说不准。

赛里木湖·果子沟

乌鲁木齐人交口称道赛里木湖、果子沟。他们说赛里木湖水很蓝；果子沟要是春天去，满山都是野苹果花。我们从乌鲁木齐往伊犁，一路上就期待着看看这两个地方。

车出芦草沟，迎面的天色沉了下来，前面已经在下雨。到赛里木湖，雨下得正大。

赛里木湖的水不是蓝的呀。我们看到的湖水是铁灰色的。风雨交加，湖里浪很大。灰黑色的巨浪，一浪接着一浪，扑面涌来。撞碎在岸边，溅起白沫。这不像是湖，像是海。荒凉的，没有人迹的，冷酷的海。没有船，没有飞鸟。赛里木湖使人觉得很神秘，甚至恐怖。赛里木湖是超人性的。它没有人的气息。

湖边很冷，不可久留。

林则徐一八四二年（距今整一百四十年）十一月五日，曾过赛里木湖。林则徐日记云："土人云：海中有神物如青羊，不可见，见则雨雹。其水亦不可饮，饮则手足疲软，谅是雪水性寒故耳。"林则徐是了解赛里木湖的性格的。

到伊犁，和伊犁的同志谈起我们见到的赛里木湖，他们都有些惊讶，说："真还很少有人在大风雨中过赛里木湖。"

赛里木湖正南，即果子沟。车到果子沟，雨停了。我们来的不是时候，没有看到满山密雪一样的林檎的繁花，但是果子沟给我留下一个非常美的印象。

吉普车在山顶的公路上慢行着，公路一侧的下面是重重复复的山头和深浅不一的山谷。山和谷都是绿的，但绿得不一样。浅黄的、浅绿的、深绿的。每一个山头和山谷多是一种绿法。大抵越是低处，颜色越浅；越往上，越深。新雨初晴，日色斜照，细草丰茸，光泽柔和，在深深浅浅的绿山绿谷中，星星点点地散牧着白羊、黄犊、枣红的马，十分悠闲安静。迎面陡峭的高山上，密密地矗立着高大的云杉。一缕一缕白云从黑色的云杉间飞出。这是一个仙境。我到过很多地方，从来没有觉得什么地方是仙境。到了这儿，我蓦然想起这两个字。我觉得这里该出现一个小小的仙女，穿着雪白的纱衣，披散着头发，手里拿一根细长的牧羊杖，赤着脚，唱着歌，歌声悠远，回绕在山谷之间……

从伊犁返回乌鲁木齐，重过果子沟。果子沟不是来时那样了。草、树、山，都有点发干，没有了那点灵气。我不复再觉得这是一个仙境了。旅游，也要碰运气。我们在大风雨中过赛里木，雨后看果子沟，皆可遇而不可求。

汽车转过一个山头，一车的人都叫了起来："哈！"赛里木湖，真蓝！好像赛里木湖故意设置了一个山头，挡住人的视线。绕过这个山头，它就像从天上掉下来的似的，突然出现了。

真蓝！下车待了一会，我心里一直惊呼着：真蓝！

我见过不少蓝色的水。"春水碧于蓝"的西湖，"比似春莼碧不殊"的嘉陵江，还有最近看过的博格达雪山下的天池，都不似赛里木湖这样的蓝。蓝得奇怪，蓝得不近情理。蓝得就像绘画颜料里的普鲁士蓝，而且是没有化开的。湖面无风，水纹细如鱼鳞。天容云影，倒映其中，发宝石光。湖色略有深浅，然而一望皆蓝。

上了车，车沿湖岸走了二十分钟，我心里一直重复着这一句：真蓝。远看，像一湖纯蓝墨水。

赛里木湖究竟美不美？我简直说不上来。我只是觉得：真蓝。我顾不上有别的感觉，只有一个感觉——蓝。

为什么会这样蓝？有人说是因为水太深。据说赛里木湖水深至九十公尺。赛里木湖海拔二千零七十三米，水深九十公尺，真是不可思议。

"赛里木"是突厥语，意思是祝福、平安。突厥的旅人到了这里，都要对着湖水，说一声：

"赛里木！"

为什么要说一声"赛里木！"是出于欣喜，还是出于敬畏？

赛里木湖是神秘的。

苏公塔

苏公塔在吐鲁番。吐鲁番地远，外省人很少到过，故不为人所知。苏公塔，塔也，但不是平常的塔。苏公塔是伊斯兰教的塔，不是佛塔。

据说，像苏公塔这样的结构的塔，中国共有两座，另一座在南京。

塔不分层。看不到石基木料。塔心是一砖砌的中心支柱。支柱周围有盘道，逐级盘旋而上，直至塔顶。外壳是一个巨大的圆柱，下丰上锐，拱顶。这个大圆柱是砖砌的，用结实的方砖砌出凹凸不同的中亚风格的几何图案，没有任何增饰。砖是青砖，外面涂了一层黄土，呈浅土黄色。这种黄土，本地所产，取之不尽，土质细腻，无杂质，富黏性。吐鲁番不下雨，塔上涂刷的土浆没有被冲刷的痕迹。二百余年，完好如新。塔高约相当于十层楼，朴素而不简陋，精巧而不繁琐。这样一个浅土黄色的，滚圆的巨柱，拔地而起，直向天空，安静肃穆，准确地表达了穆斯林的虔诚和信念。

塔旁为一礼拜寺，颇宏伟，大厅可容千人，但外表极朴素，土筑、平顶。这座礼拜寺的构思是费过斟酌的。不敢高，不与塔争势；不欲过卑，因为这是做礼拜的场所。整个建筑全由平行线和垂直线构成，无弧线，无波纹起伏，亦呈浅土黄色。

圆柱形的苏公塔和方正的礼拜寺造成极为鲜明的对比，而又非常协调。苏公塔追求的是单纯。

令人钦佩的是造塔的匠师把蓝天也设计了进去。单纯的，对比着而又协调着的浅土黄色的建筑，后面是吐鲁番盆地特有的明净无滓湛蓝湛蓝的天宇，真是太美了。没有蓝天，衬不出这种浅土黄色是多么美。一个有头脑的、聪明的匠师！

苏公塔亦称额敏塔。造塔的由来有两种说法。塔的进口处有一块碑，一半是汉字，一半是维文。汉字的说塔是额敏造的。额敏和硕，因助清高宗平定准噶尔有功，受封为郡王。碑文有感念清朝皇帝的意思，碑首冠以"大清乾隆"，自称"皇帝旧仆"。维文的则说这是额敏的长子苏来满造，为了向安拉祈福。不知道为什么会有这样两种不同的说法。由来不同，塔名亦异。

大戈壁·火焰山·葡萄沟

从乌鲁木齐到吐鲁番,要经过一片很大的戈壁滩。这是典型的大戈壁,寸草不生,没有任何生物。我经过别处的戈壁,总还有点芨芨草、梭梭、红柳,偶尔有一两棵曼陀罗开着白花,有几只像黑漆涂出来的乌鸦。这里什么都没有。没有飞鸟的影子,没有虫声,连苔藓的痕迹都没有。就是一片大平地,平极了。地面都是砾石,都差不多大,好像是筛选过的,有黑的、有白的,铺得很均匀。远看像铺了一地炉灰碴子,一望无际,真是荒凉。太古洪荒,真像是到了一个什么别的星球上。

我们的汽车以每小时八十公里的速度在平坦的柏油路上奔驰,我觉得汽车像一只快艇飞驶在海上。

戈壁上时常见到幻影,远看一片湖泊,清清楚楚。走近了,什么也没有。幻影曾经欺骗了很多干渴的旅人。幻影不难碰到,我们一路见到多次。

人怎么能通过这样的地方呢?他们为什么要通过这样的地方?他们要去干什么?

不能不想起张骞,想起班超,想起玄奘法师。这都是了不起的人……

快到吐鲁番了,已经看到坎儿井。坎儿井像一溜一溜巨大的蚁垤。下面,是暗渠,流着从天山引下来的雪水。这些大蚁垤是挖渠掏出的砾石堆。现在有了水泥管道,有些坎儿井已经废弃了,有些还在用着。总有一天,它们都会成为古迹的。但是不管什么时候,看到这些巨大的蚁垤,想到人能够从这样的大戈壁下面,把水引了过来,还是会起历史的庄严感和悲壮感的。

到了吐鲁番,看到房屋、市街、树木,加上天气特殊的干热,人昏昏的,有点像做梦。有点不相信我们是从那样荒凉的戈壁滩上走过来的。

吐鲁番是一个著名的绿洲。绿洲是什么意思呢?我从小就在诗歌里知道绿洲,以为只是有水草树木的地方。而且既名为洲,想必很小。不对,绿洲很大,绿洲是人所居住的地方。绿洲意味着人的生活,人的勤劳,人的生老病死,喜怒哀乐,人的文明。

一出吐鲁番,南面便是火焰山。

又是戈壁。下面是苍茫的戈壁,前面是通红的火焰山。靠近火焰山时,发现戈壁上长了一丛丛翠绿翠绿的梭梭。这样一个无雨的、酷热的戈壁上怎么会长出梭梭来呢?而且是那样的绿!不知它是本来就是这样绿,还是通红的山把它衬得更绿了。大概在干旱的戈壁上,凡能发绿的植物,都罄其生命,拼命地绿。这一丛一丛的翠绿,是一声一声胜利的呼喊。

火焰山,前人记载,都说它颜色赤红如火。不止此也。整个山像一场正在延烧的大火。凡火之颜色、形态无不具。有些地方如火方炽,火苗高窜,颜色正红。有些地方已经烧成白热,火头旋拧如波涛。有一处火头得了风,火借风势,呼啸而起,横扯成了一条很长的火带,颜色微黄。有几处,下面的小火为上面的大火所逼,带着烟沫气流,倒溢而出。有几个小山叉,褶缝间黑黑的,分明是残火将熄的烟炱⋯⋯

火焰山真是一个奇观。

火焰山大概是风造成的，山的石质本是红的，表面风化，成为细细的红沙。风于是在这些疏松的沙土上雕镂搜剔，刻出了一场热热烘烘，刮刮杂杂的大火。风是个大手笔。

火焰山下极热，盛夏地表温度至七十多度。

火焰山下，大戈壁上，有一条山沟，长十余里，沟中有一条从天山流下来的河，河两岸，除了石榴、无花果、棉花、一般的庄稼，种的都是葡萄，是为葡萄沟。

葡萄沟里到处是晾葡萄干的荫房。——葡萄干是晾出来的，不是晒出来的。四方的土房子，四面都用土墼砌出透空的花墙。无核白葡萄就一长串一长串地挂在里面，尽吐鲁番特有的干燥的热风，把它吹上四十天，就成了葡萄干，运到北京、上海、外国。

吐鲁番的葡萄全国第一，各样品种无不极甜，而且皮很薄，入口即化。吐鲁番人吃葡萄都不吐皮，因为无皮可吐。——不但不吐皮，连核也一同吃下，他们认为葡萄核是好东西。北京绕口令曰："吃葡萄不吐葡萄皮儿"，未免少见多怪。

一九八二年九月二十二日起手写于兰州，
十月七日北京写讫。

菏泽游记

菏泽牡丹

菏泽的出名,一是因为历史上出过一个黄巢(今菏泽城西有冤句故城,为黄巢故里,京剧《珠帘寨》说他"家住曹州并曹县",曹州是对的,曹县不确)。一是因为出牡丹花。菏泽牡丹种植面积大,最多时曾达五千亩,一九七六年调查还有三千多亩,单是城东"曹州牡丹园"就占地一千亩;品种多,约有四百种。

牡丹花期短,至谷雨而花事始盛,越七八日,即阑珊欲尽,只剩一大片绿叶了。谚云:"谷雨三日看牡丹。"今年的谷雨是阳历四月二十。我们二十二日到菏泽,第二天清晨去看牡丹,正是好时候。

初日照临,杨柳春风,一千亩盛开的牡丹,这真是一场花的盛宴,蜜的海洋,一次官能上的过度的饱饫。漫步园中,恍恍惚惚,有如梦回酒醒。

牡丹的特点是花大、型多、颜色丰富。我们在李集参观了一丛浅白色的牡丹，花头之大，花瓣之多，令人骇异。大队的支部书记指着一朵花说："昨天量了量，直径六十五公分。"古人云牡丹"花大盈尺"，不为过分。他叫我们用手掂掂这朵花。掂了掂，够一斤重！苏东坡诗云"头重欲人扶"，得其神理。牡丹花分三大类：单瓣类、重瓣类、千瓣类；六型：葵花型、荷花型、玫瑰花型、平头型、皇冠型、绣球型；八大色：黄、红、蓝、白、黑、绿、紫、粉。通称"三类、六型、八大色"。姚黄、魏紫，这里都有。紫花甚多，却不甚贵重。古人特重姚黄，菏泽的姚黄色浅而花小，并不突出，据说是退化了。园中最出色的是绿牡丹、黑牡丹。绿牡丹品名豆绿，盛开时恰如新剥的蚕豆。挪威的别伦·别尔生说花里只有菊花有绿色的，他大概没有看到过中国的绿牡丹。黑牡丹正如墨菊一样，当然不是纯黑色的，而是紫红得发黑。菏泽用"黑花魁"与"烟笼紫玉盘"杂交而得的"冠世墨玉"，近花萼处真如墨染。堪称菏泽牡丹的"代表作"的，大概还要算清代赵花园园主赵玉田培育出来的"赵粉"。粉色的牡丹不难见，但"赵粉"极娇嫩，为粉花上品。传至洛阳，称"童子面"，传至西安，称"娃儿面"，以婴儿笑靥状之，差能得其仿佛。

菏泽种牡丹，始于何时，难于查考。至明嘉靖年间，栽培已盛。《曹南牡丹谱》载："至明曹南牡丹甲于海内。"牡丹，在菏泽，是一种经济作物。《菏泽县志》载："牡丹，芍药多至百余种，土人植之，动辄数十百亩，利厚于五谷。"每年秋后，"土人捆载之，南浮闽粤，北走京师，至则厚值以归"。现在全国各地名园所种牡丹，大部分都是由菏泽运去的。清代即有

"菏泽牡丹甲天下"之说。凡称某处某物甲天下者,每为天下人所不服。而称"菏泽牡丹甲天下",则天下人皆无异议。

牡丹的根,经过加工,为"丹皮",为重要的药材,这是大家都知道的。菏泽丹皮,称为"曹丹",行市很俏。

菏泽盛产牡丹,大概跟气候水土有些关系。牡丹耐干旱,不能浇"明水",而菏泽春天少雨。牡丹喜轻碱性沙土,菏泽的土正是这种土。菏泽水咸涩,绿茶泡了一会就成了铁观音那样的褐红色,这样的水却偏宜浇溉牡丹。

牡丹是长寿的。菏泽赵楼村南曾有两棵树龄二百多年的脂红牡丹,主干粗如碗口,儿童常爬上去玩耍,被称为"牡丹王"。袁世凯称帝后,曹州镇守使陆朗斋把牡丹王强行买去,栽在河南彰德府袁世凯的公馆里,不久枯死。今年在菏泽开牡丹学术讨论会,安徽的代表说在山里发现一棵牡丹,已经三百多年,每年开花二百余朵,犹无衰老态。但是牡丹的栽培却是不易的。牡丹的繁殖,或分根,或播种,皆可。一棵牡丹,每五年才能分根,结籽常需七年。一个杂交的新品种的栽培需要十五年,成种率为千分之四。看花才十日,栽花十五年,亦云劳矣。

告别的时候,支书叫我们等一等,说是要送我们一些花,一个小伙子抱来了一抱。带到招待所,养在茶缸里,每间屋里都有几缸花。菏泽的同志说,未开的骨朵可以带到北京,我们便带在吉普车上。不想到了梁山,住了一夜,全都开了,于是一齐捧着送给了梁山招待所的女服务员。正是:菏泽牡丹携不去,且留春色在梁山。

上梁山

早发菏泽，经钜野，至郓城小憩。郓城是一个新建的现代城市，老城已经看不出痕迹。城中旧有乌龙院遗址，询之一老人，说是在天主堂的旁边。他说："您这是问俺咧，问那些小青年，他们都知不道。"按乌龙院当是后人附会，不应信。《水浒传》说宋江讨了阎婆惜，"就在县西巷内，讨了一所楼房，置办些家伙什物，安顿了阎婆惜娘儿两个在那里居住"（《坐楼杀惜》有几分根据），并没有说盖了什么乌龙院。宋江把安顿阎婆惜的"小公馆"命名为乌龙院也颇怪，这和风花雪月实在毫不相干。近午，抵梁山县。县是一九四九年建置的，因境内有梁山而得名。

传说中的梁山，很有可能就在这里（听说有人有不同意见）。元高文秀《黑旋风双献功》杂剧云："寨名水浒，泊号梁山。……南通钜野、金乡，北靠青、齐、兖、郓。"按其地望，实颇相似。《双献功》是杂剧，不是信史，但高文秀距南宋不远，不会无缘无故地制造出一个谣言。现在还有一条宽约四尺，相当平整的路，从山脚直通山顶，称为"宋江马道"，说是宋江当初就是从这条路骑马上山的。这条路是人修的，想来是有人在山上安寨驻扎过。否则，这里既非交通要道，山上又无什么特殊的物产，当地的乡民是不会修出这样一条"马道"来的。主峰虎头山的山腰有两道石头垒成的寨墙，一为外寨，一为内寨，这显然就是为了防御用的。墙已坍塌，只余下正面的一截了，还有三四尺高。石块皆如斗大。余嘉锡《宋江三十六人考实》引元袁桷过梁山泊诗:"飘飘愧陈人,历历见遗址。流移散空洲,崛强导故垒","故垒"或当即指的是这两道寨墙。想来当初是颇为结实而雄伟的,如袁桷所云,是"崛强"的。山顶有一块平地或云有十五亩,即忠义堂所在。堂址前的一块石头上有旗杆窝,说是插杏黄旗的,小且浅,似不可信。

梁山不甚高大,山势也不险恶。以我这样的年龄(六十三岁),这样的身体(心脏欠佳),可以一口气走上山顶而不觉得怎么样。这样一座山,能做出那样大的一番事业吗?清代的王培荀就说过:"自今视之,山不高大,山外一望平陆",他怀疑小说"铺张太过"(《乡园忆旧》)。曹玉珂过梁山,也发出过类似疑问,"于是近父老而问之",对曰"险不在山而在水也"。原来如此!

梁山周围原来是一片大水,即梁山泊,累经变迁。《辞海》"梁山泊"条言之甚详:"'泊'一作'泺'。在今山东梁山、郓城等县间。南部梁山以南,本系大野泽的一部分,五代时泽面北移,环梁山皆成巨浸,始称梁山泊。从五代到北宋,多次被溃决的黄河河水灌入,面积逐渐扩大,熙宁以后,周围达八百里。入金后河徙水退,渐涸为平地。元末一度为黄河决入,又成大泊,不久又涸。"历来关于梁山泊的记载,迷离扑朔,或说八百里,或说三百里,或说有水,或说没有水,《辞海》算是把它的来龙去脉理出一个头绪来了。

梁山东面的东平湖现在的面积还有三十一万亩,比微山湖略小,据说原来东平湖和梁山泊是连着的,那可是一片非常壮观的大水!前年黄河分洪,河水还曾从东平湖漫过来,直抵梁山脚下。水退了,山下仍是"一望平陆",整整齐齐,一方块一方块麦子地。梁山遂成了一座干山,只有梁山,并无水泊了。

梁山县准备把梁山修复起来,已经成立了修复梁山规划领导小组。栽了很多树,还在本山修了断金亭。断金亭结构疏朗,斗拱甚大,像个宋代建筑。以后还将陆续修建,想要把黄河水引过来,恢复梁山旧观。不过这大概需要好多年。所谓"修复"也只能得其仿佛。《水浒传》是小说,大部分是虚构,谁知道水泊梁山到底是个什么样子呢?

在梁山住两日,餐餐食有鱼。鱼皆鲜活,是从东平湖里捞上来的。梁山人很会做鱼,糖醋、酥煮、清蒸,皆极精妙,达到理想的程度。这大概还是梁山泊时期留下来的传统。本地尤重鲤鱼,"无鱼不成席",虽鸡鸭满桌,若无一尾活鲤鱼,即非待客的敬意。东平湖水与黄河通,所以这里的鲤鱼也算黄河鲤。本地人云:辨黄河鲤鱼之法,剖开鱼肚,鱼肉雪白,即是黄河鲤;别处的鲤鱼,里面都有一层黑膜。鲤鱼要大小适中。以二斤半到三斤的为最贵,过小过大,都不值钱。办喜事,尤其要用这般大小的鱼。本地人说:"等着吃你的鱼咧!"意思即是等着吃你的喜酒。鱼必二斤半至三斤,多少钱都要,这样的鱼遂无定价,往往一桌席,一半便是这条鱼钱。我们吃的,正是这样大的鲤鱼。吃着鲤鱼不禁想起《水浒》。吴学究往碣石村说三阮撞筹,借口便是"如今在一个大财主家做门馆教学,今来要对付十数尾金色鲤鱼"。此地特重鲤鱼,由来久矣。不过吴用要的却是十四五斤。十四五斤的鲤鱼,不好吃了。这是因为写《水浒》的施耐庵对吃黄河鲤不大内行,还是古今风俗有异了呢?

《水浒传》第三十八回,宋江在琵琶亭上,忽然心里想要鱼辣汤吃,"便是不才酒后,只爱口鲜鱼汤吃"。宋江是郓城人,离梁山泊不远,他是从小吃惯了鲜鱼的,难怪说腌了的鱼不中吃。

修复梁山规划小组的同志嘱写几个字,为书俚句:

远闻钜野泽,来上宋江山。
马道横今古,寨墙积暮烟。
旧址颇茫渺,遗规尚俨然。
何当觇杏帜,舟渡蓼花滩?

宿梁山之第二日,大雨,破晓时雨始渐住。这场雨对小麦十分有利。一老人说:"我活了七十年,没见过这时候下这样的雨的!"这真是及时雨。山东今年是个好年景。

1983 年 5 月 6 日,北京

滇游新记

泼水节印象

作家访问团四月六日离家赴云南，是为了能赶上泼水节。

十一日到芒市。这是泼水节的前一天。这天干部带领群众上山采花。采的花名锥栗花，是一串一串繁密而细碎的门色的小花，略带点浅浅的豆绿。我们到时，全市已经用锥栗花装饰起来了。

泼水节由来的传说是大家都知道的：有一魔王，具无边魔力，猛恶残暴，祸害人民。他有七个妻子。一日，魔王酒醉，告诉最年轻的妻子："我虽有无上魔力，亦有弱点。如拔下我的一根头发，在我颈上一勒，我头即断。"其妻乃乘魔王酣睡，拔取其头发一根，将魔王头颈勒断。不料魔王头落在哪里，哪里即起大火。魔王之妻只好将头抱着，七个妻子轮流抱持。她们身上沾染血污，气味腥臭。诸邻居人，乃各以香水，泼向她们，为除不洁，世代相沿，遂成节日。

这大概只是口头传说，并无文字记载。泼水节仪式中看不出和这个传说直接有关的痕迹。傣族人所以重视这个节日,是因为这是傣历的新年。作为节日的象征的,是龙。节日广场的中心有一条木雕彩画的巨龙。傣族的龙和汉族的不大一样。汉族的龙大体像蛇,蜿蜒盘曲;傣族的龙有点像鸟,头尾高昂,如欲轻举。这是东南亚的龙,不是北方的龙。龙治水,这是南方人北方人都相信的。泼水节供养水龙,顺理成章。泼水节是水的节。

节日还没有正式开始,一早起来,远近已经是一片铓锣象脚鼓的声音。铓锣厚重,声音发闷而能传远,象脚鼓声也很低沉,节拍也似很单调,只是一股劲地咚咚咚咚……蓬蓬蓬蓬……不像北方锣鼓打出许多花点。不强烈,不高昂激越,而极温柔。

仪式很简单。先由地方负责同志讲话,然后由一个中年的女歌手祝福,女歌手神情端肃,曼声吟诵,时间不短,可惜听不懂祝福的词句,同时,有人分发泼水粑粑和金米饭。泼水粑粑乃以糯米粉和红糖,包在芭蕉叶中蒸熟;金米饭是用一种山花把糯米染黄蒸熟了的。

泼水开始。每人手里都提了一只小水桶,塑料的或白铁的,内装多半桶清水,水里还要滴几点香水,桶内插了花枝。泼水,并不是整桶的往你身上泼,只是用花枝蘸水,在你肩膀上掸两下,一面用傣语说:"好吃好在。"我们是汉人,给我们泼水的大都用汉语说:"祝你健康。""祝你健康"太一般了,不如"好吃好在"有意思。接受别人泼水后,可以也用花枝蘸水在对方肩头掸掸,或在肩上轻轻拍三下。"好吃好在",——"祝你健康"。但是少男少女互泼,常常就不那么文雅了。越是漂亮的,挨泼的越多。主席台上有一个身材修长,穿了一身绿纱的姑娘,不大一会已经被泼得浑身上下都湿透了。

主席台上的桌椅都挪开了,为什么?有人告诉我:要在这里跳舞,跳"嘎漾"。台上跳,台下也跳。不知多少副铓锣象脚鼓都敲响了,蓬蓬咚咚,混成一片,分不清是哪一面锣哪一腔鼓敲出来的声音。

"嘎漾"的舞步比较简单。脚下一步一顿,手臂自然摆动,至胸前一转手腕。"嘎漾"是鹭鸶舞的意思。舞姿确是有点像鹭鸶。傣族人很喜欢鹭鸶。在碧绿的田野里时常可以看到成群的白鹭。"嘎漾"有十五六种姿式,主要的变化在腕臂。虽然简单,却很优美。傣族少女,着了筒裙,小腰秀颈,姗姗细步,跳起"嘎漾",极有韵致。在台上跳"嘎漾"的,就是方才招呼我们吃泼水粑粑,用花枝为我们泼水的服务员,全都打扮得花枝招展,一个赛似一个。我问人:"她们是不是演员?"——"不是,有的是机关干部,有的是商店营业员。"

跳"嘎漾"的大部分是水傣,也有几个旱傣,她们也是服务人员。旱傣少女的打扮别具一格:头上盘了极粗的发辫,插了一头各种颜色的绢花。白纱上衣,窄袖,胸前别满了黄灿灿的镀金饰物。一边龙,一边凤,还有一些金花、金蝶、金葫芦。下面是黑色的喇叭裤,系黑短围裙,垂下两根黑地彩绣的长飘带。水傣少女长裙曳地,仪态万方;旱傣少女则显得玲珑而带点稚气。

泼水节是少女的节,是她们炫耀青春、比赛娇美的节日。正是由于这些着意打扮,到处活跃的少女,才把节日衬托得如此华丽缤纷,充满活力。

晚上有宴会,到各桌轮流敬酒的,还是她们。一个一个重新梳洗,换了别样的衣裙,容光焕发,精力旺盛。她们的敬酒,可有点霸道。杯到人到,非喝不可。好在砂仁酒度数不高而气味极香,多喝两杯也无妨。我问一个岁数稍大的姑娘:"你们今天是不是把全市的美人都动员来了?"她笑着说:"哪里哟!比我们好看的有的是!"

第二天,我们到法帕区又参加了一次泼水节。规模不能与芒市比,但在杂乱中显出粗豪,另是一种情趣。

归时已是黄昏。德宏州时差比北京晚一小时,过七点了,天还不暗。但是泼水高潮已过。泼水少女,已经尽兴,三三两两,阑珊归去,只余少数顽童,还用整桶泥水,泼向行人车辆。

有一个少女在河边洗净筒裙,晾在树上。同行的一位青年小说家,有诗人气质,说他看了两天泼水节,没有觉得怎么样,看了这个少女晾筒裙,忽然非常感动。

泼水归来日来曛,
散抛锥栗入深林。
铿锣象鼓声犹在,
缅桂梢头晾筒裙。

泼水,泼人、被泼,都是未婚少女的事。一出嫁,即不再参与。已婚妇女的装束也都改变了。不再着鲜艳的筒裙,只穿门色衫裤,头上系一个衬有硬胎的高高的黑绸圆筒。背上大都用兜布背了一个孩子,她们也过泼水节,但只是来看看热闹。她们的神情也变了,冷静、淡漠,也许还有点惆怅、凄凉,不再像少女那样笑声朗朗,神采飞扬,眼睛发光。

1987 年 5 月 4 日

大等喊

云南省作协的同志安排我在一个傣族寨子里住一晚上。地名大等喊。

车从瑞丽出发,经过一个中缅边界的寨子,云井寨。一条宽路从缅甸通向中目,可以直来直往。除了有一个水泥界桩外,无任何标志。对面有一家卖饵丝的铺子。有人买了一碗饵丝。一个缅甸女孩把饵丝递过来,这边把钱递过去。他们的手已经都伸过国界了。只要脚不跨过界桩,不算越境。

中缅边界真是和平边界。两国之间,不但毫无壁垒,连一道铁丝网都没有,简直不像两国的分界。我们到畹町的界桥头看过。桥头有一个检查站,旗杆上飘着中华人民共和国的国旗。一个缅甸小女孩提了饭盒走过界桥。她妈在畹町街上摆摊子做生意,她来给妈送饭来了。她每天过来,检查站的人都认得她。她大摇大摆地走过来,脸上带着一点笑。意思是:我又来了,你们好!站在国境线上,我才真正体会到中缅人民真是胞波。陈毅同志诗:"共饮一江水",是纪实,不是诗人的想象。

车经喊撒。喊撒有一个比较大的奘房,要去看看。

进寨子,有一家正在办丧事,陪同的同志说:"可以到他家坐坐。"傣族人对生死看得比较超脱,人过五十五死去,亲友不哭。这也许和信小乘佛教有关。这家的老人是六十岁死的，算是"喜丧"了。进寨，寨里的人似都没有哀戚的神色，只是显得很沉静。有几个中年人在糊扎引魂的幡幢。一傣族人死后，要给他制一个缅塔尖顶似的纸幡幢，用竹竿高高地竖起来，这样他的灵魂才能上天。几个年轻人不紧不慢地敲铓锣、象脚鼓，另外一些人好像在忙着做饭。傣族的风俗，人死了，亲友要到这家来坐五天。这位老人死已三日，已经安葬，亲友们还要坐两天。我们脱鞋，登木梯，上了竹楼。竹楼很宽敞，一侧堆了很多叠得整整齐齐的被子，有二十来个岁数较大的男男女女在楼板上坐着，抽烟、喝茶。他们也极少说话，静静的。

奘房是赕佛的地方。赕是傣语，本意是以物献佛，但不如说听经拜佛更确切些。傣族的赕佛，大体上是有一个男人跪在佛的前面诵念经文，很多信佛的跪在他身后听着。诵经人穿着如常人，也并无钟鼓法器，只是他一个人念，声音平直。偶尔拖长，大概是到了一个段落。傣族的跪，实系中国古代人的坐。古人席地而坐。膝着地，臀部落于脚跟，谓之坐。——如果直身，即为"长跪"。傣族赕佛时的姿势正是这样。

喊撒奘房的出名，除了比较大，还因为有一位佛爷。这位佛爷多年在缅甸，前三年才被请了回来。他并不领头赕佛，却坐在偏殿上。佛爷名叫伍并亚温撒，是全国佛教协会的理事，岁数不很大。他着了一身杏黄色的僧衣。这种僧衣不知叫什么，不是褊衫，也不是袈裟，上身好像只是一块布，缠裹着，袒其右臂。他身前坐了一些善男。有人来了，向他合十为礼，他也点头笑答。有些信徒抽用一种树叶卷成的像雪茄似的烟。佛爷并不是道貌岸然,很随和。他和信徒们随意交谈。谈的似乎不是佛理,只是很家常的话,因为他不时发出很有人情味的笑声。

近午,至大等喊。等喊,傣语是堆金子的地方。因为有两个寨子都叫等喊,汉族人就在前面多加了一个字,一个叫大等喊,一个叫小等喊。傣语往往用很少的音节表很多的意思,如畹町,意思是太阳当顶的地方。因为电影《葫芦信》、《孔雀公主》都在大等喊的拍过外景,所以旅游的人都想来看看。

住的旅馆名"醉仙楼",这是个汉族名字,老板在招牌下面于是又加了两个字:傣家。老板是汉人,夫人是傣族。两层的木结构建筑,做曲尺形。房间不多,作家访问团二十余人,就基本上住满了。房间里有床,并不是叫我们睡在地板上。房屋样式稍稍有点像竹楼。老板又花了钱把拍《葫芦信》和《孔雀公主》的布景上的装饰零件和木雕的佛龛之类买了下来,配置在廊厦角落,于是就很有点傣味了。

一住下来,泡一杯茶,往藤椅上一坐,觉得非常舒服。连日坐汽车,参加活动,大家都累了,需要休息。

醉仙楼在寨口。一条平路,通到寨子里。寨里有几条岔路,也极平整。寨里极安静。到处都是干干净净的。空气好极了。到处是树。一丛一丛的凤尾竹,很多柚子树。大等喊的柚子是很有名的。现在不是柚子成熟的时候,只看见密密的深绿的树叶。空气里有一种淡淡的清苦味道,就是柚树叶片散发出来的。这里那里安置了一座一座竹楼,错落有致。傣家的竹楼不是紧挨着的,各家之间都有一段距离。除了当路的正门,竹楼的三面都是树。有一座奘房,大门锁着。我们到寨里一家首富的竹楼上做了一会客，女主人汉话说得很好，善于应酬。楼上真是纤尘不染。

醉仙楼的傣族特点不在住房，而在饭食。我们在这里吃了四顿地道的傣族饭。芭蕉叶蒸豆腐。拿上来的是一个绿色的芭蕉叶的包袱，解开来，里面是豆腐，还加了点碎肉、香料，鲜嫩无比。竹筒烤牛肉。一截二尺许长的青竹，把拌了佐料的牛肉塞在里面，筒口用树叶封住，放在柴火里烤熟，切片装盘。牛肉外面焦脆，闻起来香，吃起来有嚼头。牛肉丸子。傣族人很会做牛肉。丸子小小的，我们吃了都以为是鱼丸子，因为极其细嫩。问了问，才知道是牛肉的。做这种丸子不用刀剁，而是用两根铁棒敲，要敲两个小时。苦肠丸子。苦肠是牛肠里没有完全消化的青草。傣族人生吃，做调料，蘸肉，是难得的美味。听说要请我们吃苦肠，我很高兴。只是老板怕我们吃不来，是和在肉丸子里蒸了的。有一点苦味，大概是因为碎草里有牛的胆汁。其实我倒很想尝尝生苦肠的味道。弄熟了，意思就不大了。当然，还少不了傣家的看家菜：酸笋煮鸡。不过这道菜我们在畹町、芒市都已经吃过了。小菜是酸腌菜、鱼眼睛菜——一种树的嫩头，有小骨朵如鱼眼，酸渍。傣族人喜食酸。

醉仙楼的老板不俗。他供应我们这几顿傣家饭是没有多少赚头的。他要请我们写几个字，特地大老远地跑到县城，和一位画家匀来了几张宣纸。醉仙楼每个房间里都放着一个缅甸细陶水壶，通身乌黑，造型很美。好几个作家想托他买。因为这两天没有缅甸人过来赶集，老板就按原价卖给了他们。这些作家于是一人攫了一个陶壶，上路了。

大等喊小住两天，印象极好。

这里的乌鸦比北方的小,鸟身细长,鸣声也较尖细,不像北方乌鸦哇哇地哑叫。

1987 年 5 月 8 日

滇南草木状

尤加利树　　尤加利树北方没有。四十六年前到昆明始识此树。树叶厚重,风吹作金石声。在屋里静坐读书,听着哗啦哗啦的声音,会忽然想起:这是昆明。说不上是乡愁,只是有点觉得此身如寄。因此对尤加利树颇有感情。

尤加利树木理旋拧,有一个特殊的用途,作枕木,经得起震,不易裂,现在枕木大都改成钢或水泥制造的了,这种树就不那么受到重视了。树叶提汁,可制糖果,即桉叶糖。爱吃桉叶糖的人也不是很多。

连云宾馆门内有一棵大尤加利树,粗可合抱,少见。

叶子花　　昆明叶子花多,楚雄更多。龙江公园到处都是叶子花。这座公园是新建的,建筑物的墙壁栏杆的水泥都发干净的灰白色,叶子花的紫颜色更把公园衬托得十分明朗爽洁。芒市宾馆一丛叶子花攀附在一棵大树上。树有四丈高,花一直开到树顶。

叶子花的紫紫得很特别,不像丁香,不像紫藤,也不像玫瑰,它就是它自己那样的一种紫。

叶子花夏天开花。但在我的印象里,它好像一年到头都开,老开着,没有见它枯萎凋谢过。大概它自己觉得不过是叶子,就随便开开吧。

叶子花不名贵,但不讨厌。

马缨花 走进龙江公园,我对市文联的同志说:"楚雄如果选市花,可以选叶子花。"文联的同志说:"彝族有自己的花,——马缨花。"马缨花?马缨花即合欢,北方多得很。"这是杜鹃科,杜鹃的一种。"那么这不是合欢。走进开座谈会的会议室,桌上摆了一盆很大的花,我问:"这是不是马缨花?"——"是的,是的。"名不虚传!这株马缨花干粗如酒杯口,横卧而出,矫矢如龙,似欲冲盆飞去。叶略似杜鹃而长,一丛一丛的,相抱如莲花瓣。周围的叶子深绿色,中心则为嫩绿。干端叶较密集,绿叶中开出一簇火红的花。花有点像杜鹃,但花瓣较坚厚,不像杜鹃那样的薄命相。花真是红。这是正红,大红。彝族人叫它马缨是有道理的。云南的马缨不是麻丝攒成的,而是用一方红布扎成一个绣球。马缨花不是缀在马的颈下,而是结在马的前额。如果是白马或黑马,老远就看得见,非常显眼。额头有马缨的马,多半是马帮里的头马。把这种花叫作马缨花,神似。马缨花大红大绿,颜色华贵,而姿态又颇奔放,于端庄中透出粗野,真是难得!

车行在高黎贡山中,公路两边的丛岭中,密林深处,时时可以看到一树通红通红的马缨花。

令箭 云南人爱种花。楚雄街道两边楼房的栏杆上摆得满满的花,各色各样,令箭尤其多。令箭北方常见,但不如楚雄的开花开得多。北方令箭,开十几朵就算不错,楚雄的令箭一盆开花上百朵。一片叶子上密密匝匝地长出了好多骨朵,都有三十几个,真不得了!滇南草木,得天独厚,没有话说。

一品红 北京的一品红是栽在盆里的,高二三尺。芒市、盈江的一品红长成一人多高的树,绿叶少而红叶多,这也未免太过分了！

兰　　云南兰花品类极多。盈江县招待所庭中有一棵香樟树，树丫里寄生的兰花就有四种。这都是热带兰花。有一种是我认得的，虎头兰。花大，浅黄色。有一舌，舌白，舌端有紫色斑点。其余三种都未见过。一种开白花，一种开浅绿花。另一种开淡银红色的花，花瓣近似剪秋罗，很长的一串，除了有兰花一样的长叶子披下来，真很难说这是兰花。

兰花最贵重的是素心兰。大理街上有一家门前放了两盆素心兰，旁贴一纸签："出售。"一看标价：二百。大理是素心兰的产地，本地昂贵如此，运到外地，可想而知。素心兰种在高高的泥盆里。盆腹鼓起，如一小坛。

在保山，有人要送我一盆虎头兰。怎么带呢？

茶花　　茶花已经开过了。遗憾。

闻丽江有一棵茶花王，每年开花万朵，号称"万朵茶花"，——当然这是累计的，一次开不了那样多。不过这也是奇迹了。有人告诉过我，茶花最多只能开三百朵。

大青树　　大青树不成材，连烧火都不燃，故能不遭刀斧，保其天年，唯堪与过往行人遮荫，此不材之材。滇南大青树多"一树成林"。

紫薇　　紫薇我没有见过很大的。昆明金殿两边各有一棵紫薇，树上挂一木牌，写明是"明代紫薇"，似可信。树干近根部已经老得不成样子，疙瘩流秋。梢头枝叶犹繁茂，开花时，必有可观。用手指搔搔它的树干，无反应。它已经那么老了，不再怕痒痒了。

1987年5月11日

索溪峪

五月二十六日,北岳通俗文学讨论会在常德召开,我应邀参加,让我发言。我不是搞通俗文学的,但觉得通俗文学不可轻视,比起雅文学(或称严肃文学)并不低人一等,雅俗之间并无绝对界限,有一天也许会合流的,于是即席诌了四句歪诗:

北岳谈文到南岳,
巴人也可唱阳春。
渔父屈原相视笑,
两昆仑是一昆仑。

("南岳"的"南"字应为仄声,为求意顺,宁可破格。)

二十九日,往索溪峪。住"专家村"。午饭。饭厅里挂了一幅黄永玉的泼墨大中堂,是画在一块晴纶布上的,题曰"索溪无尽山",烟云满"纸",甚佳。

下午,游黄龙洞。这是一个新发现的溶洞。同游人中,有

人说比桂林的芦笛岩还好,有人说不如。因为管理处的同志事前嘱写一诗,准备刻在洞外壁上,在车中想了四句:

索溪峪自索溪峪,
何必津津说桂林。
谁与风光评甲乙,
黄龙石笋正生孙。

第四句是说黄龙洞的石笋有一些还正在成长,大有前途。这说的是风景,也说的是文学,是由前三天的讨论而生出的感想。

三十一日,游宝峰湖。当地农民在一很深的峡谷中砌成石坝,蓄山水成湖,原是用以发电的,没想到成了一处奇观。湖在山顶,从外面是看不见的。抬级上山,才看得到。湖是人工湖,却无一点人工痕迹。湖周山峰皆壁立。湖水极清,山峰倒影,历历分明。湖中有鸳鸯。归来,得一诗:

一鉴深藏锁翠微,
移来三峡四周围。
游船驶入青山影,
惊起鸳鸯对对飞。

三十一日,自索溪峪往游张家界。过"水绕四门"。这一"景"很奇,四面有溪,水无定向,雨从东来,则西流;从南来,则北流。传闻张良墓在此。又前,至楠木坪,夹道皆楠木,甚高大,数百年物也。这时年轻人都噌噌地奔到南面去了,我们几个年岁大些的,觉得游山不是拉练,缓步游目,山皆突兀,流水活泼,自有佳趣。至脚力稍倦,即折回。登车,大雨。抵第三招待所的山庄,雨停。群山出云,飞流弥漫,真是壮观。

管理处已经摆好了纸笔,请写字留念,把游黄龙洞和宝峰湖的两首诗写了,又用隶书写了一副大对联:

造化钟神秀
烟云起壮思

下午,回专家村。晚饭后,一所(即专家村)所长请写一副对联,好与黄永玉的画作配。写了八个大字:

欹枕听雨
开门见山

联不工稳,倒是记实("听"字从北音读平声)。

泰山片石

序
我从泰山归，
携归一片云。
开匣忽相视，
化作雨霖霖。

泰山很大

泰即太，太的本字是大。段玉裁以为太是后起的俗字，太字下面的一点是后人加上去的。金文、甲骨文的大字下面如果加上一点，也不成个样子，很容易让人误解，以为是表示人体上的某个器官。

因此描写泰山是很困难的。它太大了，写起来没有抓挠。三千年来，写泰山的诗里最好的，我以为是诗经的《鲁颂》："泰山岩岩，鲁邦所詹。""岩岩"究竟是一种什么感觉，很难捉摸，但是登上泰山，似乎可以体会到泰山是有那么一股劲儿。詹即瞻。说是在鲁国，不论在哪里，抬起头来就能看到泰山。

这是写实，然而写出了一个大境界。汉武帝登泰山封禅，对泰山简直不知道怎么说才好，只好发出一连串的感叹："高矣！极矣！大矣！特矣！壮矣！赫矣！惑矣！"完全没说出个所以然。这倒也是一种办法。人到了超经验的景色之前，往往找不到合适的语言，就只好狗一样地乱叫。杜甫诗《望岳》，自是绝唱，"岱宗夫何如，齐鲁青未了"，一句话就把泰山概括了。杜甫真是一个深受儒家思想影响的伟大的现实主义者，这一句诗表现了他对祖国山河的无比的忠悃。相比之下，李白的"天门一长啸，万里清风来"，就有点洒狗血。李白写了很多好诗，很有气势，但有时底气不足，便只好洒狗血，装疯。他写泰山的几首诗都让人有底气不足之感。杜甫的诗当然受了《鲁颂》的影响，"齐鲁青未了"，当自"鲁邦所詹"出。张岱说"泰山元气浑厚，绝不以玲珑小巧示人"，这话是说得对的。大概写泰山，只能从宏观处着笔。郦道元写三峡可以取法。柳宗元的《永州八记》刻琢精深，以其法写泰山即不大适用。

写风景，是和个人气质有关的。徐志摩写泰山日出，用了那么多华丽鲜明的颜色，真是"浓得化不开"。但我有点怀疑，这是写泰山日出，还是写徐志摩？我想周作人就不会这样写。周作人大概根本不会去写日出。

我是写不了泰山的，因为泰山太大，我对泰山不能认同。我对一切伟大的东西总有点格格不入。我十年间两登泰山，可谓了不相干。泰山既不能进入我的内部，我也不能外化为泰山。山自山，我自我，不能达到物我同一，山即是我，我即是山。泰山是强者之山，——我自以为这个提法很合适，我不是强者，不论是登山还是处世。我是生长在水边的人，一个平常的、平和的人。我已经过了七十岁,对于高山,只好仰止。我是个安于竹篱茅舍、小桥流水的人。以惯写小桥流水之笔而写高大雄奇之山,殆矣。人贵有自知之明,不要"小鸡吃绿豆——强努"。

同样,我对一切伟大的人物也只能以常人视之。泰山的出名,一半由于封禅。封禅史上最突出的两个人物是秦皇汉武。唐玄宗作《纪泰山铭》,文辞华缛而空洞无物。宋真宗更是个沐猴而冠的小丑。对于秦始皇,我对他统一中国的丰功,不大感兴趣。他是不是"千古一帝",与我无关。我只从人的角度来看他,对他的"蜂目豺声"印象很深。我认为汉武帝是个极不正常的人,是个妄想型精神病患者,一个变态心理的难得的标本。这两位大人物的封禅,可以说是他们的人格的夸大。看起来这两位伟大人物的封禅实际上都不怎么样。秦始皇上山,上了一半,遇到暴风雨,吓得退下来了。按照秦始皇的性格,暴风雨算什么呢?他横下心来,是可以不顾一切地上到山顶的。然而他害怕了,退下来了。于此可以看出,伟大人物也有虚弱的一面。汉武帝要封禅,召集群臣讨论封禅的制度。因无旧典可循,大家七嘴八舌瞎说一气。汉武帝恼了,自己规定了照祭东皇太乙的仪式,上山了。却谁也不让同去,只带了霍去病的儿子一个人。霍去病的儿子不久即得暴病而死。他的死因很可疑。于是汉武帝究竟在山顶上鼓捣了什么名堂,谁也不知道。封禅是大典,为什么要这样保密?看来汉武帝心里也有鬼,很怕他的那一套名堂并不灵验,为人所讥。

但是,又一次登了泰山,看了秦刻石和无字碑(无字碑是一个了不起的杰作),在乱云密雾中坐下来,冷静地想想,我的心态比较透亮了。我承认泰山很雄伟,尽管我和它整个不能水乳交融，打成一片。承认伟大的人物确实是伟大的，尽管他们所做的许多事不近人情。他们是人里头的强者，这是毫无办法的事。在山上待了七天，我对名山大川，伟大人物的偏激情绪有所平息。

同时我也更清楚地认识到我的微小，我的平常，更进一步安于微小，安于平常。

这是我在泰山受到的一次教育。

从某个意义上说，泰山是一面镜子，照出每个人的价值。

碧霞元君

泰山牵动人的感情，是因为关系到人的生死。人死后，魂魄都要到蒿里集中。汉代挽歌有《薤露》、《蒿里》两曲。或谓本是一曲，李延年裁之为二，《薤露》送王公贵人，《蒿里》送大夫士庶。我看二曲词义，如成首尾，似本即二曲。《蒿里》词云：

蒿里谁家地？
聚敛魂魄无贤愚。
鬼伯一何相催迫，
人命不得少踟蹰。

写得不如《薤露》感人，但如同说话，亦自悲切。十年前到泰山，就想到蒿里去看看，因为路不顺，未果。蒿里山才多大的地方，天下的鬼魂都聚在那里，怎么装得下呢？也许鬼有形无质的，挤一点不要紧。后来不知怎么又出来个酆都城。这就麻烦了，鬼们将无所适从，是上山东呢，还是到四川？我看，随便吧。

泰山神是管死的。这位神不知是什么来头。或说他是金虹氏，或说是《封神榜》上的黄飞虎。道教的神多是随意瞎编出来的。编的时候也不查查档案，于是弄得乱七八糟。历代帝王对泰山神屡次加封，老百姓则称之为东岳大帝。全国各地几乎都有一座东岳庙，亦称泰山庙。我们县的泰山庙离我家很近，我对这位大帝是很熟悉的，一张油亮的白脸，疏眉细目，五绺胡须。我小小年纪便知道大帝是黄飞虎，并且小小年纪就觉得这很滑稽。

中国人死了，变成鬼，要经过层层转关系，手续相当麻烦。先由本宅灶君报给土地，土地给一纸"回文"，再到城隍那里"挂号"，最后转到东岳大帝那里听候发落。好人，登银桥。道教好人上天，要经过一道桥（这想象倒是颇美的），这桥就叫"升仙桥"。我是亲眼看见过的，是纸扎的。道士诵经后，桥即烧去。这个死掉的人升天是不是经过东岳大帝批准了，不知道。不过死者的家属要给道士一笔劳务费，是知道的。坏人，下地狱。地狱设备种酷刑：上刀山、下油锅、锯人、磨人……这些都塑在东岳庙的两廊，叫作"七十二司"。听说泰山蒿里祠也有"司"，但不是七十二，而是七十五，是个单数，不知是何道理。据我的印象，人死了，登桥升天的很少，大部分都在地狱里受罪。人都不愿死，尤其不愿在七十二司里受酷刑，——七十二司是很恐怖的，我小时即不敢多看，因此，大家对东岳大帝都没什么好感。香，还是要烧的，因为怕他。而泰山香火最盛处，为碧霞元君祠。

碧霞元君，或说是泰山神的侍女、女儿，或说是玉皇大帝的女儿，又说是玉皇大帝的妹妹。道教诸神的谱系很乱，差一辈不算什么。又一说是东汉人石守道之女。这个说法不可取，这把元君的血统降低了,从贵族降成了平民。封之为"天仙玉女碧霞元君"的,是宋真宗。老百姓则称之为泰山娘娘,或泰山老奶奶。碧霞元君实际上取代了东岳大帝,成为泰山的主神。"礼岱者皆祷于泰山娘娘祠庙,而弗旅岳神久矣"(福格《听雨丛谈》)。泰安百姓"终日仰对泰山,而不知有泰山,名之曰奶奶山"(王照《行脚山东记》)。

泰山神是女神,为什么?这很容易让人联想原始社会母性崇拜的远古隐秘心理的回归,想到母系社会。这不是没有道理的。我们不管活得多大,在深层心理中都封藏着不止一代人对母亲的记忆。母亲,意味着生。假如说东岳大帝是司死之神,那么,碧霞元君就是司生之神,是滋生繁衍之神。或者直截了当地说,是母亲神。人的一生,在残酷的现实生活之中,艰难辛苦,受尽委屈,特别需要得到母亲的抚慰。明万历八年,山东巡抚何起鸣登泰山,看到"四方以进香来谒元君者,辄号泣如赤子久离父母膝下者"。这里的"父"字可删。这种现象使这位巡抚大为震惊,"看出了群众这种感情背后隐藏着对冷酷现实的强烈否定"(车锡伦《泰山女神的神话信仰与宗教》)。这位何巡抚是个有头脑,能看问题的人。对封建统治者来说,这种如醉如痴的半疯狂的感情,是一种可怕的力量。

碧霞元君当然被蒙上市俗宗教的唯利色彩,如各种人来许愿、求子。

车锡伦同志在他的《泰山女神的神话信仰与宗教》的最后,提出一个很有意思的问题,即对碧霞元君"净化"的问题。怎样"净化"?我们不能把碧霞元君祠翻造成巴黎圣母院那样的建筑，也不能请巴赫那样的作曲家来写像《圣母颂》一样的《碧霞元君颂》。但是好像也不是一点办法都没有。比如能不能组织一个道教音乐乐队，演奏优美的道教乐曲，调集一些有文化的炼师诵唱道经，使碧霞元君在意象上升华起来，更诗意化起来？

任何名山都应该提高自己的文化层次，都有责任提高全民的文化素质。我希望主管全国旅游的当局，能思索一下这个问题。

泰山石刻

第一次看见经石峪字，是在昆明一个旧家，一副四言的集字对联，厚纸浓墨，是较早的拓本。百年老屋，光线晦暗，而字字神气俱足，不能忘。

经石峪在泰山中路的岔道上。这地方的地形很奇怪，在崇山峻岭之中，怎么会出现一片一亩大的基本平整的石坪呢？泰山石为花岗岩，多为青色，而这片石坪的颜色是姜黄的。四周都没有这样的石头，很奇怪。是一个什么人发现了这片石坪，并且想起在石坪上刻下一部《金刚经》呢？经字大径一尺半。摩崖大字，一般都是刻在直立的石崖上，这是刻在平铺的石坪上的，很少见。这样的字体，他处也极少见。

经石峪的时代，众说纷纭。说这是从隶书过渡到楷书之间的字体，则多数人都无异议。

经石峪保存较多隶书笔意，但无蚕头雁尾，笔圆而体稍扁，可以上接《石门铭》，但不似《石门铭》的放肆，有人说这和《瘗鹤铭》都是王羲之写的，似无据。王羲之书多以偏侧取势，经石峪非也。《瘗鹤铭》结体稍长，用笔瘦劲，秀气扑人，说这近似二王书，还有几分道理（我以为应早于王羲之）。书法自晋唐以后,都贵瘦硬。杜甫诗"书贵瘦硬方通神",是一时风气。经石峪字颇肥重,但是骨在肉中,肥而不痴,笔笔送到,而不板滞。假如用一个字评经石峪字,曰:稳。这是一个心平而志坚的学佛的人所写的字。这不是废话嘛,《金刚经》还能是不学佛的人写的?不,经字有佛性。

这样的字,和泰山才相称。刻在他处,无此效果。十年前,我在经石峪待了好大一会,觉得两天的疲劳,看了经石峪,也就值了。"经石峪"是"泰山"不可分离的一部分。泰山即使没有别的东西,没有碧霞元君祠,没有南天门,只有一个经石峪,也还是值得来看看的。

我很希望有人能拓印一份经石峪字的全文(得用好多张纸拼起来),在北京陈列起来,即使专为它盖一个大房子,也不为过。

名山之中,石刻最多,也最好的,似为泰山。大观峰真是大观,那么多块摩崖大字,大都写得很好,这好像是摩崖大字大赛,哪一块都不寒碜。这块地场(这是山东话)也选得好。石岩壁立,上无遮盖,而石壁前有一片空地,看字的人可以在一个距离之外看,收其全貌,不必像壁虎似的趴在石壁上。其他各处的摩崖石碑的字也都写得不错。摩崖字多是真书,体兼颜柳,是得这样,才压得住(蔡襄平日写行草,鼓山的石刻题名却是真书。董其昌字体飘逸,但写大字却是颜体)。看大字碑刻题名,很多都是山东巡抚。大概到山东来当巡抚,先得练好大字。

有些摩崖石刻,是当代人手笔。较之前人,不逮也。有的字甚至明显地看得出是用铅笔或圆珠笔写在纸上放大的。是乌可哉。

很奇怪,泰山上竟没有一块韩复榘写的碑。这位老兄在山东,待了那么久,为什么不想到泰山来留下一点字迹?看来他有点自知之明。韩复榘在他的任内曾大修过泰山一次,竣工后,电令泰山各处:"嗣后除奉令准刊外,无论何人不准题字、题诗。"我准备投他一票。随便刻字,实在是糟蹋了泰山。

担山人

我在泰山遇了一点险。在由天街到神憩宾馆的石级上,叫一个担山人的扁担的铁尖在右眼角划了一下,当时出了血。这位担山人从我的后边走上来,在我身边换肩。担山人说:"你注意一点。"话倒是挺和气,不过有点岂有此理,他在我后面,倒是我不注意!我看他担着重担,没有说什么(我能说什么呢?揪住他不放?这种事我还做不出来)。这个担山人年纪比较轻,担山、做人,都还少点经验。他担了四块正方形的水泥砖,一头两块。(为什么不把原材料运到山上,在山上做砖,要这样一趟一趟担?)我看了别的担山人,担什么的都有。有担啤酒的,不用筐箱,啤酒瓶直立着,缚紧了,两层。一担也就是担个五六十瓶吧。我们在山上喝啤酒,有时开了一瓶,没喝完,就扔下了。往后可不能这样,这瓶酒来之不易。泰山担山人有个特别处,担物不用绳系,直接结缚在扁担两头,这样重心就很高,有什么好处?大概因为用绳系,爬山级时易于碰腿。听泰山管理处的路宗元同志说,担山人,一般能担一百四十斤,多的能担一百八。他们走得不快,一步一步,脚脚落在实处,很稳。呼吸调得很匀,不出粗气。冯玉祥诗《上山的挑夫》说担山人"腿酸气喘,汗如雨滴",要是这样,那算什么担山的呢!

泰山担山人的扁担较他处为长,当中宽厚,两头稍翘,一头有铁尖(这种带有铁尖的扁担湖南也有,谓之钎担)。扁担作紫黑色,不知是什么木料,看起来很结实,又有绵性,既能承重,也不压肩。

我的那点轻伤不算什么,到了宾馆,血就止了。大夫用酒精擦了擦,晚上来看看,说"没有感染"(我还真有点怕万一感染了破伤风什么的)。又说:"你扎的那个地方可不好!如果再往下一点,扎得深一点……"

"那就麻烦了!"

扇子崖下

泰山散文笔会的作家去登扇子崖。我和斤澜没有上去,叶梦为了陪我们,上了一截又下来了。路宗元同志叫我们在下面随便走走。等登山的人下来。

这也是一个景区,竹林寺风景管理区,但竹林寺只存其名,寺已不存在。这里属泰山西路,不是登山的正路,游人很少,除了特意来登扇子崖的,几乎没有人来。这不大像风景区,倒像山里的一个村子。稍远处有农家。地里种着地瓜(即白薯)。一个树林里有近百只羊,一色是黑山羊。泰山的山羊和别处不大一样,毛色浓黑,眼圈和嘴头是棕黄色的——别处的黑山羊眼、嘴都是浅灰色。这些羊分散在石块上,或立或卧,都一动不动,只有嘴不停地磨动,在倒嚼。这些羊的样子很"古"。有一个小庙,叫无极庙。庙外有老妇人卖汽水。无极庙极小。正殿上塑着无极娘娘,两旁配殿一边塑送生娘娘,一边塑眼光娘娘,如碧霞元君祠而简陋。中国人不知道为什么对眼光娘娘那样重视,很多庙里都有,是中国害眼疾的特多?无极庙小,没人来,无住持僧道,庭中有树两株,石凳一,很安静。在石凳上坐坐,舒服得很。出门里问卖汽水的老妇人:"有人买汽水吗?"答曰:"有!"

出无极庙,沿山路徐行。路也有点起伏,石级崎岖处得由叶梦扶我一把,但基本上是平缓的。半山有石亭,在亭外坐下,眺望近处的长寿桥、远处的黑龙潭,如王旭《西溪》诗所说"一川烟景合,三面画屏开",很美。许安仁《游泰山竹林》诗云:"客来总说游山好,不道山僧却厌山",在游山诗中别开生面。我在泰山,虽不到"厌山"的程度,但连日上上下下,不免疲乏,能于雄、伟、奇、险之外得一幽境(王旭《游竹林寺》:"竹林开幽境")偷闲半日,也是很好的休息。

薄暮,登山诸公下来,全都累得够呛,我与斤澜皆深以不登扇子崖为得计。

临走时,卖汽水的老妇人已经走了,无极庙的门开着。

回来翻翻资料,无极庙的来历原来是这样:一九二五年张宗昌督鲁时,兖州镇守使张培荣封其夫人为"无极真人",并在竹林寺旧址建无极庙,不禁失笑。一个镇守使竟然"封"自己的老婆为"真人",亦是怪事。这种事大概只有张宗昌的部下才干得出来。

中溪宾馆

中溪宾馆在中天门,一径通幽,两层楼客房,安安静静。楼外有个长长的庭院,种着小灌木,豆板黄杨、小叶冬青、日本枫。庭院西端有一石造方亭，突出于山岩之外，下临虚谷，不安四壁。亭中有石桌石凳。坐在亭子里，觉山色皆来相就，用四川话说，真是"安逸"。

伙食很好，餐餐有野菜吃。十年前我到泰山，就吃过野菜，但不如这次多。泰山可吃的野菜有一百多种，主要的是有三十一种。野菜不外是两种吃法，一是开水焯后凉拌，一是裹了蛋清面糊油炸。我们这次吃过的野菜有这些：

灰菜（亦名雪里青。略焯，凉拌，亦可炒食，或裹面蒸食）

野苋菜（凉拌或炒）

马齿苋（凉拌或炒）

蕨菜（即藜，焯后凉拌）

黄花菜（泰山顶上的黄花菜淡黄色，与他处金黄者不同，瓣亦较厚而嫩，甚香。凉拌或炒，亦可做汤）

藿香（即做藿香正气丸的藿香。山东人读"藿"音如"河"，初不知"河香"为何物，上桌后方知是一味中药。藿香叶裹面油炸）

薄荷（野生者。油炸，入口不凉，细嚼后有薄荷香味）

紫苏（本地叫苏叶，与南京女作家苏叶名字相同，但南京的苏叶不能裹面油炸了吃耳）

椿叶（香椿已经无嫩芽，但其叶仍可炸食）

木槿花（整朵油炸，炸出后花形不变，一朵一朵开在磁盘里。吃起来只是酥脆，亦无特殊味道，好玩而已）

宾馆经理朱正伦把野菜移栽在食堂外面的空地上，要吃，由炊事员现采，故皆极新鲜。朱经理说港台客人对中溪宾馆的野菜宴非常感兴趣。那是，香港咋能吃到野菜呢！

宾馆的服务员都是小姑娘，对人很亲切，没有星级宾馆的服务员那样过多的职业性的礼貌。她们对"散文笔会"的十八位作家的底细大体都摸清了。一个叫米峰的姑娘戴一副眼镜，我戏称她为学者型的服务员。她拿了一本《蒲桥集》来让我签名，说是今年一月在岱安买的，说她最喜欢《昆明的雨》那几篇，说没想到我会来，看到了我，真高兴。我在扉页上签了名，并写了几句话。

山中七日，除了在山顶的神憩宾馆住过一晚上外，六天都住在中溪宾馆。早晨出发，薄暮归来。人真是怪。宾馆，宾馆耳，但踏进大门，即觉得是回家了。

我问朱正伦同志，这地方为什么叫中溪，他指指对面的山头，说山上有一条溪水，是泰山的主溪，因为在泰山之中，故名中溪。听人说，泰山山有多高，水有多高，信然。

写了两个晚上的字。为中溪宾馆写了一幅四尺横幅：溪流崇岭上，人在乱云中。

临走，宾馆人员全体出动，一直把我们送下山坡上汽车。桑下三宿，未免有情。再来泰山，我还住中溪。

泰山云雾

宿中溪宾馆第二天，我起得很早，推开客房楼门，到院里一看，大雾。雾在峰谷间缓缓移动，忽浓忽淡。远近诸山皆作浅黛，忽隐忽现。早饭后，雾渐散，群山皆如新沐。

登玉皇顶，下来，到探海石旁，不由常路，转到后山。后山小路狭窄，未经斫治，有些地方仅能容足，颇险。我四月间在云南曾崴过一次脚,因有旧伤,所以格外小心。但是后山很值得一看。山皆壁立,直上直下,岩块皆数丈,笔致粗豪,如大斧劈。忽然起了大雾,回头看玉皇顶,完全没有了,只闻鸟啼。从鸟声中知道所从来的山岭松林的方位,知道就在不远处。然而极目所见,但浓雾而已。

宿神憩宾馆,晚上,和张抗抗出宾馆大门看看,只见白茫茫一片,不辨为云为雾。想到天街走走,服务员劝我们不要去,危险,只好伏在石栏上看看。云雾那样浓,似乎扔一个鸡蛋下去也不会沉底。光是白茫茫一片,看到什么时候?回去吧。抗抗说她小时候看见云流进屋里,觉得非常神奇。不想我们回去,拉开了玻璃大门,云雾抢在我们前面先进来了,一点不客气,好像谁请了它似的。

离泰山的那天夜晚,雾特大,开了车灯,能见度只有二尺。司机在泰山开了十年车,是老泰山了。他说外地司机,这天气不敢开车。我们就这样云里雾里,糊里糊涂地离开泰山了。

在车里,我想:泰山那么多的云雾,为什么不种茶?史载:中国的饮茶,始于泰山的灵岩寺,那么,泰山原来是有茶树的。泰山的水那样好(本地人云:泰山有三美,白菜、豆腐、水),以泰山水泡泰山茶,一定很棒。我想向泰山管委会作个建议:试种茶树。也许管委会早已想到了。下次再来泰山,希望能喝到泰山岩茶,或"碧霞新绿"。

1991年7月末,北京

第 三 辑
人间草木

他们捡枸杞子其实只是玩!一边走着,一边捡枸杞子,这比单纯的散步要有意思。这是两个童心未泯的老人,两个老孩子!人老了,是得学会这样的生活。看来,这二位中年时也是很会生活,会从生活中寻找乐趣的。

人间草木

山丹丹

我在大青山挖到一棵山丹丹。这棵山丹丹的花真多。招待我们的老堡垒户看了看,说:"这棵山丹丹有十三年了。"

"十三年了?咋知道?"

"山丹丹长一年,多开一朵花。你看,十三朵。"

山丹丹记得自己的岁数。

我本想把这棵山丹丹带回呼和浩特,想了想,找了把铁锹,把老堡垒户的开满了蓝色党参花的土台上刨了个坑,把这棵山丹丹种上了。问老堡垒户:

"能活?"

"能活。这东西,皮实。"

大青山到处是山丹丹,开七朵花、八朵花的,多的是。

山丹丹开花花又落,

一年又一年……

这支流行歌曲的作者未必知道，山丹丹过一年多开一朵花。唱歌的歌星就更不会知道了。

枸杞

枸杞到处都有。枸杞头是春天的野菜。采摘枸杞的嫩头，略焯过，切碎，与香干丁同拌，浇酱油醋香油；或入油锅爆炒，皆极清香。夏末秋初，开淡紫色小花，谁也不注意。随即结出小小的红色的卵形浆果，即枸杞子。我的家乡叫作狗奶子。

我在玉渊潭散步，在一个山包下的草丛里看见一对老夫妻弯着腰在找什么。他们一边走，一边搜索。走几步，停一停，弯腰。

"您二位找什么？"

"枸杞子。"

"有吗？"

老同志把手里一个罐头玻璃瓶举起来给我看，已经有半瓶了。

"不少！"

"不少！"

他解嘲似的哈哈笑了几声。

"您慢慢捡着！"

"慢慢捡着！"

看样子这对老夫妻是离休干部，穿得很整齐干净，气色很好。

他们捡枸杞子干什么？是配药？泡酒？看来都不完全是。

真要是需要,可以托熟人从宁夏捎一点或寄一点来。——听口音,老同志是西北人,那边肯定会有熟人。

他们捡枸杞子其实只是玩!一边走着,一边捡枸杞子,这比单纯的散步要有意思。这是两个童心未泯的老人,两个老孩子!

人老了,是得学会这样的生活。看来,这二位中年时也是很会生活,会从生活中寻找乐趣的。他们为人一定很好,很厚道。他们还一定不贪权势,甘于淡泊。夫妻间一定不会为柴米油盐、儿女婚嫁而吵嘴。

从钓鱼台到甘家口商场的路上,路西,有一家的门头上种了很大的一丛枸杞,秋天结了很多枸杞子,通红通红的,礼花似的,喷泉似的垂挂下来,一个珊瑚珠穿成的华盖,好看极了。这丛枸杞可以拿到花会上去展览。这家怎么会想起在门头上种一丛枸杞?

槐花

玉渊潭洋槐花盛开,像下了一场大雪,白得耀眼。来了放蜂的人。蜂箱都放好了,他的"家"也安顿了。一个刷了涂料的很厚的黑色的帆布篷子。里面打了两道土堰,上面架起几块木板,是床。床上一卷铺盖。地上排着油瓶、酱油瓶、醋瓶。一个白铁桶里已经有多半桶蜜。外面一个蜂窝煤炉子上坐着锅。一个女人在案板上切青蒜。锅开了,她往锅里下了一把干切面。不大会儿,面熟了,她把面捞在碗里,加了作料、撒上青蒜,在一个碗里舀了半勺豆瓣。一人一碗。她吃的是加了豆瓣的。

蜜蜂忙着采蜜，进进出出，飞满一天。

我跟养蜂人买过两次蜜，绕玉渊潭散步回来，经过他的棚子，大都要在他门前的树墩上坐一坐，抽一支烟，看他收蜜，刮蜡，跟他聊两句，彼此都熟了。

这是一个五十岁上下的中年人，高高瘦瘦的，身体像是不太好，他做事总是那么从容不迫，慢条斯理的。样子不像个农民，倒有点像一个农村小学校长。听口音，是石家庄一带的。他到过很多省。哪里有鲜花，就到哪里去。菜花开的地方，玫瑰花开的地方，苹果花开的地方，枣花开的地方。每年都到南方去过冬，广西，贵州。到了春暖，再往北返。我问他是不是枣花蜜最好，他说是荆条花的蜜最好。这很出乎我的意外。荆条是个不起眼的东西，而且我从来没有见过荆条开花，想不到荆条花蜜却是最好的蜜。我想他每年收入应当不错。他说比一般农民要好一些，但是也落不下多少：蜂具，路费；而且每年要赔几十斤白糖——蜜蜂冬天不采蜜，得喂它糖。

女人显然是他的老婆。不过他们岁数相差太大了。他五十了，女人也就是三十出头。而且，她是四川人，说四川话。我问他：你们是怎么认识的？他说：她是新繁县人。那年他到新繁放蜂，认识了。她说北方的大米好吃，就跟来了。

有那么简单？也许她看中了他的脾气好，喜欢这样安静平和的性格？也许她觉得这种放蜂生活，东南西北到处跑，好耍？这是一种农村式的浪漫主义。四川女孩子做事往往很洒脱，想咋个就咋个，不像北方女孩子有那么多考虑。他们结婚已经几年了。丈夫对她好，她对丈夫也很体贴。她觉得她的选择没有错，很满意，不后悔。我问养蜂人：她回去过没有？他说：回去过一次，一个人。他让她带了两千块钱，她买了好些礼物送人，风风光光地回了一趟新繁。

一天，我没有看见女人，问养蜂人，她到哪里去了。养蜂人说：到我那大儿子家去了，去接我那大儿子的孩子。他有个大儿子，在北京工作，在汽车修配厂当工人。

她抱回来一个四岁多的男孩，带着他在棚子里住了几天。她带他到甘家口商场买衣服，买鞋，买饼干，买冰糖葫芦。男孩子在床上玩鸡啄米，她靠着被窝用勾针给他勾一顶大红的毛线帽子。她很爱这个孩子。这种爱是完全非功利的，既不是讨丈夫的欢心，也不是为了和丈夫的儿子一家搞好关系。这是一颗很善良，很美的心。孩子叫她奶奶，奶奶笑了。

过了几天，她把孩子又送了回去。

过了两天，我去玉渊潭散步，养蜂人的棚子拆了，蜂箱集中在一起。等我散步回来，养蜂人的大儿子开来一辆卡车，把棚柱、木板、煤炉、锅碗和蜂箱装好，养蜂人两口子坐上车，卡车开走了。

玉渊潭的槐花落了。

葡萄月令

一月,下大雪。

雪静静地下着。果园一片白。听不到一点声音。

葡萄睡在铺着白雪的窖里。

二月里刮春风。

立春后,要刮四十八天"摆条风"。风摆动树的枝条,树醒了,忙忙地把汁液送到全身。树枝软了。树绿了。雪化了,土地是黑的。

黑色的土地里,长出了茵陈蒿。碧绿。

葡萄出窖。

把葡萄窖一锹一锹挖开。挖下的土,堆在四面。葡萄藤露出来了,乌黑的。有的稍头已经绽开了芽苞,吐出指甲大的苍白的小叶。它已经等不及了。

把葡萄藤拉出来,放在松松的湿土上。

不大一会,小叶就变了颜色,叶边发红;——又不大一会,绿了。

三月，葡萄上架。

先得备料。把立柱、横梁、小棍，槐木的、柳木的、杨木的、桦木的，按照树棵大小，分别堆放在旁边。立柱有汤碗口粗的、饭碗口粗的、茶杯口粗的。一棵大葡萄得用八根、十根，乃至十二根立柱。中等的，六根、四根。

先刨坑，竖柱。然后搭横梁，用粗铁丝嫖紧。然后搭小棍，用细铁丝缚住。

然后，请葡萄上架。把在土里趴了一冬的老藤扛起来，得费一点劲。大的，得四五个人一起来。"起！——起！"哎，它起来了。把它放在葡萄架上，把枝条向三面伸开，像五个指头一样的伸开，扇面似的伸开。然后，用麻筋在小棍上固定住。葡萄藤舒舒展展，凉凉快快地在上面待着。

上了架，就施肥。在葡萄根的后面，距主干一尺，挖一道半月形的沟，把大粪倒在里面。葡萄上大粪，不用稀释，就这样把原汁大粪倒下去。大棵的，得三四桶。小葡萄，一桶也就够了。

四月，浇水。

挖窖挖出的土，堆在四面，筑成垄，就成一个池子。池里放满了水。葡萄园里水气泱泱，沁人心肺。

葡萄喝起水来是惊人的。它真是在喝哎！葡萄藤的组织跟别的果树不一样，它里面是一根一根细小的导管。这一点，中国的古人早就发现了。《图经》云："根苗中空相通。圃人将货

之,欲得厚利,暮溉其根,而晨朝水浸子中矣,故俗呼其苗为木通。""暮溉其根,而晨朝水浸子中矣",是不对的。葡萄成熟了,就不能再浇水了。再浇,果粒就会涨破。"中空相通"却是很准确的。浇了水,不大一会,它就从根直吸到梢,简直是小孩喝奶似的拼命往上喝。浇过了水,你再回来看看吧:梢头切断过的破口,就嗒嗒地往下滴水了。

是一种什么力量使葡萄拼命地往上吸水呢?

施了肥,浇了水,葡萄就使劲抽条、长叶子。真快!原来是几根根枯藤,几天功夫,就变成青枝绿叶的一大片。

五月,浇水,喷药,打梢,掐须。

葡萄一年不知道要喝多少水,别的果树都不这样。别的果树都是刨一个"树碗",往里浇几担水就得了,没有像它这样的:"漫灌",整池子的喝。

喷波尔多液。从抽条长叶,一直到坐果成熟,不知道要喷多少次。喷了波尔多液,太阳一晒,葡萄叶子就都变成蓝的了。葡萄抽条,丝毫不知节制,它简直是瞎长!几天功夫,就抽出好长的一节的新条。这样长法还行呀,还结不结果呀?因此,过几天就得给它打一次条。葡萄打条,也用不着什么技巧,一个人就能干,拿起树剪,噼噼啦啦,把新抽出来的一截都给它铰了就得了。一铰,一地的长着新叶的条。

葡萄的卷须,在它还是野生的时候是有用的,好攀附在别的什么树木上。现在,已经有人给它好好地固定在架上了,就一点用也没有了。卷须这东西最耗养分,——凡是作物,都是优先把养分输送到顶端,因此,长出来就给它掐了,长出来就给它掐了。

葡萄的卷须有一点淡淡的甜味。这东西如果腌成咸菜,大概不难吃。

五月中下旬,果树开花了。果园,美极了。梨树开花了,苹果树开花了,葡萄也开花了。

都说梨花像雪,其实苹果花才像雪。雪是厚重的,不是透明的。梨花像什么呢?——梨花的瓣子是月亮做的。

有人说葡萄不开花,哪能呢!只是葡萄花很小,颜色淡黄微绿,不钻进葡萄架是看不出的。而且它开花期很短。很快,就结出了绿豆大的葡萄粒。

六月,浇水、喷药、打条、掐须。

葡萄粒长了一点了,一颗一颗,像绿玻璃料做的纽子。硬的。

葡萄不招虫。葡萄会生病,所以要经常喷波尔多液。但是它不像桃,桃有桃食心虫;梨,梨有梨食心虫。葡萄不用疏虫果。——果园每年疏虫果是要费很多任务的。虫果没有用,黑黑的一个半干的球,可是它耗养分呀!所以,要把它"疏"掉。

七月,葡萄"膨大"了。

掐须、打条、喷药,大大地浇一次水。

追一次肥。追硫铵。在原来施粪肥的沟里撒上硫铵。然后,就把沟填平了,把硫铵封在里面。

汉朝是不会追这次肥的,汉朝没有硫铵。

八月,葡萄"着色"。

你别以为我这里是把画家的术语借用来了。不是的。这是果农的语言,他们就叫"着色"。

下过大雨,你来看看葡萄园吧,那叫好看!白的像白玛瑙,红的像红宝石,紫的像紫水晶,黑的像黑玉。一串一串,饱满、磁棒、挺括,璀璨琳琅。你就把《说文解字》里的玉字偏旁的字都搬了来吧,那也不够用呀!

可是你得快来!明天,对不起,你全看不到了。我们要喷波尔多液了。一喷波尔多液,它们的晶莹鲜艳全都没有了,它们蒙上一层蓝兮兮、白糊糊的东西,成了磨砂玻璃。我们不得不这样干。葡萄是吃的,不是看的。我们得保护它。

过不了两天,就下葡萄了。

一串一串剪下来,把病果、瘪果去掉,妥妥地放在果筐里。果筐满了,盖上盖,要一个棒小伙子跳上去蹦两下,用麻筋缝的筐盖。——新下的果子,不怕压,它很结实,压不坏。倒怕是装不紧,逛里逛当的。那,来回一晃悠,全得烂!

葡萄装上车,走了。

去吧,葡萄,让人们吃去吧!

九月的果园像一个生过孩子的少妇,宁静、幸福,而慵懒。

我们还给葡萄喷一次波尔多液。哦,下了果子,就不管了?人,总不能这样无情无义吧。

十月，我们有别的农活。我们要去割稻子。葡萄，你愿意怎么长，就怎么长着吧。

十一月，葡萄下架。

把葡萄架拆下来。检查一下，还能再用的，搁在一边。糟朽了的，只好烧火。立柱、横梁、小棍，分别堆垛起来。

剪葡萄条。干脆得很，除了老条，一概剪光。葡萄又成了一个大秃子。

剪下的葡萄条，挑有三个芽眼的，剪成二尺多长的一截，捆起来，放在屋里，准备明春插条。

其余的，连枝带叶，都用竹帚扫成一堆，装走了。葡萄园光秃秃。

十一月下旬，十二月上旬，葡萄入窖。

这是个重活。把老本放倒，挖土把它埋起来。要埋得很厚实。外面要用铁锹拍平。这个活不能马虎。都要经过验收，才给记工。

葡萄窖，一个一个长方形的土墩墩。一行一行，整整齐齐地排列着。风一吹，土色发了白。

这真是一年的冬景了。热热闹闹的果园，现在什么颜色都没有了。眼界空阔，一览无余，只剩下发白的黄土。

下雪了。我们踏着碎玻璃碴似的雪，检查葡萄窖，扛着铁锹。

一到冬天，要检查几次。不是怕别的，怕老鼠打了洞。葡萄窖里很暖和，老鼠爱往这里面钻。它倒是暖和了，咱们的葡萄可就受了冷啦！

北京的秋花

桂花

桂花以多为胜。《红楼梦》薛蟠的老婆夏金桂家"单有几十顷地种桂花",人称"桂花夏家"。"几十顷地种桂花",真是一个大观!四川新都桂花甚多。杨升庵祠在桂湖,环湖植桂花,自山坡至水湄,层层叠叠,都是桂花。我到新都谒升庵祠,曾作诗:

桂湖老桂发新枝,
湖上升庵旧有祠。
一种风流谁得似,
状元词曲罪臣诗。

杨升庵是才子,以一甲一名中进士,著作有七十种。他因"议大礼"获罪,充军云南,七十余岁,客死于永昌。陈老莲曾画过他的像,"醉则簪花满头",面色酡红,是喝醉了的样子。从陈老莲的画像看,升庵是个高个儿的胖子。但陈老莲恐怕是凭想象画的，未必即像升庵。新都人为他在桂湖建祠，升庵死若有知，亦当欣慰。

北京桂花不多，且无大树。颐和园有几棵，没有什么人注意。我曾在藻鉴堂小住，楼道里有两棵桂花，是种在盆里的，不到一人高！

我建议北京多种一点桂花。桂花美阴，叶坚厚，入冬不凋。开花极香浓，干制可以做元宵馅、年糕。既有观赏价值，也有经济价值，何乐而不为呢？

菊花

秋季广交会上摆了很多盆菊花。广交会结束了，菊花还没有完全开残。有一个日本商人问管理人员："这些花你们打算怎么处理？"答云："扔了！"——"别扔，我买。"他给了一点钱，把开得还正盛的菊花全部包了，订了一架飞机，把菊花从广州空运到日本，张贴了很大的海报："中国菊展。"卖门票，参观的人很多。他捞了一大笔钱。这件事叫我有两点感想：一是日本商人真有商业头脑，任何赚钱的机会都不放过，我们的管理人员是老爷，到手的钱也抓不住。二是中国的菊花好，能得到日本人的赞赏。

中国人长于艺菊，不知始于何年，全国有几个城市的菊花都负盛名，如扬州、镇江、合肥，黄河以北，当以北京为最。

菊花品种甚多，在众多的花卉中也许是最多的。

首先，有各种颜色。最初的菊大概只有黄色的。"鞠有黄华"、"零落黄花满地金"，"黄华"和菊花是同义词。后来就发展到什么颜色都有了。黄色的、白色的、紫的、红的、粉的，都有。挪威的散文家别伦·别尔生说各种花里只有菊花有绿色的，也不尽然，牡丹、芍药、月季都有绿的，但像绿菊那样绿得像初新的嫩蚕豆那样，确乎是没有。我几年前回乡，在公园里看到一盆绿菊，花大盈尺。

其次，花瓣形状多样，有平瓣的、卷瓣的、管状瓣的。在镇江焦山见过一盆"十丈珠帘"，细长的管瓣下垂到地，说"十丈"当然不会，但三四尺是有的。

北京菊花和南方的差不多，狮子头、蟹爪、小鹅、金背大红……南北皆相似，有的连名字也相同。如一种浅红的瓣，极细而卷曲如一头乱发的，上海人叫它"懒梳妆"，北京人也叫它"懒梳妆"，因为得其神韵。

有些南方菊种北京少见。扬州人重"晓色"，谓其色如初日晓云，北京似没有。"十丈珠帘"，我在北京没见过。"枫叶芦花"，紫平瓣，有白色斑点，也没有见过。

我在北京见过的最好的菊花是在老舍先生家里。老舍先生每年要请北京市文联、文化局的干部到他家聚聚，一次是腊月，老舍先生的生日（我记得是腊月二十三）；一次是重阳节左右，赏菊。老舍先生的哥哥很会莳弄菊花。花很鲜艳；菜有北京特点（如芝麻酱炖黄花鱼、"盒子菜"）；酒"敞开供应"，既醉既饱，至今不忘。

我不赞成搞菊山菊海，让菊花都按部就班，排排坐，或挤成一堆，闹闹嚷嚷。菊花还是得一棵一棵地看，一朵一朵地看。更不赞成把菊花缚扎成龙、成狮子，这简直是糟蹋了菊花。

秋葵·鸡冠·凤仙·秋海棠

秋葵我在北京没有见过，想来是有的。秋葵是很好种的，在篱落、石缝间随便丢几个种子，即可开花。或不烦人种，也能自己开落。花瓣大、花浅黄，淡得近乎没有颜色，瓣有细脉，瓣内侧近花心处有紫色斑。秋葵风致楚楚，自甘寂寞。不知道为什么，秋葵让我想起女道士。秋葵亦名鸡脚葵，以其叶似鸡爪。

我在家乡县委招待所见一大丛鸡冠花，高过人头，花大如扫地笤帚，颜色深得吓人一跳。北京鸡冠花未见有如此之粗野者。

凤仙花可染指甲，故又名指甲花。凤仙花捣烂，少入矾，敷于指尖，即以凤仙叶裹之，隔一夜，指甲即红。凤仙花茎可长得很粗，湖南人或以入臭坛腌渍，以佐粥，味似臭苋菜秆。

秋海棠北京甚多，齐白石喜画之。齐白石所画，花梗颇长，这在我家那里叫作"灵芝海棠"。诸花多为五瓣，唯秋海棠为四瓣。北京有银星海棠，大叶甚坚厚，上洒银星，秆亦高壮，简直近似木本。我对这种孙二娘似的海棠不大感兴趣。我所不忘的秋海棠总是伶仃瘦弱的。我的生母得了肺病，怕"过人"——传染别人，独自卧病，在一座偏房里，我们都叫那间小屋为"小房"。她不让人去看她，我的保姆要抱我去让她看看，她也不同意。因此我对我的母亲毫无印象。她死后，这间"小房"成了堆放她的嫁妆的储藏室，成年锁着。我的继母偶尔打开，取一两件东西，我也跟了进去。"小房"外面有一个小天井,靠墙有一个秋叶形的小花坛,不知道是谁种了两三棵秋海棠,也没有人管它,它在秋天竟也开花。花色苍白,样子很可怜。不论在哪里,我每看到秋海棠,总要想起我的母亲。

黄栌·爬山虎

霜叶红于二月花。

西山红叶是黄栌,不是枫树。我觉得不妨种一点枫树,这样颜色更丰富些。日本枫娇红可爱,可以引进。

近年北京种了很多爬山虎,入秋,爬山虎叶转红。

沿街的爬山虎红了,

北京的秋意浓了。

腊梅花

"雪花、冰花、腊梅花……"我的小孙女这一阵老是唱这首儿歌。其实她没有见过真的腊梅花,只是从我画的画上见过。

周紫芝《竹坡诗话》云:"东南之有腊梅,盖自近时始。余为儿童时,犹未之见。元祐间,鲁直诸公方有诗,前此未尝有赋此诗者。政和间,李端叔在姑溪,元夕见之僧舍中,尝作两绝,其后篇云:'程氏园当尺五天,千金争赏凭朱栏。莫因今日家家有,便作寻常两等看。'观端叔此诗,可以知前日之未尝有也。"看他的意思,腊梅是从北方传到南方去的。但是据我的印象,现在倒是南方多,北方少见,尤其难见到长成大树的。我在颐和园藻鉴堂见过一棵,种在大花盆里,放在楼梯拐角处。因为不是开花的时候,绿叶披纷,没有人注意。和我一起住在藻鉴堂的几个搞剧本的同志,都不认识这是什么。

我的家乡有腊梅花的人家不少。我家的后园有四棵很大的腊梅。这四棵腊梅,从我记事的时候,就已经是那样大了。很可能是我的曾祖父在世的时候种的。这样大的腊梅,我以后在别处没有见过。主干有汤碗口粗细，并排种在一个砖砌的花台上。这四棵腊梅的花心是紫褐色的，按说这是名种，即所谓"檀心磬口"。腊梅有两种，一种是檀心的，一种是白心的。我的家乡偏重白心的，美其名曰："冰心腊梅"，而将檀心的贬为"狗心腊梅"。腊梅和狗有什么关系呢？真是毫无道理！因为它是狗心的，我们也就不大看得起它。

不过凭良心说，腊梅是很好看的。其特点是花极多——这也是我们不太珍惜它的原因。物稀则贵，这样多的花，就没有什么稀罕了。每个枝条上都是花，无一空枝。而且长得很密，一朵挨着一朵，挤成了一串。这样大的四棵大腊梅，满树繁花，黄灿灿的吐向冬日的晴空，那样的热热闹闹，而又那样的安安静静，实在是一个不寻常的境界。不过我们已经司空见惯，每年都有一回。每年腊月，我们都要折腊梅花。上树是我的事。腊梅木质疏松，枝条脆弱，上树是有点危险的。不过腊梅多枝杈，便于登踏，而且我年幼身轻，正是"一日上树能千回"的时候，从来也没有掉下来过。我的姐姐在下面指点着："这枝，这枝！——哎，对了，对了！"我们要的是横斜旁出的几枝，这样的不蠢；要的是几朵半开，多数是骨朵的，这样可以在瓷瓶里养好几天——如果是全开的，几天就谢了。

下雪了，过年了。大年初一，我早早就起来，到后园选摘几枝全是骨朵的腊梅，把骨朵都剥下来，用极细的铜丝——这种铜丝是穿珠花用的，就叫作"花丝"，把这些骨朵穿成插鬓的花。我们县北门的城门口有一家穿珠花的铺子，我放学回家路过，总要钻进去看几个女工怎样穿珠花，我就用她们的办法穿成各式各样的腊梅珠花。我在这些腊梅珠子花当中嵌了几粒天竺果——我家后园的一角有一棵天竺。黄腊梅、红天竺,我到现在还很得意:那是真很好看的。我把这些腊梅珠花送给我的祖母,送给大伯母,送给我的继母。她们梳了头,就插戴起来。然后,互相拜年。我应该当一个工艺美术师的,写什么屁小说!

夏天的昆虫

蝈蝈

蝈蝈我们那里叫作"叫蛐子"。因为它长得粗壮结实,样子也不大好看,还特别在前面加一个"侉"字,叫作"侉叫蛐子"。这东西就是会呱呱地叫。有时嫌它叫得太吵人了,在它的笼子上拍一下,它就大叫一声:"呱!"——停止了。它什么都吃。据说吃了辣椒更爱叫,我就挑顶辣的辣椒喂它。这东西是咬人的。有时捏住笼子,它会从竹篾的洞里咬你的指头肚子一口。

另有一种秋叫蛐子,较晚出,体小,通体碧绿,叫声清脆。秋叫蛐子养在牛角做的圆盘中,顶面有一块玻璃。我能自己做这种牛角盒子。要紧的是弄出一块大小合适的圆玻璃。把玻璃放在水盒里,用剪子剪,不碎裂。秋叫蛐子比侉叫蛐子贵得多。养好了,可以越冬。

叫蛐子是可以吃的……扔在枯树枝火中,一会儿就熟了。味极似虾。

蝉

蝉大别有三类。一种是"海溜",最大,色黑,叫声洪亮。这是蝉里的楚霸王,生命力很强。我曾捉了一只,养在一个断了发条的旧座钟里,活了好多天。一种是"嘟溜——一嘟溜——一嘟溜",一种叫"叽溜",最小,暗赭色,也是因其叫声而得名。

蝉喜欢栖息在柳树上。古人常画"高柳鸣蝉",是有道理的。

北京的孩子捉蝉用粘竿,——竹竿头上涂了粘胶。我们小时候则用蜘蛛网。选一根结实的长芦苇,一头撅成三角形,用线缚住,看见有大蜘蛛网就一绞,三角里络满了蜘蛛网,很粘。瞅准了一只蝉:轻轻一捂,蝉的翅膀就被粘住了。

蜻蜓

家乡的蜻蜓有四种。

一种极大,头胸浓绿色,腹部有黑色的环纹,尾部两侧有革质的小圆片,叫作"绿豆纲"。这家伙厉害得很,飞时巨大的翅膀磨得嚓嚓地响。或捉之置室内,它会对着窗玻璃猛撞。

一种常见的蜻蜓,有灰蓝色和绿色的。蜻蜓的眼睛很尖,但到黄昏后眼力就有点不济。他们栖息着不动,从后面轻轻伸手,一捏就能捏住。玩蜻蜓有一种恶作剧的玩法:掐一根狗尾巴草,把草茎插进蜻蜓的屁股,一撒手,蜻蜓就带着狗尾巴的穗子飞了。

一种是红蜻蜓。不知道什么道理,说这是灶王爷的马。

另有一种纯黑的蜻蜓，身上，翅膀都是深黑色，我们叫这鬼蜻蜓，因为这有点鬼气，也叫"寡妇"。

刀螂

刀螂即螳螂，螳螂是很好看的。螳螂的头可以四面转动。螳螂翅膀嫩绿，颜色和脉纹都很美。昆虫翅膀好看的，为螳螂及纺织娘。

或问：你写这些昆虫什么意思？答曰：我只是希望现在的孩子也能玩玩这些昆虫，对自然发生兴趣。现在的孩子大都只在电子玩具包围中长大，未必是好事。

花园

在任何情形之下,那座小花园是我们家最亮的地方。虽然它的动人处不是,至少不仅在于这点。

每当家像一个概念一样浮现于我的记忆之上,它的颜色是深沉的。

祖父年轻时建造的几进,是灰青色与褐色的。我自小养育于这种安定与寂寞里。报春花开放在这种背景前是好的,它不致被晒得那么多粉。固然报春花在我们那儿很少见,也许没有,不像昆明。

曾祖留下的则几乎是黑色的,一种类似眼圈上的黑色(不要说它是青的),里面充满了影子。这些影子足以使供在神龛前的花消失。晚间点上灯,我们常觉那些布灰布漆的大柱子一直伸拔到无穷高处。神堂屋里总挂一只鸟笼,我相信即是现在也挂一只的。那只青裆子永远眯着眼假寐(我想它做个哲学家,似乎身子太小了)。只有巳时将尽,它唱一会,洗个澡,抖下一团小雾在伸展到廊内片刻的夕阳光影里。

一下雨，什么颜色都郁起来，屋顶，墙，壁上花纸的图案，甚至鸽子：铁青子，瓦灰，点子，霞白。宝石眼的好处这时才显出来。于是我们，等斑鸠叫单声，在我们那个园里叫。等着一棵榆梅稍经一触，落下碎碎的瓣子，等着重新着色后的草。

我的脸上若有从童年带来的红色，它的来源是那座花园。

我的记忆有菖蒲的味道，然而我们的园里可没有菖蒲啊？它是哪儿来的，是那些草？这是一个无法解决的问题。但是我此刻把它们没有理由的纠在一起。

"巴根草，绿阴阴，唱个唱，把狗听。"每个小孩子都这么唱过吧。有时什么也不做，我躺着，用手指绕住它的根，用一种不露锋芒的力量拉，听顽强的根胡一处一处断。这种声音只有拔草的人自己才能听得。当然我嘴里是含着一根草了。草根的甜味和它的似有若无的水红色是一种自然的巧合。

草被压倒了。有时我的头动一动，倒下的草又慢慢站起来。我静静地注视它，很久很久，看它的努力快要成功时，又把头枕上去，嘴里叫一声"嗯！"有时，不在意，怜惜它的苦心，就算了。这种性格呀！那些草有时会吓我一跳的，它在我的耳根伸起腰来了，当我看天上的云。

我的鞋底是滑的，草磨得它发了光。

莫碰臭芝麻，沾惹一身，嗐，难闻死人。沾上身子，不要用手指去拈，用刷子刷。这种籽儿有带钩儿的毛，讨嫌死了。至今我不能忘记它：因为我急于要捉住那个"都溜"（一种蝉，叫得最好听），我举着我的网，蹑手蹑脚，抄近路过去，循它的声音找着时，拍，得了。可是回去，我一身都是那种臭玩意。想想我捉过多少"都溜"！

我觉得虎耳草有一种腥味。

紫苏的叶子上的红色呵，暑假快过去了。

那棵大垂柳上常常有天牛，有时一个，两个的时候更多。它们总像有一桩事情要做，六只脚不停地运动，有时停下来，那动着的便是两根有节的触须了。我们以为天牛触须有一节它就有一岁。捉天牛用手，不是如何困难的工作，即使它在树枝上转来转去，你等一个合适地点动手。常把脖子弄累了，但是失望的时候很少。这小小生物完全如一个有教养惜身份的绅士，行动从容不迫，虽有翅膀可从不想到飞；即是飞，也不远。一捉住，它便吱吱纽纽地叫，表示不同意，然而行为依然是温文尔雅的。黑地白斑的天牛最多，也有极瑰丽颜色的。有一种还似乎带点玫瑰香味。天牛的玩法是用线扣在脖子上看它走。令人想起……不说也好。

蟋蟀已经变成大人玩意了。但是大人的兴趣在斗，而我们对于捉蟋蟀的兴趣恐怕要更大些。我看过一本秋虫谱，上面除了苏东坡米南宫，还有许多济颠和尚说的话，都神乎其神的不大好懂。捉到一个蟋蟀，我不能看出它颈子上的细毛是瓦青还是朱砂，它的牙是米牙还是菜牙，但我仍然是那么欢喜。听，瞿瞿瞿瞿，哪里？这儿是的，这儿了！用草掏，手扒，水灌，嚯，蹦出来了。顾不得螺螺藤拉了手，扑，追着扑。有时正在外面玩得很好，忽然想起我的蟋蟀还没喂哪，于是赶紧回家。我每吃一个梨，一段藕，吃石榴吃菱，都要分给它一点。正吃着晚饭，我的蟋蟀叫了。我会举着筷子听半天，听完了对父亲笑笑，得意极了。一捉蟋蟀，那就整个园子都得翻个身。我最怕翻出那种软软的鼻涕虫。可是堂弟有的是办法，撒一点盐，立刻它就化成一摊水了。

有的蝉不会叫，我们称之为哑巴。捉到哑巴比捉到"红娘"更坏。但哑巴也有一种玩法。用两个马齿苋的瓣子套起它的眼睛，那是刚刚合适的，仿佛马齿苋的瓣子天生就为了这种用处才长成那么个小口袋样子，一放手，哑巴就一直向上飞，决不偏斜转弯。

蜻蜓一个个选定地方息下，天就快晚了。有一种通身铁色的蜻蜓，翅膀较窄，称"鬼蜻蜓"。看它款款地飞在墙角花荫，不知什么道理，心里有一种说不出来的难过。

好些年看不到土蜂了。这种蠢头蠢脑的家伙，我觉得它也在花朵上把屁股撅来撅去的，有点不配，因此常常愚弄它。土蜂是在泥地上掘洞当作窠的。看它从洞里把个有绒毛的小脑袋钻出来（那神气像个东张西望的近视眼），嗡，飞出去了，我便用一点点湿泥把那个洞封好，在原来的旁边给它重掘一个，等着，一会儿，它拖着肚子回来了，找呀找，找到我掘的那个洞，钻进去，看看，不对，于是在四近大找一气。我会看着它那副急样笑个半天。或者，干脆看它进了洞，用一根树枝塞起来，看它从别处开了洞再出来。好容易，可重见天日了，它老先生于是坐在新大门旁边休息，吹吹风。神情中似乎是生了一点气，因为到这时已一声不响了。

祖母叫我们不要玩螳螂，说是它吃了土谷蛇的脑子，肚里会生出一种铁线蛇，缠到马脚脚就断，什么东西一穿就过去了，穿到皮肉里怎么办？

它的眼睛如金甲虫，飞在花丛里五月的夜。

夏天

夏天的早晨真舒服。空气很凉爽,草上还挂着露水(蜘蛛网上也挂着露水),写大字一张,读古文一篇。夏天的早晨真舒服。

凡花大都是五瓣,栀子花却是六瓣。山歌云:"栀子花开六瓣头。"栀子花粗粗大大,色白,近蒂处微绿,极香,香气简直有点叫人受不了,我的家乡人说是:"碰鼻子香。"栀子花粗粗大大,又香得掸都掸不开,于是为文雅人不取,以为品格不高。栀子花说:"去你妈的,我就是要这样香,香得痛痛快快,你们他妈的管得着吗!"

人们往往把栀子花和白兰花相比。苏州姑娘串街卖花,娇声叫卖:"栀子花!白兰花!"白兰花花朵半开,娇娇嫩嫩,如象牙白色,香气文静,但有点甜俗,为上海长三堂子的"倌人"所喜,因为听说白兰花要到夜间枕上才格外地香。我觉得红"倌人"的枕上之花,不如船娘髻边花更为刺激。

夏天的花里最为幽静的是珠兰。

牵牛花短命。早晨沾露才开,午时即已萎谢。

秋葵也命薄。瓣淡黄,白心,心外有紫晕。风吹薄瓣,楚楚可怜。

凤仙花有单瓣者,有重瓣者。重瓣者如小牡丹,凤仙花茎粗肥,湖南人用以腌"臭咸菜",此吾乡所未有。

马齿苋、狗尾巴草、益母草,都长得非常旺盛。

淡竹叶开浅蓝色小花,如小蝴蝶,很好看。叶片微似竹叶而较柔软。

"万把钩"即苍耳。因为结的小果上有许多小钩,碰到它就会挂在衣服上,得小心摘去。所以孩子叫它"万把钩"。

我们那里有一种"巴根草",贴地而去,是见缝扎根,一棵草蔓延开来,长了很多根,横的,竖的,一大片。而且非常顽强,拉扯不断。很小的孩子就会唱:

巴根草,

绿茵茵,

唱个唱,

把狗听。

最讨厌的是"臭芝麻"。掏蟋蟀、捉金铃子,常常沾了一裤腿。其臭无比,很难除净。

西瓜以绳络悬之井中,下午剖食,一刀下去,咔嚓有声,凉气四溢,连眼睛都是凉的。

天下皆重"黑籽红瓤",吾乡独以"三白"为贵:白皮、白瓢、白籽。"三白"以东墩产者最佳。

香瓜有：牛角酥，状似牛角，瓜皮淡绿色，刨去皮，则瓜肉浓绿，籽赤红，味浓而肉脆，北京亦有，谓之"羊角蜜"；虾蟆酥，不甚甜而脆，嚼之有黄瓜香；梨瓜，大如拳，白皮，白瓢，生脆有梨香；有一种较大，皮色如虾蟆，不甚甜，而极"面"，孩子们称之为"奶奶哼"，说奶奶一边吃，一边"哼"。

蝈蝈，我的家乡叫作"叫蛐子"。叫蛐子有两种。一种叫"侉叫蛐子"。那真是"侉"，跟一个叫驴子似的，叫起来"咶咶咶咶"很吵人。喂它一点辣椒，更吵得厉害。一种叫"秋叫蛐子"，全身碧绿如玻璃翠，小巧玲珑，鸣声亦柔细。

别出声，金铃子在小玻璃盒子里爬哪！它停下来，吃两口食——鸭梨切成小骰子块。于是它叫了"丁铃铃铃"……

乘凉。

搬一张大竹床放在天井里，横七竖八一躺，浑身爽利，暑气全消。看月华。月华五色晶莹，变幻不定，非常好看。月亮周围有一个模模糊糊的大圆圈，谓之"风圈"，近几天会刮风。"乌猪子过江了"——黑云漫过天河，要下大雨。

一直到露水下来，竹床子的栏杆都湿了，才回去，这时已经很困了，才沾藤枕（我们那里夏天都枕藤枕或漆枕），已入梦乡。

鸡头米老了，新核桃下来了，夏天就快过去了。

昆虫备忘录

复眼

我从小学三年级"自然"教科书上知道蜻蜓是复眼,就一直琢磨复眼是怎么回事。"复眼",想必是好多小眼睛合成一个大眼睛。那它怎么看呢?是每个小眼睛都看到一个小形象,合成一个大形象,还是每个小眼睛看到形象的一部分,合成一个完整形象?琢磨不出来。

凡是复眼的昆虫,视觉都很灵敏。麻苍蝇也是复眼,你走近蜻蜓和麻苍蝇,还有一段距离,它就发现了。嚯——飞了。

我曾经想过:如果人长了一对复眼?

还是不要!那成什么样子!

花大姐

瓢虫款款地落下来了,折好它的黑绸衬裙——膜翅,顺顺溜溜:收拢硬翅,严丝合缝。瓢虫是做得最精致的昆虫。

"做"的?谁做的?

上帝。

上帝？

上帝做了一些小玩意儿，给他的小外孙女儿玩。

上帝的外孙女儿？

对。上帝说："给你！好看吗？"

"好看！"

上帝的外孙女儿？

对！

瓢虫是昆虫里面最漂亮的。

北京人叫瓢虫为"花大姐"，好名字！

瓢虫，朱红的，瓷漆似的硬翅，上有黑色的小圆点。圆点是有定数的，不能瞎点。黑色，叫作"星"。有七星瓢虫、十四星瓢虫……星点不同，瓢虫就分为两大类。一类是吃蚜虫的，是益虫；一类是吃马铃薯的嫩叶的，是害虫。我说吃马铃薯嫩叶的瓢虫，你们就不能改改口味，也吃蚜虫吗？

独角牛

吃晚饭的时候，嗡——扑！飞来一只独角牛，摔在灯下。它摔得很重，摔晕了。轻轻一捏，就捏住了。

独角牛是硬甲壳虫，在甲虫里可能是最大的，从头到脚，约有两寸。甲壳铁黑色，很硬，头部尖端有一只犀牛一样的角。这家伙，是昆虫里的霸王。

独角牛的力气很大。北京隆福寺过去有独角牛卖。给它套上一辆泥制的小车，它就拉着走。北京管这个大力士好像也叫作独角牛。学名叫什么，不知道。

磕头虫

我抓到一只磕头虫,北京也有磕头虫?我觉得很惊奇。我拿给我的孩子看,以为他们不认识。

"磕头虫,我们小时候玩过。"

哦!

磕头虫的脖子不知道怎么有那么大的劲,把它的肩背按在桌面上,它就吧嗒吧嗒地不停地磕头。把它仰面朝天放着,它运一会儿气,脖子一挺,就反弹得老高,空中转体,正面落地。

蝇虎

蝇虎,我们那里叫作苍蝇虎子,形状略似蜘蛛而长,短脚,灰黑色,有细毛,趴在砖墙上,不注意是看不出来的。蝇虎的动作很快,苍蝇落在它面前,还没有站稳,已经被它捕获,来不及嘤地叫一声,就进了苍蝇虎子的口了。蝇虎的食量惊人,一只苍蝇,眨眼之间就吃得只剩一张空皮了。

苍蝇是很讨厌的东西,因此人对蝇虎有好感,不伤害它。

捉一只大金苍蝇喂苍蝇虎子,看着它吃下去,是很解气的。苍蝇虎子对送到它面前的苍蝇从来不拒绝。苍蝇虎子不怕人。

狗蝇

世界上最讨厌的东西是狗蝇。狗蝇钻在狗毛里叮狗,叮得狗又疼又痒,烦躁不堪,发疯似的乱蹦、乱转、乱骂人——叫。

果蔬秋浓

中国人吃东西讲究色香味。关于色味,我已经写过一些话,今只说香。

江阴有几家水果店,最大的是正街正对寿山公园的一家,水果多,个大,饱满,新鲜。一进门,扑鼻而来的是浓浓的水果香。最突出的是香蕉的甜香。这香味不是时有时无,时浓时淡,一阵一阵的,而是从早到晚都是这么香,一种长在的、永恒的香。香透肺腑,令人欲醉。

我后来到过很多地方,走进过很多水果店,都没有这家水果店的浓厚的果香。这家水果店的香味使我常常想起,永远不忘。

那年我正在恋爱,初恋。

今天的活是收萝卜。收萝卜是可以随便吃的——有些果品不能随便吃,顶多尝两个,如二十世纪明月(梨)、柔丁香(葡萄),因为产量太少了,很金贵。萝卜起出来,堆成小山似的。农业工人很有经验,一眼就看出来,这是一般的,过了磅卖出去；这几个好，留下来自己吃。不用刀，用棒子打它一家伙，"捧打萝卜"嘛。咔嚓一声，萝卜就裂开了。萝卜香气四溢，吃起来甜、酥、脆。我们种的是心里美。张家口这地方的水土好像特别宜于萝卜之类作物生长，苤蓝有篮球大，疙瘩白（圆白菜）像一个小铜盆。萝卜多汁，不艮，不辣。

红皮小水萝卜，生吃也很好（有萝卜我不吃水果），我的家乡叫作"杨花萝卜"，因为杨树开花时卖。过了那几天就老了。小红萝卜气味清香。

江青一辈子只说过一句正确的话："小萝卜去皮，真是煞风景！"我们有时陪她看电影，开座谈会，听她东一句西一句地漫谈。开会都是半夜（她白天睡觉，夜里办公），会后有一点夜宵。有时有凉拌小萝卜。人民大会堂的厨师做小萝卜都是削皮的。萝卜去皮，吃起来不香。

南方的黄瓜不如北方的黄瓜，水叽叽的，吃起来没有黄瓜香。

都爱吃夏初出的顶花带刺的嫩黄瓜，那是很好吃，一咬满口香，嫩黄瓜最好攥在手里整咬，不必拍，更不宜切成细丝。但也有人爱吃二茬黄瓜——秋黄瓜。

呼和浩特有一位老八路，官称"老李森"。此人保留了很多农民的习惯，说起话来满嘴粗话。我们请他到宾馆里来介绍情况，他脱下一只袜子来，一边摇着这只袜子，一边谈，嘴里隔三句就要加一个"我操你妈！"他到一个老朋友曹文玉家来看我们。曹家院里有几架自种的黄瓜，他进门就摘了两条嚼起来。曹文玉说："你洗一洗！"——"洗它做啥！"

我老是想起这两句话："宁吃一斗葱,莫逢屈突通。"这两句话大概出自杨升庵的《古谣谚》。屈突通不知是什么人,印象中好像是北朝的一个很凶恶的武人。读书不随手做点笔记,到用时就想不起来了。我为什么老是要想起这两句话呢?因为我每天都要吃葱,爱吃葱。

"小葱拌豆腐———清二白,"每年小葱下来时我都要吃几次小葱拌豆腐,盐,香油,少量味精。

再过几天,新葱——新鲜的大葱就下来了。

我在一九五八年定为"右派",尚未下放,曾在西山八大处干了一阵活,为大葱装箱。是山东大葱,出口的,可能是出口到东南亚的。这样好的大葱我真没有见过,葱白够一尺长,粗如擀面杖。我们的任务是把大葱在大箱里码整齐,钉上木板。闻得出来,这大葱味甜不辣,很香。

新山药(土豆,马铃薯)快下来了,新山药入大笼蒸熟,一揭屉盖,喷香!山药说不上有什么味道,可是就是有那么一种新山药气。羊肉卤蘸莜面卷,新山药,塞外美食。

苤蓝、茄子、口外都可以生吃。

"臭豆腐、酱豆腐,王致和的臭豆腐!"过去卖臭豆腐、酱豆腐是由小贩担子沿街串巷吆喝着卖的。王致和据说是有这么个人的。皖南屯溪人,到北京来赶考,不中,穷困落魄,流落在北京,百无聊赖,想起家乡的臭豆腐,遂依法炮制,沿街叫卖,生意很好,干脆放弃功名,以此为生。这个传说恐怕不可靠,一个皖南人跑到北京来赶考,考的是什么功名?无此道理。王致和臭豆腐家喻户晓,世代相传,现在成了什么"集团",厂房很大,但是商标仍是"王致和"。王致和臭豆腐过去卖得很便宜,是北京最便宜的一种贫民食品,都是用筷子夹了卖,现在改用方瓶码装,卖得很贵,成了奢侈品。有一个侨居美国的老人,晚年不断地想北京的臭豆腐,再来一碗热汤面,此生足矣。这个愿望本不难达到,但是臭豆腐很臭,上飞机前检查,绝对通不过,老华人恐怕将带着他的怀乡病,抱恨以终。

我们在长沙,想尝尝毛泽东在火宫殿吃过的臭豆腐,循味跟踪,臭味渐浓,"快了,快到了,闻到臭味了嘛!"到了眼前,是一个公共厕所!

其实油炸臭豆腐干不只长沙有。我在武汉、上海、南京,都吃过。昆明的是烤臭豆腐,把臭油豆干放在下置炭火的铁篦子上烤。南京夫子庙卖油炸臭豆腐干用竹签子串起来,十个一串,像北京的冰糖葫芦似的,穿了薄纱的旗袍或连衣裙的女郎,描眉画眼,一人手里拿了两三串臭豆腐,边走边吃,也是一种景观,他处所无。

吃臭,不只中国有,外国也有,我曾在美国吃过北欧的臭启司。招待我们的诗人保罗·安格尔,以为我吃不来这种东西。我连王致和臭豆腐都能整块整块地吃,还在乎什么臭启司!待老夫吃一个样儿叫你们见识见识!

一九九六年三月二十七日

第 四 辑
自 得 其 乐

接连写几张字,第一张大都不好,矜持拘谨。大概第三四张较好,因为笔放开了。写得太多了,也不好,容易"野"。写一上午字,有一张满意的,就很不错了。有时一张都不好,也很别扭。那就收起笔砚,出去遛个弯儿去。写字本是遣兴,何必自寻烦恼。

踢毽子

我们小时候踢毽子,毽子都是自己做的。选两个小钱(制钱),大小厚薄相等,轻重合适,叠在一起,用布缝实,这便是毽子托。在毽托一面,缝一截鹅毛管,在鹅毛管中插入鸡毛,便是一只毽子。鸡毛只能用大尾巴之前那一部分,以够三寸为合格。鸡毛要"活"的,即从活公鸡的身上拔下来的,这样的鸡毛,用手抹煞几下,往墙上一贴,可以粘住不掉。死鸡毛粘不住。后来我明白,大概活鸡毛经抹煞会产生静电。活鸡毛做的毽子毛茎柔软而有弹性,踢起来飘逸潇洒。死鸡毛做的毽子踢起来就发死发僵。鸡毛里讲究要"金绒帚子白绒哨子",即从五彩大公鸡身上拔下来的,毛的末端乌黑闪金光,下面的绒毛雪白。次一等的是芦北鸡毛。赭石的、土黄的,就更差了。踢毽子是乐事,做毽子也是乐事。一只"金绒帚子白绒哨子",放在桌上看看,也是挺美的。

我们那里毽子的踢法很复杂,花样很多。有小五套,中五套,大五套。小五套是"扬、拐、尖、托、笃",是用右脚的不同部位踢的。中五套是"偷、跳、舞、环、踩",也是用右脚踢,但以左脚做不同的姿势配合。大五套则是同时运用两脚踢,分"对、氽、绕、掼、挃"。小五套技术比较简单,运动量较小,一般是女生踢的。中五套较难,大五套则难度很大,运动量也很大。要准确地描述这些踢法是不可能的。这些踢法的名称也是外地人所无法理解的,连用通用的汉字写出来都困难,如"舞"读如"吴","掼"读(kuàn),"骂"和"挃"都读入声。这些名称当初不知是怎么确立的。我走过一些地方,都没有见到毽子有这样多的踢法。也许在我没有到过的地方,毽子还有更多的踢法。我希望能举办一次全国踢毽子表演,看看中国的毽子到底有多少种踢法。

踢毽子总是要比赛的,可以单个地赛。可以比赛单项,如"扬"踢多少下,到踢不住为止;对手照踢,以踢多少下定胜负。也可以成套比赛,从"扬、拐、尖、托、笃"、"偷、跳、舞、环、踩"踢到"对、氽、绕、掼、挃",也可以分组赛。组员由主将临近挑选,踢时一对一,由弱至强,最后主将出马,累计总数定胜负。

毽子还有一种大集体的踢法,叫作"嗨(读第一声)卯"。一个人"喂卯"——把毽子扔给嗨卯的,另一个人接到,把毽子使劲向前踢上,叫作"嗨"。嗨得极高、极远。嗨卯只能"扬"——用右脚里侧踢,别种踢法踢不到这样高,这样远。下面有一大群人,见毽子飞来,就一齐纵起身来抢这只毽子。谁抢着了,就有资格等着接递原嗨卯的去嗨。毽子如被喂卯的抢到,则他就可以去充当嗨卯的,嗨卯的就下来喂卯。一场嗨卯,全班同学出动,喊叫喝彩,热闹非常。课间十分钟,一会儿就过去了。

  踢毽子是孩子的事,偶尔见到近二十边上的人还踢,少。北京则是老人踢毽子。有一年,下大雪,大清早,我去逛天坛,在天坛门洞里见到几位老人踢毽子。他们之中最年轻的也有六十多了。他们轮流传递着踢,一个传给一个,那个接过来,踢一两下,传给另一个。"脚法"大都是"扬",间或也来一个"跳"。我在旁边看了五分钟,毽子始终没有落到地下。他们大概是"毽友",经常,也许是每天在一起踢。老人都腿脚利落,身板挺直,面色红润,双眼有光。大雪天,这几位老人是一幅画,一首诗。

读廉价书

文章滥贱,书价腾踊。我已经有好多年不买书了。这一半也是因为房子太小,买了没有地方放。年轻时倒也有买书的习惯。上街,总要到书店里逛逛,挟一两本回来。但我买的,大都是便宜的书。读廉价书有几样好处:一是买得起,掏出钱时不肉痛;二是无须珍惜,可以随便在上面圈点批注;三是丢了就丢了,不心疼。读廉价书亦有可记之事,爱记之。

一折八扣书

一折八扣书盛行于三十年代,中学生所买的大都是这种书。一折,而又打八扣,即定价如是一元,实售只是八分钱。当然书后面的定价是预先提高了的。但是经过一折八扣,总还是很便宜的。为什么不把定价压低,实价出售,而用这种一折八扣的办法呢,大概是投合买书人贪便宜的心理:这差不多等于白给了。

一折八扣书多是供人消遣的笔记小说,如《子不语》《夜雨秋灯录》《续齐谐》，等等。但也有文笔好，内容有意思的，如余谵心的《板桥杂记》、冒辟疆的《影梅庵忆语》。也有旧诗词集。我最初读到的《漱玉词》和《断肠词》就是这种一折八扣本。《断肠词》的样子我到现在还记得，封面是砖红色的，一侧画一枝滴下两滴墨水的羽毛笔。一折八扣书都很薄，但也有较厚的，《剑南诗钞》即是相当厚的两本。这书的封面是米黄色的铜版纸，王西神题签。这在一折八扣书中是相当贵的了。

星期天，上午上街，买买东西（毛巾、牙膏、袜子之类），吃一碗脆鳝面或辣油面（我读高中在江阴，江阴的面我以为是做得最好的，真是细若银丝，汤也极好），几只猪油青韭馅饼（满口清香），到书摊上挑一两本一折八扣书，回校。下午躺在床上吃粉盐豆（江阴的特产），喝白开水，看书，把三角函数、化学分子式暂时都忘在脑后，考试、分数，于我何有哉，这一天实在过得蛮快活。

一折八扣书为什么卖得如此之贱？因为成本低。除了垫出一点纸张油墨，就不需花什么钱。谈不上什么编辑，选一个底本，排印一下就是。大都只是白文，无注释，多数连标点也没有。

我倒希望现在能出这种无前言后记，无注释、评语、考证，只印白文的普及本的书。我不爱读那种塞进长篇大论的前言后记的书，好像被人牵着鼻子走。读了那样板着面孔的前言和啰唆的后记，常常叫人生气。而且加进这样的东西，书就卖得很贵了。

扫叶山房

扫叶山房是龚半千的斋名,我在南京,曾到清凉山看过其遗址。但这里说的是一家书店。这家书店专出石印线装书,白连史纸,字颇小,但行间加栏,所以看起来不很吃力。所印书大都几册作一部,外加一个蓝布函套。挑选的都是内容比较严肃、有一定学术价值的古籍,这对于置不起善本的想做点学问的读书人是方便的。我不知道这家书店的老板是何许人,但是觉得是个有心人,他也想牟利,但也想做一点于人有益的事。这家书店在什么地方,我不记得了,印象中好像在上海四马路。扫叶山房出的书不少,嘉惠士林,功不可泯。我希望有人调查一下扫叶山房的始末,写一篇报告,这在中国出版史上将是有意思的一笔,虽然是小小的一笔。

我买过一些扫叶山房的书,都已失去。前几年架上有一函《景德镇甸录》,现在也不知去向了。

旧书摊

昆明的旧书店集中在文明街,街北头路西,有几家旧书店。我们和这几家旧书店的关系,不是去买书,倒是常去卖书。这几家旧书店的老板和伙计对于书都不大内行,只要是稍微整齐一点的书,古今中外,文法理工,都要,而且收购的价钱不低。尤其是工具书,拿去,当时就付钱。我在西南联大时,时常断顿,有时日高不起,拥被坠卧。朱德熙看我到快十一点钟还不露面,便知道我午饭还没有着落,于是挟了一本英文字典,走进来，推推我："起来起来，去吃饭！"到了文明街，出脱了字典，两个人便可以吃一顿破酥包子或两碗焖鸡米线，还可以喝二两酒。

工具书里最走俏的是《辞源》。有一个同学发现一家书店的《辞源》的收售价比原价要高出不少，而拐角的商务印书馆的书架就有几十本崭新的《辞源》，于是以原价买到，转身即以高价卖给旧书店。他这种搬运工作干了好几次。

我应当在昆明旧书店也买过几本书，是些什么书，记不得了。

在上海，我短不了逛逛旧书店。有时是陪黄裳去，有时我自己去。也买过几本书。印象真凿的是买过一本英文的《威尼斯商人》。其时大概是想好好学学英文，但这本《威尼斯商人》始终没有读完。

我倒是在地摊上买到过几本好书。我在福煦路一个中学教书，有一个工友，姑且叫他老许吧，他管打扫办公室和教室外面的地面，打开水，还包几个无家的单身教员的伙食。伙食极简便，经常提供的是红烧小黄鱼和炒鸡毛菜。他在校门外还摆了一个书摊。他这书摊是名副其实的"地摊"，连一块板子或油布也没有，书直接平摊在人行道的水泥地上。老许坐于校门内侧，手里做着事，择菜或清除洋铁壶的水碱，一面拿眼睛向地摊上瞭着。我进进出出，总要蹲下来看看他的书。我曾经买过他一些书，——那是和烂纸的价钱差不多的，其中值得纪念的有两本，一本是张岱的《陶庵梦忆》，这本书现在大概还在我家不知哪个角落里。一本在我来说，是很名贵的：万有文库汤显祖评本《董解元西厢记》。我对董西厢一直在偏爱，以为非王西厢所可比。汤显祖的批语包括眉批和每一出的总批，都极精彩。这本书字大，纸厚，汤评是照手书刻印的。汤显祖字似欧阳询《张翰帖》，秀逸处似陈老莲，极可爱。我未见过临川书真迹，得见此影印刻本，而不禁神往不置。"万有文库"算是什么稀罕版本呢？但在我这个向不藏书的人，是视同珍宝的。这书跟随我多年，约十年前为人借去不还，弄得我想引用汤评时，只能于记忆中得其仿佛，不胜怅怅！

小镇书遇

我戴了右派帽子，下放张家口沙岭子劳动。沙岭子是宣化至张家口之间的一个小站，这里有一个镇，本地叫作"堡"（读如"捕"）。每遇星期天、节假日，没有什么地方可去，我们就去堡里逛逛。堡里有一个供销社（卖红黑灯芯绒、凤穿牡丹被面、花素直贡呢、动物饼干、果酱面包、油盐酱醋、韭菜花、青椒糊、臭豆腐），一个山货店，一个缝纫社，一个木业生产合作社，一个兽医站。若是逢集，则有一些卖茄子、辣椒、疙瘩白的菜担，一些用绳络网在筐里的小猪秧子。我们就怀了很大的兴趣，看凤穿牡丹被面，看铁锅，看扫帚，看茄子，看辣椒，看猪秧子。

堡里照例还有一个新华书店。充斥于书架上的当然是毛选，此外还有些宣传计划生育的小册子、介绍化肥农药配制的科普书、连环画《智取威虎山》《三打白骨精》。有一天，我去逛书店，忽然在一个书架的最高层发现了几本书：《梦溪笔谈》《容斋随笔》《癸巳类稿》《十驾斋养新录》。

我不无激动地搬过一张凳子,把这几册书抽下来,请售货员计价。售货员把我打量了一遍,开了发票。

"你们这个书店怎么会进这样的书?"

"谁知道!也除是你,要不然,这几本书永远不会有人要。"

不久,我结束劳动,派到县上去画马铃薯图谱。我就带了这几本书,还有一套郭茂倩的《乐府诗集》,到沽源去了。白天画图谱,夜晚灯下读书,如此右派,当得!

这几本书是按原价卖给我们的,不是廉价书。但这是早先的定价,故不贵。

鸡蛋书

赵树理同志曾希望他的书能在农村的庙会上卖,农民可以拿几个鸡蛋来换。这个理想一直未见实现。用实物换书,有一定困难,因为鸡蛋的价钱是涨落不定的。但是便宜到只值两三个鸡蛋,这样的书原先就有过。

我家在高邮北市口开了一爿中药店万全堂。万全堂的廊下常年摆着一个书摊,两张板凳支三块门板,"书"就一本一本地平放在上面。为了怕风吹跑,用几根削方了的木棍横压着。摊主用一个小板凳坐在一边,神情古朴。这些书都是唱本,封面一色是浅紫色的很薄的标语纸的,上面印了单线的人物画,都与内容有关,左边留出长方的框,印出书名:《薛丁山征西》《三请樊梨花》《李三娘挑水》《孟姜女哭长城》……里面是白色有光纸石印的"文本",两句之间空一字,念起来不易串行。我曾经跟摊主借阅过。一本"书"一会儿就看完了，因为只有几页，看完一本，再去换。这种唱本几乎千篇一律，开头总是："自从盘古开天地，三皇五帝到如今"，三皇五帝是和什么故事都挨得上的。唱词是没有多大文采的，但却文从字顺，合辙押韵（七字句和十字句）。当中当然有许多不必要的"水词"。老舍先生曾批评旧曲艺有许多不必要的字，如"开言有语叫张生"，"叫张生"就得了嘛，干嘛还要"开言"还"有语"呢？不行啊，不这样就凑不足七个字，而且韵也押不好。这种"水词"在唱本中比比皆是，也自成一种文理。我倒想什么时候有空，专门研究一下曲艺唱本里的"水词"。不是开玩笑，我觉得我们的新诗里所缺乏的正是这种"水词"，字句之间过于拥挤，这是题外话。

我读过的唱本最有趣的一本是《王婆骂鸡》。

这种唱本是卖给农民的。农民进城，打了油，撕了布，称了盐，到万全堂买了治牙疼的"过街笑"、治肚子疼的暖脐膏，顺便就到书摊上翻翻，挑两本，放进捎码子，带回去了。

农民拿了这种书，不是看，是要大声念的。会唱"送麒麟"、"看火戏"的还要打起调子唱。一人唱念，就有不少人围坐静听。自娱娱人，这是家乡农村的重要文化生活。

唱本定价一百二十文左右，与一碗宽汤饺面相等，相当于三个鸡蛋。

这种石印唱本不知是什么地方出的（大概是上海），曲本作者更不知道是什么人。

另外一种极便宜的书是"百本张"的鼓曲段子。这是用毛边纸手抄的，折叠式，不装订，书面写出曲段名，背后有一方长方形的墨印"百本张"的印记（大小如豆腐干）。里面的字颇大，是蹩脚的馆阁体楷书，而皆微扁。这种曲本是在庙会上卖的，我曾在隆福寺买到过几本。后来，就再看不见了。这种唱本的价钱，也就是相当于三个鸡蛋。

附带想到一个问题，北京的鼓词俗曲的资料极为丰富，可是一直没有人认真地研究过。孙楷第先生曾编过俗曲目录，但只是目录而已。事实上这里可研究的东西很多，从民俗学的角度，从北京方言角度，当然也从文学角度，都很值得钻进去，搞十年八年。一般对北京曲段多只重视其文学性，重视罗松窗、韩小窗，对于更俚俗的不大看重。其实有些极俗的曲段。如"阔大奶奶逛庙会"、"穷大奶奶逛庙会"，单看题目就知道是非常有趣的。车王府有那么多曲本，一直躺在首都图书馆睡觉，太可惜了！

一九八六年七月八日

自得其乐

孙犁同志说写作是他的最好的休息。是这样。一个人在写作的时候是最充实的时候，也是最快乐的时候。凝眸既久（我在构思一篇作品时，我的孩子都说我在翻白眼），欣然命笔，人在一种甜美的兴奋和平时没有的敏锐之中，这样的时候，真是虽南面王不与易也。写成之后，觉得不错，提刀却立，四顾踌躇，对自己说："你小子还真有两下子！"此乐非局外人所能想象。但是一个人不能从早写到晚，那样就成了一架写作机器，总得岔乎岔乎，找点事情消遣消遣，通常说，得有点业余爱好。

我年轻时爱唱戏。起初唱青衣，梅派；后来改唱余派老生。大学三四年级唱了一阵昆曲，吹了一阵笛子。后来到剧团工作，就不再唱戏吹笛子了，因为剧团有许多专业名角，在他们面前吹唱，真成了班门弄斧，还是以藏拙为好。笛子本来还可以吹吹，我的笛风甚好，是"满口笛"，但是后来没法再吹，因为我的牙齿陆续掉光了，撒风漏气。

这些年来我的业余爱好，只有：写写字、画画画、做做菜。

我的字照说是有些基本功的。当然从描红模子开始。我记得我描的红模子是："暮春三月，江南草长，杂花生树，群莺乱飞。"这十六个字其实是很难写的，也许是写红模子的先生故意用这些结体复杂的字来折磨小孩子，而且红模子底子是欧字，这就更难落笔了。不过这也有好处，可以让孩子略窥笔意，知道字是不可以乱写的。在我十一二岁的时候，那年暑假，我的祖父忽然高了兴，要亲自教我《论语》，并日课大字一张，小字二十行。大字写《圭峰碑》，小字写《闲邪公家传》，这两本帖都是祖父从他的藏帖中选出来的。祖父认为我的字有点才分，奖了我一块猪肝紫端砚，是圆的，并且拿了几本初拓的字帖给我，让我常常看。我记得有小字《麻姑仙坛》、虞世南的《夫子庙堂碑》、褚遂良的《圣教序》。小学毕业的暑假，我在三姑父家从一个姓韦的先生读桐城派古文，并跟他学写字。韦先生是写魏碑的，但他让我临的却是《多宝塔》。初一暑假，我父亲拿了一本影印的《张猛龙碑》，说："你最好写写魏碑，这样字才有骨力。"我于是写了相当长时期《张猛龙》。用的是我父亲选购来的特殊的纸。这种纸是用稻草做的，纸质较粗，也厚，写魏碑很合适，用笔须沉着，不能浮滑。这种纸一张有二尺高，尺半宽，我每天写满一张。写《张猛龙》使我终身受益，到现在我的字的间架用笔还能看出痕迹。这以后，我没有认真临过帖，平常只是读帖而已。我于二王书未窥门径。写过一个很短时期的《乐毅论》，放下了，因为我很懒。《行穰》《丧乱》等帖我很欣赏，但我知道我写不来那样的字。我觉得王大令的字的确比王右军写得好。读颜真卿的《祭侄文》，觉得这才是真正的颜字，并且对颜书从二王来之说很信服。大学时，喜读宋四家。有人说中国书法一坏于颜真卿，二坏于宋四家，这话有道理。但我觉得宋人字是书法的一次解放，宋人字的特点是少拘束，有个性，我比较喜欢蔡京和米芾的字（苏东坡字太俗，黄山谷字做作）。有人说米字不可多看，多看则终身摆脱不开，想要升入晋唐，就不可能了。一点不错。但是有什么办法呢！打一个不太好听的比方，一写米字，犹如寡妇失了身，无法挽回了。我现在写的字有点《张猛龙》的底子、米字的意思，还加上一点乱七八糟的影响，形成我自己的那么一种体，格韵不高。

我也爱看汉碑。临过一遍《张迁碑》，《石门铭》《西狭颂》看看而已。我不喜欢《曹全碑》。盖汉碑好处全在筋骨开张，意态从容，《曹全碑》则过于整饬了。我平日写字，多是小条幅，四尺宣纸一裁为四。这样把书桌上书籍信函往边上推推，摊开纸就能写了。正儿八经地拉开案，铺了画毡，着意写字，好像练遁气功，是很累人的。我都是写行书。写真书，太吃力了。偶尔也写对联，曾在大理写了副对子：

苍山负雪

洱海流云

字大径尺。字少，只能体兼隶篆。那天喝了一点酒，字写得飞扬霸悍，亦是快事。对联字稍多，则可写行书。为武夷山一招待所写过一副对子：

四围山色临窗秀
一夜溪声入梦清

字颇清秀，似明朝人书。

我画画，没有真正的师承。我父亲是个画家，画写意花卉，我小时爱看他画画，看他怎样布局（用指甲或笔杆的一头划几道印子），画花头，定枝梗，布叶，勾筋，收拾，题款，盖印这样，我对用墨、用水、用色，略有领会。我从小学到初中，都"以画名"。初二的时候，画了一幅墨荷，裱出后挂在成绩展览室里。这大概是我的画第一次上裱。我读的高中重数理化，功课很紧，就不再画画。大学四年，也极少画画。工作之后，更是久废画笔了。当了右派，下放到一个农业科学研究所，结束劳动后，倒画了不少画，主要的"作品"是两套植物图谱，一套《中国马铃薯图谱》、一套《口蘑图谱》，一是淡水彩，一是钢笔画。摘了帽子回京，到剧团写剧本，没有人知道我能画两笔。重拈画笔，是运动促成的。

运动中没完没了地写交代，实在是烦人，于是买了一刀元书纸，于写交代之空隙，瞎抹一气，少抒郁闷。这样就一发而不可收，重新拾起旧营生。有的朋友看见，要了去，挂在屋里，被人发现了，于是求画的人渐多。我的画其实没有什么看头，只是因为是作家的画，比较别致而已。

我也是画花卉的。我很喜欢徐青藤、陈白阳，喜欢李复堂，但受他们的影响不大。我的画不中不西，不今不古，真正是"写意"，带有很大的随意性。曾画了一幅紫藤，满纸淋漓，水

气很足，几乎不辨花形。这幅画现在挂在我的家里。我的一个同乡来，问："这画画的是什么？"我说是："骤雨初晴。"他端详了一会，说："哎，经你一说，是有点那个意思！"他还能看出彩墨之间的一些小块空白，是阳光。我常把后期印象派方法融入国画。我觉得中国画本来都是印象派，只是我这样做，更是有意识的而已。画中国画还有一种乐趣，是可以在画上题诗，可寄一时意兴，抒感慨，也可以发一点牢骚，曾用干笔焦墨在浙江皮纸上画冬日菊花，题诗代简，寄给一个老朋友，诗是：

新沏清茶饭后烟，自搔短发负晴暄。
枝头残菊开还好，留得秋光过小年。

为宗璞画牡丹，只占纸的一角，题曰：

人间存一角，聊放侧枝花。
欣然亦自得，不共赤城霞。

宗璞把这首诗念给冯友兰先生听了，冯先生说："诗中有人。"
今年洛阳春寒，牡丹至期不开。张抗抗在洛阳等了几天，败兴而归，写了一篇散文《牡丹的拒绝》。我给她画了一幅画，红叶绿花，并题一诗：

看朱成碧且由他，大道从来直似斜。
见说洛阳春索寞，牡丹拒绝着繁花。

我的画,遣兴而已,只能自己玩玩,送人是不够格的。最近请人刻一闲章:"只可自怡悦",用以押角,是实在话。

体力充沛,材料凑手,做几个菜,是很有意思的。做菜,必须自己去买菜。提一菜筐,逛逛菜市,比空着手遛弯儿要"好白相"。到一个新地方,我不爱逛百货商场,却爱逛菜市,菜市更有生活气息一些。买菜的过程,也是构思的过程。想炒一盘雪里蕻冬笋,菜市场冬笋卖完了,却有新到的荷兰豌豆,只好临时"改戏"。做菜,也是一种轻量的运动。洗菜,切菜,炒菜,都得站着(没有人坐着炒菜的),这样对成天伏案的人,可以改换一下身体的姿势,是有好处的。

做菜待客,须看对象。聂华苓和保罗·安格尔夫妇到北京来,中国作协不知是哪一位,忽发奇想,在宴请几次后,让我在家里做几个菜招待他们,说是这样别致一点。我给做了几道菜,其中有一道煮干丝。这是淮扬菜。华苓是湖北人,年轻时是吃过的,但在美国不易吃到。她吃得非常惬意,连最后剩的一点汤都端起碗来喝掉了。不是这道菜如何稀罕,我只是有意逗引她的故国乡情耳。台湾女作家陈怡真(我在美国认识的她),到北京来,指名要我给她做一回饭。我给她做了几个菜。一个是干贝烧小萝卜。我知道台湾没有"杨花萝卜"(只有白萝卜)。那几天正是北京小萝卜长得最足最嫩的时候。这个菜连我自己吃了都很惊诧:味道鲜甜如此!我还给她炒了一盘云南的干巴菌。台湾咋会有干巴菌呢?她吃了,还剩下一点,用一个塑料袋包起,说带到宾馆去吃。如果我给云南人炒一盘干巴菌,给扬州人煮一碗干丝，那就成了鲁迅请曹靖华吃柿霜糖了。

做菜要实践。要多吃，多问，多看（看菜谱），多做。一个菜点得试烧几回，才能掌握咸淡火候。冰糖肘子、乳腐肉，何时泡软入味，只有神而明之，但是更重要的是要富于想象。想得到，才能做得出。我曾用家乡拌荠菜法凉拌菠菜。半大菠菜（太老太嫩都不行），入开水锅焯至断生，捞出，去根切碎，入少盐，挤去汁，与香干（北京无香干，以熏干代）细丁、虾米、蒜末、姜末一起，在盘中抟成宝塔状，上桌后淋以麻酱油醋，推倒拌匀。有余姚作家尝后，说是"很像马兰头"。这道菜成了我家待不速之客的应急的保留节目。有一道菜，敢称是我的发明：塞肉回锅油条。油条切段，寸半许长，肉馅剁至成泥，入细葱花、少量榨菜或酱瓜末拌匀，塞入油条段中，入半开油锅重炸。嚼之酥碎，真可声动十里人。

我很欣赏《杨恽报孙会宗书》："田彼南山，芜秽不治。种一顷豆，落而为萁。人生行乐耳，须富贵何时。""人生行乐耳，须富贵何时"，说得何等潇洒。不知道为什么，汉宣帝竟因此把他腰斩了，我一直想不透。这样的话，也不许说吗？

果园的收获

这是一个地区性的综合的农业科学研究所的供实验研究用的果园,规模不大,但是水果品种颇多。有些品种是外面见不到的。

山西、张家口一带把苹果叫果子。不是所有的水果都叫果子,只有苹果叫果子。有个山西梆子唱"红"(即老生)的演员叫丁果仙,山西人称她为"果子红"(她是女的)。山西人非常喜爱果子红,听得过瘾,就大声喊叫:"果果!"这真是有点特别,给演员喝彩,不是鼓鼓掌或是叫一声"好"而是大叫"果果"!我还没有见过。叫"果果",大概因为丁果仙的嗓音唱法甜、美、脆、浓。

这个实验果园一般的苹果都有,有的品种,黄元帅、金皇后、黄魁、红香蕉……这些都比较名贵,但我觉得都有点贵族气,果肉过于细腻,而且过于偏甜。水果品种栽培各论,记录水果的特点,大都说是"酸甜合度",怎么叫"合度",很难捉摸。我比较喜欢的是国光、红玉,因为它有点酸头。我更喜欢国光，因为果肉脆，一口咬下去，嘎叭一声，而且耐保鲜，因为果皮厚，果汁不易蒸发。秋天收的国光，储存到过春节，从地窖里取出来，还是像新摘的一样。

我在果园劳动的时候，"红富士"还没有，后来才引进推广。"红富土"固自佳，现在已经高居苹果的榜首。

有人警告过我，在太原街上，千万不能说果子红不好。只要说一句，就会招了一大群人围上来和你辩论。碰不得的！

果园品种最多的是葡萄，有四十几种。"柔丁香"、"白香蕉"是名种。"柔丁香"有丁香香味，"白香蕉"味如香蕉。这在市面上买不到，是每年留下来给"首长"送礼的。有些品种听名字就知道是从国外引进的："黑罕""巴勒斯坦""白拿破仑"……有些最初也是外来的（葡萄本都是外来的，但在中国落户已久，曹操就作文赞美过葡萄），日子长了，名字也就汉化了，如"大粒白""马奶子""玫瑰香"，甚至连它们的谱系也难于查考了。葡萄的果粒大小形状各异。"玫瑰香"的果枝长，显得披头散发；有一种葡萄，我忘记了叫什么名字了，果粒小而密集，一粒一粒挤得紧紧的，一穗葡萄像一个白马牙老玉米棒子。葡萄里我最喜欢的还是玫瑰香，确实有一股玫瑰花的香味，一口浓甜。现在市上能买到的"玫瑰香"已退化失真。

葡萄喜肥，喜水。施的肥是大粪。挨着葡萄根，在后面挖一个长槽，把粪倒入进去。一棵大葡萄得倒三四桶，小棵的一桶也够了。"农家肥"之外，还得下人工肥，硫氨。葡萄喝水，像小孩子喝奶一样，使劲地嘬。葡萄藤中通有小孔，水可从地面一直吮到藤顶，你简直可以听到它吸水的声音。喝足了水，用小刀划破它一点皮，水就从皮破处沁出滴下。一般果树浇水，都是在树下挖一个"树碗"，浇一两担水就足矣，葡萄则是"漫灌"。这家伙，真能喝水！

有一年，结了一串特大的葡萄，"大粒白"。大粒白本来就结得多，多的可达七八斤。这串大粒白竟有二十四五斤。原来是一个技术员把两穗"靠接"在一起了。这串葡萄只能作展览用。大粒白果大如乒乓球，但不好吃。为了给这串葡萄增加营养，竟给它注射了葡萄糖！给葡萄注射葡萄糖，这简直是胡闹。这是"大跃进"那年的事。"大跃进"整个是一场胡闹。

葡萄一天一个样，一天一天接近成熟，再给它透透地浇一次水，喷一次波尔多液（葡萄要喷多次波尔多液——硫酸铜兑石灰水，为了防治病害），给它喝一口"离娘奶"，备齐了果筐、剪子，就可以收葡萄了。葡萄装筐，要压紧。得几个壮汉跳上去压。葡萄不怕压，怕压不紧，怕松。装筐装松了，一晃，就会破皮掉粒。水果装筐都是这样。

最怕葡萄收获的时候下雹子。有一年，正在葡萄透熟的时候下了一场很大的雹子，"蛋打一条线"——山西、张家口称雹子为"冷蛋"，齐刷刷地把整园葡萄都打落下来，满地狼藉，不可收拾。干了一年，落得这样的结果，真是叫人伤心。

梨之佳种为"二十世纪明月"，为"日面红"。"二十世纪明月"个儿不大，果皮玉色，果肉细，无渣，多汁，果味如蜜。"日面红"朝日的一面色如胭脂，背阳的一面微绿，入口酥脆。其他大部分是鸭梨。

杏树不甚为人重视，只于地头、"四基"、水边、路边种之。

杏怕风。一树杏花开得正热闹,一阵大风,零落殆尽。农科所杏多为黄杏,"香白杏"、"杏儿——吧嗒"没有。

　　我一九五八年在果园劳动,距今已经三十八年。前十年曾到农科所看了看,熟人都老了。在渠沿碰到张素花和刘美兰,我们以前是天天在一起劳动的。我叫她们,刘美兰手搭凉篷,眯了眼,问:"是不是个老汪?"问刘美兰现在还老跟丈夫打架嘛(两口子过去老打),她说:"偓(她是柴沟堡人,'我'字念成偓)都当了奶奶了!"

　　日子过得真快。

写字

写字总得从临帖开始。我比较认真地临过一个时期的帖，是在十多岁的时候，大概是小学五年级、六年级和初中一年级的暑假。我们那里，那样大的孩子"过暑假"的一个主要内容便是读古文和写字。一个暑假，我从祖父读《论语》，每天上午写大、小字各一张，大字写《圭峰碑》，小字写《闲邪公家传》，都是祖父给我选定的。祖父认为我写字用功，奖给了我一块猪肝紫的端砚和十几本旧拓的字帖：我印象最深的是一本褚河南的《圣教序》。这些字帖是一个败落的世家夏家卖出来的。夏家藏帖很多，我的祖父几乎全部买了下来。一个暑假，从一个姓韦的先生学桐城派古文、写字。韦先生是写魏碑的，他让我临的却是《多宝塔》。一个暑假读《古文观止》、唐诗，写《张猛龙》。这是我父亲的主意。他认为得写写魏碑，才能掌握好字的骨力和间架。我写《张猛龙》，用的是一种稻草做的纸——不是解大便用的草纸，很大，有半张报纸那样大，质地较草纸紧密，但是表面相当粗。这种纸市面上看不到卖，不知道父亲是从什么地方买来的。用这种粗纸写魏碑是很合适的,运笔需格外用力。其实不管写什么体的字,都不宜用过于平滑的纸。古人写字多用麻纸,是不平滑的。像澄心堂纸那样细腻的,是不多见的。这三部帖,给我的字打了底子,尤其是《张猛龙》。到现在,从我的字里还可以看出它的影响,结体和用笔。

临帖是很舒服的,可以使人得到平静。初中以后,我就很少有整桩的时间临帖了。读高中时,偶尔临一两张,一曝十寒。二十岁以后,读了大学,极少临帖。曾在昆明一家茶叶店看到一副对联:"静对古碑临黑女,闲吟绝句比红儿"。这副对联的作者真是一个会享福的人。《张黑女》的字我很喜欢,但是没有临过,倒是借得过一本,反反复复,"读"了好多遍。《张黑女》北书而有南意,我以为是从魏碑到二王之间的过渡。这种字体很难把握,五十年来,我还没有见过一个书家写《张黑女》而能得其仿佛的。

写字,除了临帖,还需"读帖"。包世臣以为读帖当读真迹,石刻总是形似,失去原书精神,看不出笔意,固也。试读《三希堂法帖·快雪时晴》。再到故宫看看原件,两者比较,相去真不可以道里计。看真迹,可以看出纸、墨、笔之间的关系。尤其是"运墨";"纸墨相得",是从拓本上感觉不出来的。但是真迹难得看到,像《快雪时晴》《奉橘帖》那样的稀世国宝,故宫平常也不拿出来展览。隔着一层玻璃,也不便揣摩谛视。求其次,则可看看珂罗版影印的原迹。多细的珂罗版也是有网纹的,印出来的字多浅淡发灰,不如原书的沉着入纸。但是,毕竟慰情聊胜无,比石刻拓本要强得多。读影印的《祭侄文》,才

自得其乐

知道颜真卿的字是从二王来的,流畅潇洒,并不都像《麻姑仙坛》那样见棱见角的"方笔";看《兴福寺碑》,觉赵于昂的用笔也是很硬的,不像坊刻应酬尺牍那样柔媚。再其次,便只好看看石刻拓本了。不过最好要旧拓。从前旧拓字帖并不很贵,逛琉璃厂,挟两本旧帖回来,不是难事。现在可不得了了!前十年,我到一家专卖碑帖的铺子里,见有一部《淳化阁帖》,我请售货员拿下来看看,售货员站着不动,只说了个价钱。他的意思我明白:你买得起吗?我只好向他道歉:"那就不麻烦你了!"现在比较容易得到的丛帖是北京日报出版社影印的《三希堂法帖》。乾隆本的《三希堂法帖》是浓墨乌金拓。我是不喜欢乌金拓的,太黑,且发亮。北京日报出版社用重磅铜版纸印,更显得油墨堆浮纸面,很"暴"。而且分装四大厚册,很重,展玩极其不便。不过能有一套《三希堂法帖》已属幸事,还有什么话可说呢?

《三希堂法帖》收宋以后的字很多。对于中国书法的发展,一向有两种对立的意见。一种以为中国的书法,一坏于颜真卿,二坏于宋四家。一种以为宋人书是一个重要的突破。宋人宗法二王,而不为二王所囿,用笔洒脱,显出各自的个性和风格。有人一辈子写晋人书体,及读宋人帖,方悟用笔。我觉两种意见都有道理。但是,二王书如清炖鸡汤,宋人书如棒棒鸡。清炖鸡汤是真味,但是吃惯了麻辣的川味,便觉得什么菜都不过瘾。一个人多"读"宋人字,便会终身摆脱不开,明知趣味不高,也没有办法。话又说回来,现在书家中标榜写二王的,有几个能不越雷池一步的?即便是沈尹默,他的字也明显地看出有米字的影响。

"宋四家"指苏（东坡）、黄（山谷）、米（芾）、蔡。"蔡"本指蔡京，但因蔡京人品不好，遂以蔡襄当之。早就有人提出这个排列次序不公平。就书法成就说，应是蔡、米、苏、黄。我同意。我认为宋人书法，当以蔡京为第一。北京日报出版社《三希堂法帖与书法家小传》（卷二），称蔡京"字势豪健，痛快沉着，严而不拘，逸而不外规矩。比其从兄蔡襄书法，飘逸过之，一时各书家，无出其左右者""……但因人品差，书名不为世人所重。"我以为这评价是公允的。

这里就提出一个多年来缠夹不清的问题：人品和书品的关系。一种很有势力的意见以为，字品即人品，字的风格是人格的体现。为人刚毅正直，其书乃能挺拔有力。典型的代表人物是颜真卿。这不能说是没有道理，但是未免简单化。有些书法家，人品不能算好，但你不能说他的字写得不好，如蔡京，如赵子昂，如董其昌，这该怎么解释？历来就有人贬低他们的书法成就。看来，用道德标准、政治标准代替艺术标准，是古已有之的。看来，中国的书法美学、书法艺术心理学，得用一个新的观点，新的方法来重新开始研究。简单从事，是有害的。

蔡京字的好处是放得开，《与节夫书帖》《与宫使书帖》可以为证。写字放得开并不容易。书家往往于酒后写字，就是因为酒后精神松弛，没有负担，较易放得开。相传王羲之的《兰亭序》是醉后所写。苏东坡说要"酒气拂拂从指间出"，才能写好字，东坡《答钱穆父诗》书后自题是"醉书"。万金跋此帖后云：

"右军兰亭,醉时书也。东坡答钱穆父诗,其后亦题曰醉书。较之常所见帖大相远矣。岂醉者神全,故挥洒纵横,不用意于布置,而得天成之妙欤?不然则兰亭之传何其独盛也如此。"

说的是有道理的。接连写几张字,第一张大都不好,矜持拘谨。第三四张较好,因为笔放开了。写得太多了,也不好,容易"野"。写一上午字,有一张满意的,就很不错了。有时一张都不好,也很别扭。那就收起笔砚,出去遛个弯儿去。写字本是遣兴,何必自寻烦恼。

一九九〇年七月十二日
载一九九〇年第十期《八小时以外》

烟赋

中国人抽烟,大概开始于明朝,是从外国传入的。从前的中国书里称烟草为淡巴菰,是TOBACCO的译音。我年轻时,上海人还把雪茄叫作"吕宋"。吸烟成风,盖在清代。现存的几种烟草谱,都是清人的著作。纪晓岚就是"嗜食淡巴菰"的。我的高中国文教师史先生说,纪晓岚总纂四库全书时,叫人把书页平摊在一个长案上,他一边吸烟,一边校读,围着长案走一圈,一篇"四库全书总目提要"就出来了。这可能是传闻,但乾隆年间,抽烟的人已经颇多,是可以肯定的。

小说《异秉》里的张汉轩说,烟有5种:水、旱、鼻、雅、潮。雅(鸦片)不是烟草所制,潮州烟其实也是旱烟之一种,中国人以前抽的烟只有旱烟、水烟两大类。旱烟,南方多切成丝,北方则是揉碎了,都是用烟袋,摁在烟锅里抽的。北方人把烟叶都称为关东烟。关东烟里的上品是蛟河烟,这是贡品,据说西太后抽的即是蛟河烟。真正的蛟河烟只产在那么一两亩地里。我在吉林抽过真蛟河烟,名不虚传!其次是"亚布力"

的烟也还可以,这是从苏联引进的品种。河北省过去种"易县小叶"。旱烟袋,讲究白铜锅、乌木杆、翡翠嘴。烟袋有极长的,南方老太太用的烟袋,花银嘴五寸,乌木杆长至八尺,抽烟时得由别人点火,自己是够不着的。有极短的,可以插在靴子里,称为"京八寸"。这种烟袋亦称骚胡子烟袋,说是公公抽烟,叫儿媳妇点火,瞅着没人看见,可以乘机摸一下儿媳妇的手。潮州烟的烟袋是竹根做,在一头挖一窟窿,嵌一小铜胎,以装烟,不另安锅。我1950年在江西土改,那里的农民抽的就是那种烟,谓之"吃黄烟"。山西、内蒙人用羊腿做烟袋。抽这种烟得点一盏烟灯,因为一次只装很小的一撮烟,抽一口就把烟灰吹掉,叫作"一口香",要不停地点火。云、贵、川抽叶子烟,烟叶剪成二寸许长,裹成小指粗细的烟支,可以说是自制小雪茄,但多数是插在烟锅里抽,也可算是旱烟类。我在鄂温克族地区抽过达斡尔人用香蒿籽窨制的烟,一层烟叶,一层香蒿子,阴干,烟味极佳,是用纸卷了抽的。广东的"生切",也是用纸卷了抽的,新疆的莫合烟,即苏联翻译小说里常常见到的"马霍烟",也是用纸卷了抽的。莫合烟是用烟梗磨碎制成的,不用烟叶。抽水烟应该是最卫生的,烟从水里滤过,有害物质减少了。但抽水烟很麻烦,每天涮水烟袋就很费事。水烟袋要保持洁净,抽起来才香。我有个远房舅舅,到人家做客,都由他的车夫一次带了5支水烟袋去,换着抽。此人真是个会享福的人!水烟的烟丝极细,叫作"皮丝",出在甘肃的兰州和福建的福州,一在西北,一在东南,制法质量却极相似,奇怪!云南人抽水烟筒,那得会抽,否则嘬不出烟来。若论过瘾,应当首推水烟筒,旱烟、水烟,吸时都要在口腔内打一回旋,烟筒的烟则是直灌入肺,毫无缓冲。

卷烟,或称纸烟,北京人叫作烟卷儿,上海一带人叫作香烟。也有少数地方叫作洋烟的。早年的东北评剧《雷雨》里四凤夸赞周萍的唱词道:"穿西服,抽洋烟,梳的本是那个偏分",可以为证。大概在东北人眼中这些都是很时髦的。东北是"十八岁的大姑娘叼着大烟袋"的地方,卷烟曾经是稀罕的东西。现在卷烟已经通行全国。抽旱烟的大都是上了年纪的人,但现在相对地减少了。抽水烟的就更少了,白铜镂花的水烟袋已经成为古玩,年轻人都不知道这玩意是干什么用的了。说卷烟是洋烟,是有道理的,因为本是从外国,主要是英国输入的。上海一带流行的上等烟茄立克、白炮台、555……销行最广的中等烟红锡包(北方叫小粉包)、老刀牌(北方叫强盗牌)都是英国货。世界上的卷烟原分两大系。一类是海洋型,英国烟为其代表。英国烟的烟丝很细,有些烟如白炮台的烟盒上标明是NAVYCUT,大概和海军有点关系。一类是大陆型,典型的代表是埃及烟、法国烟、苏联的白海牌(东北人叫它"大白杆")、以及阿尔巴尼亚等烟属之。抽大陆型烟的人数不多,现在卷烟分为两大派系,一类是烤烟型,即英国烟型;一类是混合型,是一半海洋型、一半大陆型烟丝的混合,美国烟大都是混合型。英国型的烟丝金黄,比较柔和,有烟草的自然的醇香,比较为中国人所喜欢。

后来外商和华侨在中国设厂制烟,比较重要的是英美烟草有限公司和南洋兄弟烟草公司。大前门为南洋兄弟烟草公司所出,美丽牌好像就是英美烟草公司出的。也有较小的厂出烟,大联珠、紫金山……大概是本国的烟厂所出。

我到昆明后抽过很多杂牌的烟。有一种烟叫仙岛牌,不记得是什么地方出的,烟味极好,是英国烤烟型,价钱也不贵。后来就再不见了,可能是因为日本兵占领了越南,滇越铁路中断,没有来源了。有一种烟,叫"白姑娘",硬盒扁支,烟味很冲。有一种从湖南来的烟,抽起来有牙粉味。最便宜的烟是鹦鹉牌,10支装,呛得不行,不知是什么树叶或草做的,肯定不是烟叶!

从陈纳德的飞虎队和美国空军到昆明后,昆明市面上到处是美国烟。多是从美国军用物资仓库中流出的。骆驼牌、老金、Luckys-Trike、Chesterfield、Philipmorris……一时抽美国烟的人很多,因为并不太贵。

云南烟业的兴起盖在四十年代初。该省的农业专家和实业家,经过研究,认为云南土壤、气候适于种烟,于是引进美国弗吉尼亚的大金叶,试种成功。随即建厂生产卷烟。所出的牌子有两种:重九和七七。重九当时算是高档烟,这个牌沿用至今。七七是中档烟,后来不出产了。

五十年代后,云南制烟业得到很大发展,云南烟的质量得到全国公认,把许多省市的卷烟都甩到后面去了。云南卷烟的三大名牌:云烟牌、红山茶、红塔山。最近几年,红塔山的声誉日隆,俨然夺得云南名烟的首席。说是已经是国产烟的第一,也不为过分。时间并不长,为什么会发生这样的变化?

借中华文学基金会中国作协创联部和《中国作家》联合举

办"红塔山笔会"的机缘,我们到玉溪卷烟厂做了几天客,饱抽"红塔山",解开了这个谜。

对于抽烟,我可以说是个内行。

打开烟盒,抽出一支,用手指摸一摸,即可知道工艺水平如何。要松紧合度,既不是紧得吸不动,也不是松得跺一跺就空了半截。没有挺硬的烟梗,抽起来不会"放炮",溅出火星,烧破衣裤。

放在鼻子底下闻一闻,就知道是什么香型。若是烤烟型,即应有微甜略酸的自然烟香。

最重要的当然是入口、经喉、进肺的感觉。抽烟,一要过瘾,二要绵软。这本来是一对矛盾,但是配方得当,却可以兼顾。如果再对卷烟加以评品,我于"红塔山"得一字,曰:"醇。"

这是好烟。

红塔山得天时、地利、人和。

玉溪的经纬度和美国的弗吉尼亚相似,土质也相似,适宜烟叶生产。玉溪的日照时间比弗吉尼亚要略长一点,因此烟叶质量有可能超过弗吉尼亚。玉溪地处滇中,气候温和,夏无酷暑,冬无严寒,雨量充足。空气的湿度天然利于烟叶的存放,不需要另作干湿调节的设施。更重要的是,玉溪卷烟有一个以厂长褚时健为核心的志同道合、协调一致、互相默契的领导班子。

褚厂长是个人物,面色深黑,双目有神,年过六十,精力充沛,说话是男中音,底气很足。他接受采访时从从容容,有条有理，语言表达得准确、清楚、简练，而又不是背稿子。他谈话时不带一张纸，不需要秘书在旁提供材料。他说话无拘束，谈的虽是实际问题，却具幽默感，偶出笑声。从谈吐中让人感到这是个很自信而又随时思索着的人，一个有见识、有魄力、有性格的硬汉子，一个杰出的人。我一向不大承认什么"企业家"，以为企业管理只是"形而下"的东西。自识褚时健，觉得在我身边侃侃而谈的这个人，确实是一位企业家，因为他有那么一套，有学问，他掌握了企业管理中的某种规律，某种带有哲理性的东西。

  褚时健在未到玉溪卷烟厂之前，搞过一些规模较小的企业，在长期实践中他认识了一条最最朴素的真理：还是要重视物质，重视生产力。他不为"左"的政治经济气候所摇撼，不相信神话。

  到了玉溪卷烟厂，他不停地思索着的是如何把红塔山的质量搞上去，保持住，使企业不停地发展。

  质量，是企业的生命。

  我和褚厂长有过两次短暂的接触，未能窥见他的"学问"，但是我觉得他抓到了"玉烟"管理的一个支点：质量。

  为什么红塔山能够力挫群雄，扶摇直上？首先，红塔山有质量上好的烟叶。有一个美国烟草专家参观了云南烟业，说再不抓烟叶生产，云烟质量很难保持。这句话给褚厂长很大启发。他决定，首先抓烟叶。玉溪卷烟厂的第一车间，不在厂里，在厂外，在田间。玉烟给烟农很大帮助，从奖金到化肥、农药。但是有一个条件：你得给我好烟叶。最初厂里有人想不通，我们和农民是买卖关系，怎么能在他们身上下这样大的本？现在大家都认识到了，这是具有战略意义的一步棋。许多曾经显赫一时的名牌烟，质量下来了，很重要的一个原因，是烟叶质量没有保证。

当年生产的烟叶，不能当年就用，得存放一个时期，这样杂质异味才会挥发掉。据闻英国的名牌烟的烟叶都要存放三年。二次世界大战，存烟用尽，质量也就不如以前了。玉溪烟厂烟叶都要存放二年至二年半。就像中药店配制丸散一样："修合虽无人见，存心自有天知"的事。这个"天"就是抽烟的人。烟叶存放了多久，抽烟的人是看不到的，但是抽得出来。他们不知其所以然，但是知其然，能分辨出烟的好坏。

玉溪烟厂的主要设备都是进口的。有人说：国产设备和进口的差不多，要便宜多得多，为什么要花那样大价钱搞进口的？褚时健笑曰：过几年你们就知道了。从卷烟质量看，进口设备，是划得来的。

我因为在红塔下崴了脚，没有能去参观车间，据参观过的作家说："真是壮观！"

对烟的评价是最具群众性的，最公平的。卷烟不能像酒一样搞评比，我们国家是不允许卷烟做广告的。现在既不能像过去的美丽牌在申报和新闻报上做整幅的广告"有美皆备，无丽弗臻"，也不能像克莱文·A一样借助梅兰芳的声誉，宣传这种烟对嗓音无害。卷烟的声誉，全靠质量，靠"烟民"的口碑。北京人有言："人叫人千声不语，货叫人点手就来"，这是假不得的。桃李不言，下自成蹊，红塔山之赢得声誉，岂虚然哉！

玉溪卷烟厂每年给国家创利税 34 个亿，这是个吓人一跳的数字。

厂里请作家题字留念，我写了副对联：

技也进乎道
名者实之宾

我 18 岁开始抽烟，今年 71 岁，抽了 50 多年，从来没有戒过，可谓老烟民矣。到了玉溪烟厂，坚定了一个信念，决不戒烟。吸烟是有害的。有人甚至说吸一支烟，少活 5 分钟，不去管它了！

一九九一年

文化的异国

我年轻时就很喜欢桑德堡的诗,特别是那首《雾》。我去参观桑德堡的故居,在果园里发现两棵凤仙花,我很兴奋,觉得很亲切,问陪同我们参观的一位女士:"这是什么花?"她说:"不知道。"在中国到处都有的花,美国人竟然不认识。

美国也有菊花,我所见的只有两种,紫红色的和黄色的,都是短瓣,头状花序。没有卷瓣的、管瓣的、长瓣的、抱成一个圆球的。当然更不会有"懒梳妆"、"十丈珠帘"、"晓色"、"墨菊"……这样许多名目。美国的插花以多为胜,一大把,插在一个广口玻璃瓶里,不像中国讲究花、叶、枝、梗,倾侧取势,互相掩映。

美国也有荷花,但美国人似乎并不很欣赏。他们没有读过周敦颐的《爱莲说》,不懂得什么"香远益清","出淤泥而不染"。

美国似乎没有梅花。有一个诗人翻译中国诗,把梅花译成了杏花。美国人不了解中国人为什么那样喜爱梅花。他们不懂得"疏影横斜水清浅,暗香浮动月黄昏"。不懂得这样的意境,不懂得中国人欣赏花,是欣赏花的高洁,欣赏在花之中所寄寓的人格的美。

中国和西方的审美观念是有很大的不同的。

比较起来,中国对西方的了解比西方对中国的了解要多一些。

我在芝加哥参观美术馆,正赶上专题绘画展览。我看了莫奈、梵高、毕加索的原作,很为惊异,我自信我对莫奈、梵高、毕加索是能看懂的,会欣赏的。

我看了亨利摩尔的雕塑,不觉得和我有不可逾越的距离。

但是西方对中国艺术却是相当陌生的。

中国"昭陵六骏"的"拳毛"、"飒露紫"都在美国的费城大学博物馆,我曾特意去看过,真了不起!可是除我之外,没有别人驻足赞叹。

波士顿博物馆陈列着两幅中国名画,关仝的《雪山行旅图》和传宋徽宗摹张萱《捣练图》。《雪山图》气势雄伟,《捣练图》线条劲细,彩墨如新,堪称中国的国宝。但是美国参观的人似乎不屑一顾。

要一般外国人学会欣赏中国的书法,真是太难了,让他们体会王羲之和王献之有什么不同,那是绝对办不到的。

文学上也如此。

中国人对美国的作家,凡惠特曼、霍桑、马克·吐温,到斯坦倍克、海明威……都是相当熟悉的,尤其是海明威。不少中国作家是受了海明威的影响的,包括我。但是美国人知道几个中国作家？有多少人知道鲁迅，沈从文？这公平吗？

是不是中国作家水平低？不见得吧！拿沈从文来说，他的作品比日本的川端康成总还要高一些吧！但是川端康成得了诺贝尔奖，沈从文却一直未获提名通过。这公平吗？

中国文学没有在世界范围内得到公平的评价，一方面是因为缺乏了解，另一方面，不能不说，全世界的文学界对中国文学存在着偏见。有人甚至说："中国无文学"，这不仅是狂妄，而且是无知！

我在国外时间极短，与一般华人接触甚少，不能了解他们的心态。与在国外的文化、文学工作者也少交谈。但我可以体会，在不公平的、存偏见的环境中，华人作家、艺术家，他们的心情是寂寞的，而且充满了无可申说的愤懑。

谁教咱们是中国人呢！

第 五 辑
七 载 云 烟

更重要的是使昆明学生接受了民主思想,呼吸到独立思考、学术自由的空气,使他们为学为人都比较开放,比较新鲜活泼。这是精神方面的东西,是抽象的,是一种气质,一种格调,难于确指,但是这种影响确实存在。如云如水,水流云在。

观音寺

我在观音寺住过一年。观音寺在昆明北郊,是一个荒村,没有什么寺。——从前也许有过。西南联大有几个同学,心血来潮,办了一所中学。他们不知通过什么关系,在观音寺找了一处校址。这原是资源委员会存放汽油的仓库,废弃了。我找不到工作,闲着,跟当校长的同学说一声,就来了。这个汽油仓库有几间比较大的屋子,可以当教室,有几排房子可以当宿舍,倒也像那么一回事。房屋是简陋的,瓦顶、土墙,窗户上没有玻璃。——那些五十三加仑的汽油桶是不怕风雨的。没有玻璃有什么关系!我们在联大新校舍住了四年,窗户上都没有玻璃。在窗格上糊了桑皮纸,抹一点青桐油,亮堂堂的,挺有意境。教员一人一间宿舍,室内床一、桌一、椅一。还要什么呢?挺好。每个月还有一点微薄的薪水,饿不死。

这地方是相当野的。我来的前一学期,有一天,薄暮,有一个赶马车的被人捅了一刀,——昆明市郊之间通马车,马车形制古朴,一个有篷的车厢,厢内两边各有一条木板,可以坐八个人，马车和身上的钱都被抢去了，他手里攥着一截突出来的肠子，一边走，一边还问人："我这是什么？我这是什么？"

因此这个中学里有几个校警，还有两支老旧的七九步枪。

学校在一条不宽的公路边上，大门朝北。附近没有店铺，也不见有人家。西北围墙外是一个孤儿院。有二三十个孩子，都挺瘦。有一个管理员。这位管理员不常出来，不知道是什么样子，但是他的声音我们很熟悉。他每天上午、下午都要教这些孤儿唱戏。他大概是云南人，教唱的却是京戏。而且老是那一段：《武家坡》。他唱一句，孤儿们跟着唱一句。"一马离了西凉界，"——"一马离了西凉界"；"不由人一阵阵泪洒胸怀，"——"不由人一阵阵泪洒胸怀"。听了一年《武家坡》，听得人真想泪洒胸怀。

孤儿院的西边有一家小茶馆，卖清茶，葵花子，有时也有两块芙蓉糕。还卖市酒。昆明的白酒分升酒（玫瑰重升）和市酒。市酒是劣质白酒。

再往西去，有一个很奇怪的单位，叫作"灭虱站"。这还是一个国际性的机构，是美国救济总署办的，专为国民党的士兵消灭虱子。我们有时看见一队士兵开进大门，过了一会，我们在附近散了一会步之后，又看见他们开了出来。听说这些兵进去，脱光衣服，在身上和衣服上喷一种什么药粉，虱子就灭干净了。这有什么用呢？过几天他们还不是浑身又长出虱子来了吗？

我们吃了午饭、晚饭常常出去散步。大门外公路对面是一大片农田。田里种的不是稻麦，却是胡萝卜。昆明的胡萝卜很好，浅黄色，粗而且长，细嫩多水分，味微甜。联大学生爱买了当水果吃，因为很便宜。女同学尤其爱吃，因为据说这种胡萝卜含少量的砒，吃了可以驻颜。常常看见几个女同学一人手里提了一把胡萝卜。到了宿舍里，嘎吱嘎吱地嚼。胡萝卜田是很好看的。胡萝卜叶子琐细，颜色浓绿，密密地，把地皮盖得严严的，说它是"堆锦积绣"，毫不为过。再往北，有一条水渠。渠里不常有水。渠沿两边长了很多木香花。开花的时候白灿灿的耀人眼目，香得不得了。

学校后面——南边是一片丘陵。山上有一口池塘。这池塘下面大概有泉眼，所以池水常满，很干净。这样的池塘按云南人的习惯应该叫作"龙潭"。龙潭里有鱼，鲫鱼。我们有时用自制的鱼竿来钓鱼。这里的鱼未经人钓过，很易上钩。坐在这样的人迹罕到的池边，仰看蓝天白云，俯视钓丝，不知身在何世。

东面是坟。昆明人家的坟前常有一方平地，大概是为了展拜用的。有的还有石桌石凳，可以坐坐。这里有一些矮柏树，到处都是蓝色的野菊花和报春花。这种野菊花非常顽强，连根拔起来养在一个破钵子里，可以开很长时间的花。这里后来成了美国兵开着吉普带了妓女来野合的场所。每到月白风清的夜晚，就可以听到公路上不断有吉普车的声音。美国兵野合，好像是有几个集中的地方的，并不到处撒野。他们不知怎么看中了这个地方。他们扔下了好多保险套，白花花的，到处都是。后来我们就不大来了。这个玩意，总是不那么雅观。

我们的生活很清简。教书、看书。打桥牌，聊大天。吃野菜，吃灰菜、野苋菜。还吃一种叫作豆壳虫的甲虫。我在小说

《老鲁》里写的,都是真事。喔,我们还演过话剧,《雷雨》,师生合演。演周萍的叫王惠。这位老兄一到了台上简直是晕头转向。他站错了地位,导演着急,在布景后面叫他:"王惠,你过来!"他以为是提词,就在台上大声嚷嚷:"你过来!"弄得同台的演员莫名其妙。他忘了词,无缘无故在台上大喊:"鲁贵!"我演鲁贵,心说:坏了,曹禺的剧本里没有这一段呀!没法子,只好上去,没话找话:"大少爷,您明儿到矿上去,给您预备点什么早点?煮几个鸡蛋吧!"他总算明白过来了:"好,随便,煮鸡蛋!去吧!"

生活清贫,大家倒没有什么灾病。王惠得了一次破伤风,——打篮球碰破了皮,感染了。有一个姓董的同学和另一个同学搭一辆空卡车进城。那个同学坐在驾驶仓里,他靠在卡车后面的挡板上,挡板的铁闩松开了,他摔了下去,等找到他的时候,坏了,他不会说中国话了,只会说英语,而且只有两句:"I am cold, I am hungry"(我冷,我饿)。翻来覆去,说个不停。这二位都治好了。我们那时都年轻,很皮实,不太容易被疾病打倒。

炮仗响了。日本投降那天,昆明到处放炮仗,昆明人就把抗战胜利叫作"炮仗响了"。这成了昆明人计算时间的标记,如:"那会炮仗还没响","这是炮仗响了之后一个月的事情"。大后方的人纷纷忙着"复员",我们的同学也有的联系汽车,计划着"青春作伴好还乡"。有些因为种种原因,一时回不去,不免有点恓恓惶惶。有人抄了一首唐诗贴在墙上:

故园东望路漫漫,
双袖龙钟泪不干。
马上相逢无纸笔,
凭君传语报平安。

　　诗很对景,但是心情其实并不那样酸楚。昆明的天气这样好,有什么理由急于离开呢?这座中学后来迁到篆塘到大观楼之间的白马庙,我在白马庙又接着教了一年,到一九四六年八月,才走。

七载云烟

天地一瞬

我在云南住过七年,一九三九~一九四六年。准确地说,只能说在昆明住了七年。昆明以外,最远只到过呈贡,还有滇池边一片沙滩极美、柳树浓密的叫作斗南村的地方,连富民都没有去过。后期在黄土坡、白马庙各住过年把二年,这只能算是郊区。到过金殿、黑龙潭、大观楼,都只是去游逛,当日来回。我们经常活动的地方是市内。市内又以正义路及其旁出的几条横街为主。正义路北起华山南路,南至金马碧鸡牌坊,当时是昆明的贯通南北的干线,又是市中心所在。我们到南屏大戏院去看电影,——演的都是美国片子。更多的时间是无目的地闲走,闲看。

我们去逛书店。当时书店都是开架售书,可以自己抽出书来看。有的穷大学生会靠在柜台一边,看一本书,一看两三个小时。

逛裱画店。昆明几乎家家都有钱南园的写得四方四正的颜字对联。还有一个吴忠荩老先生写得极其流利但用笔扁如竹篾的行书四扇屏。慰情聊胜无,看看也是享受。

武成路后街有两家做锡箔的作坊。我每次经过,都要停下来看做锡箔的师傅在一个木墩上垫了很厚的粗草纸,草纸间衬了锡片,用一柄很大的木槌,使劲夯砸那一垛草纸。师傅浑身是汗,于是锡箔就槌成了。没有人愿意陪我欣赏这种槌锡箔艺术,他们都以为:"这有什么看头!"

逛茶叶店。茶叶店有什么逛头?有!华山西路有一家茶叶店,一壁挂了一副嵌在镜框里的米南宫体的小对联,字写得好,联语尤好:

静对古碑临黑女
闲吟绝句比红儿

我觉得这对得很巧,但至今不知道这是谁的句子。尤其使我不明白的,是这家茶叶店为什么要挂这样一副对子?

我们每天经过,随时往来的地方,还是大西门一带。大西门里的文林街,大西门外的凤翥街、龙翔街。"凤翥"、"龙翔",不知道是哪位善于辞藻的文人起下的富丽堂皇的街名,其实这只是两条丁字形的小小的横竖街。街虽小,人却多,气味浓稠。这是来往滇西的马锅夫卸货、装货、喝酒、吃饭、抽鸦片、睡女人的地方。我们在街上很难"深入"这种生活的里层,只能切切实实地体会到:这是生活!我们在街上闲看。看卖木柴的,卖木炭的,卖粗瓷碗、卖砂锅的,并且常常为一点细节感动不已。

但是我生活得最久,接受影响最深,使我成为这样一个人,这样一个作家,——不是另一种作家的地方,是西南联大,新校舍。

骑了毛驴考大学

万里长征,

辞却了五朝宫阙。

暂驻足,

衡山湘水,

又成离别,

绝徼移栽桢干质,

九州岛遍洒黎元血。

尽笳吹弦诵在山城,

情弥切……

——西南联大校歌

日寇侵华,平津沦陷,北大、清华、南开被迫南迁,组成一个大学,在长沙暂住,名为"临时大学"。后迁云南,改名"国立西南联合大学",简称"西南联大"。这是一座战时的,临时性的大学,但却是一个产生天才,影响深远,可以彪炳于世界大学之林,与牛津、剑桥、哈佛、耶鲁平列而无愧色的,窳陋而辉煌的,奇迹一样的,"空前绝后"的大学。喔,我的母校,我的西南联大!

像蜜蜂寻找蜜源一样飞向昆明的大学生,大概有几条路径。

一条是陆路。三校部分同学组成"西南旅行团",由北平出发,走向大西南。一路夜宿晓行,埋锅造饭,过的完全是军旅生活。他们的"着装"是短衣,打绑腿,布条编的草鞋,背负薄薄的一卷行李,行李卷上横置一把红油纸伞,有点像后来的大串联的红卫兵。除了摆渡过河外,全是徒步。自北平至昆明,全程三千五百里,算得是一个壮举。旅行团有部分教授参加,闻一多先生就是其中之一。闻先生一路画了不少铅笔速写。其时闻先生已经把胡子留起来了,——闻先生曾发愿:抗战不胜,誓不剃须!

另一路是海程。由天津或上海搭乘怡和或太古轮船,经香港,到越南海防,然后坐滇越铁路火车,由老街入境,至昆明。

有意思的是,轮船上开饭,除了白米饭之外,还有一箩高粱米饭。这是给东北学生预备的。吃高粱米饭,就咸鱼、小虾,可以使"我的家在东北松花江上的"的流亡学生得到一点安慰,这种举措很有人情味。

我们在上海就听到滇越路有瘴气,易得恶性疟疾,沿路的水不能喝,于是带了好多瓶矿泉水。当时的矿泉水是从法国进口的,很贵。

没有想到恶性疟疾照顾上了我!到了昆明,就发了病,高烧超过四十度,进了医院,医生就给我打了强心针(我还跟护士开玩笑,问"要不要写遗书")。用的药是606,我赶快声明:我没有生梅毒!

出了院,晕晕惚惚地参加了全国统一招生考试。上帝保佑,竟以第一志愿被录取,我当时真是像做梦一样。

当时到昆明来考大学的，取道各有不同。

有一位历史系学生姓刘的同学是自己挑了一担行李，从家乡河南一步一步走来的。这人的样子完全是一个农民，说话乡音极重，而且四年不改。

有一位姓应的物理系的同学，是在西康买了一头毛驴，一路骑到昆明来的。此人精瘦，外号"黑鬼"，宁波人。

这样一些莘莘学子，不远千里，从四面八方奔到昆明来，考入西南联大，他们来干什么，寻找什么？

大部分同学是来寻找真理，寻找智慧的。

也有些没有明确目的，糊里糊涂的。我在报考申请书上填了西南联大，只是听说这三座大学，尤其是北大的学风是很自由的，学生上课、考试，都很随便，可以吊儿郎当。我就是冲着吊儿郎当来的。

我寻找什么？

寻找潇洒。

斯是陋室

西南联大的校舍很分散，很多处是借用昆明原有的房屋、学校、祠堂。自建的，集中，成片的校舍叫"新校舍"。

新校舍大门南向，进了大门是一条南北大路。这条路是土路，下雨天滑不留足，摔倒的人很多。这条土路把新校舍划分成东西两区。

西边是学生宿舍。土墙，草顶。土墙上开了几个方洞，方洞上竖了几根不去皮的树棍，便是窗户。挨着土墙排了一列双人木床，一边十张，一间宿舍可住四十人，桌椅是没有的。两个装肥皂的大箱撂起来，既是书桌，也是衣柜。昆明不知道哪里来的那么多肥皂箱，很便宜，男生女生多数都有这样一笔"财产"。有的同学在同一宿舍中一住四年不挪窝，也有占了一个床位却不来住的。有的不是这个大学的，却住在这里。有一位，姓曹，是同济大学的，学的是机械工程，可是他从来不到同济大学去上课，却从早到晚趴在木箱上写小说。有些同学成天在一起，乐数晨夕，堪称知己。也有老死不相往来，几乎等于不认识的。我和那位姓刘的历史系同学就是这样，我们俩同睡一张木床，他住上铺，我住下铺，却很少见面。他是个很守规矩，很用功的人，每天按时作息。我是个夜猫子，每天在系图书馆看一夜书，即天亮才回宿舍。等我回屋就寝时，他已经在校园树下苦读英文了。

大路的东侧，是大图书馆。这是新校舍唯一的一座瓦顶的建筑。每天一早，就有人等在门外"抢图书馆"，——抢位置，抢指定参考书。大图书馆藏书不少，但指定参考书总是不够用的。

每月月初要在这里开一次"国民精神总动员月会"，简称"国民月会"。把图书馆大门关上，钉了两面交叉的党国旗，便是会场。所谓月会，就是由学校的负责人讲一通话。讲的次数最多的是梅贻琦，他当时是主持日常校务的校长（北大校长蒋梦麟、南开校长张伯苓）。梅先生相貌清癯，人很严肃，但讲话有时很幽默。有一个时期昆明闹霍乱，梅先生告诫学生不要在外面乱吃，说："有同学说'我在外面乱吃了好多次，也没有得一次霍乱',同学们!这种事情是不能有第二次的。"

更东,是教室区。土墙,铁皮屋顶(涂了绿漆)。下起雨来,铁皮屋顶被雨点打得乒乒乓乓地响,让人想起王禹的《黄岗竹楼记》。

这些教室方向不同,大小不一,里面放了一些一边有一块平板,可以在上面记笔记的木椅,都是本色,不漆油漆。木椅的设计可能还是从美国传来的,我在爱荷华—耶鲁都看见过。这种椅子的好处是不固定,可以从这个教室到那个教室任意搬来搬去。吴宓(雨僧)先生讲《红楼梦》,一看下面有女生还站着,就放下手杖,到别的教室去搬椅子。于是一些男同学就也赶紧到别的教室去搬椅子。到宝姐姐、林妹妹都坐下了,吴先生才开始讲。

这样的陋室之中,却培养了很多优秀的人才。

联大五十周年校庆时,校友从各地纷纷返校。一位从国外赶回来的老同学(是个男生),进了大门就跪在地下放声大哭。

前几年我重回昆明,到新校舍旧址(现在是云南师范大学)看了看,全都变了样,什么都没有了,只有东北角还保存了一间铁皮屋顶的教室,也岌岌可危了。

不衫不履

联大师生服装各异,但似乎又有一种比较一致的风格。

女生的衣着是比较整洁的。有的有几件华贵的衣服,那是少数军阀商人的小姐。但是她们也只是参加 Party 时才穿,上课时不会穿得花里胡哨的。一般女生都是一身阴丹士林旗袍,上身套一件红的毛衣。低年级的女生爱穿"工裤",——劳动布的长裤,上面有两条很宽的带子,白色或浅花的衬衫。这大概本是北京的女中学生流行的服装,这种风气被贝满等校的女生带到昆明来了。

男同学原来有些西装革履,裤线笔直的,也有穿麂皮夹克的,后来就日渐少了,绝大多数是蓝布衫,长裤。几年下来,衣服破旧,就想各种办法"弥补",如贴一张橡皮膏之类。有人裤子破了洞,不会补,也无针线,就找一根麻筋,把破洞结了一个疙瘩。这样的疙瘩名士不止一人。

教授的衣服也多残破了。闻一多先生有一个时期穿了一件一个亲戚送给他的灰色夹袍,式样早就过时,领子很高,袖子很窄。朱自清先生的大衣破得不能再穿,就买了一件云南赶马人穿的深蓝氆氇的一口钟(大概就是彝族察尔瓦)披在身上,远看有点像一个侠客。有一个女生从南院(女生宿舍)到新校舍去,天已经黑了,路上没有人,她听到后面有梯里突鲁的脚步声,以为是坏人追了上来,很紧张。回头一看,是化学教授曾昭抡。他穿了一双空前(露着脚趾)绝后鞋(后跟烂了,提不起来,只能半跩着),因此发出此梯里突鲁的声音。

联大师生破衣烂衫,却每天孜孜不倦地做学问,真是穷且益坚,不坠青云之志,这种精神,人天可感。

当时"下海"的,也有。有的学生跑仰光、腊戌,趸卖"玻璃丝袜"、"旁氏口红";有一个华侨同学在南屏街开了一家很大的咖啡馆,那是极少数。

采薇

大学生大都爱吃,食欲很旺,有两个钱都吃掉了。

初到昆明,带来的盘缠尚未用尽,有些同学和家乡邮汇尚通,不时可以得到接济,一到星期天就出去到处吃馆子。汽锅鸡、过桥米线、新亚饭店的过油肘子、东月楼的锅贴乌鱼、映时春的油淋鸡、小西门马家牛肉馆的牛肉、厚德福的铁锅蛋、松鹤楼的腐乳肉、"三六九"(一家上海面馆)的大排骨面,全都吃了一个遍。

钱逐渐用完了,吃不了大馆子,就只能到米线店里吃米线、饵块。当时米线的浇头很多,有焖鸡(其实只是酱油煮的小方块瘦肉,不是鸡)、爨肉(即肉末、音川,云南人不知道为什么爱写这样一个笔画繁多的怪字)、鳝鱼、叶子(油炸肉皮煮软,有的地方叫"响皮",有的地方叫"假鱼肚")。米线上桌,都加很多辣椒,——"要解馋,辣加咸"。如果不吃辣,进门就得跟堂倌说:"免红!"

到连吃米线、饵块的钱也没有的时候,便只有老老实实到新校舍吃大食堂的"伙食"。饭是"八宝饭",通红的糙米,里面有沙子、木屑、老鼠屎。菜,偶尔有一碗回锅肉、炒猪血(云南谓之"旺子"),常备的菜是盐水煮芸豆,还有一种叫"魔芋豆腐",为紫灰色的,烂糊糊的淡而无味的奇怪东西。有一位姓郑的同学告诫同学:饭后不可张嘴——恐怕飞出只鸟来!

一九四四年,我在黄土坡一个中学教了两个学期。这个中学是联大办的,没有固定经费,薪水很少,到后来连一点极少的薪水也发不出来,校长(也是同学)只能设法弄一点米来,让教员能吃上饭。菜，对不起，想不出办法。学校周围有很多野菜，我们就吃野菜。校工老鲁是我们的技术指导。老鲁是山东人，原是个老兵，照他说，可吃的野菜简直太多了，但我们吃得最多的是野苋菜（比园种的家苋菜味浓）、灰菜（云南叫作灰藋菜，"藋"字见于《庄子》，是个很古的字），还有一种样子像一根鸡毛掸子的扫帚苗。野菜吃得我们真有些面有菜色了。

有一个时期附近小山下柏树林里飞来很多硬壳昆虫，黑色，形状略似金龟子，老鲁说这叫豆壳虫，是可以吃的，好吃！他捉了一些，撕去硬翅，在锅里干爆了，撒了一点花椒盐，就起酒来。在他的示范下，我们也爆了一盘，闭着眼睛尝了尝，果然好吃。有点像盐爆虾，而且有一股柏树叶的清香，——这种昆虫只吃柏树叶，别的树叶不吃。于是我们有了就酒的酒菜和下饭的荤菜。这玩意多得很，一会儿的工夫就能捉一大瓶。

要写一写我在昆明吃过的东西，可以写一大本，撮其大要写了一首打油诗。怕读者看不明白，加了一些注解，诗曰：

重升肆里陶杯绿[1]，
饵块摊来炭火红[2]。

---

[1]昆明的白酒分市酒和升酒。市酒是普通白酒，升酒大概是用市酒再蒸一次，谓之"玫瑰重升"，似乎有点玫瑰香气。昆明酒店都是盛在绿陶的小碗里，一碗可盛二小两。

[2]饵块分两种，都是米面蒸熟了的。一种状如小枕头，可做汤饵块、炒饵块。一种是椭圆的饼，犹如鞋底，在炭火上烤得发泡，一面用竹片涂了芝麻酱、花生酱、甜酱油、油辣子，对合而食之，谓之"烧饵块"。

正义路边养正气①,
小西门外试撩青②。
人间至味干巴菌③,
世上馋人大学生。
尚有灰藋堪漫吃④,
更循柏叶捉昆虫。

一束光阴付苦茶

昆明的大学生(男生)不坐茶馆的大概没有。不可一日无此君,有人一天不喝茶就难受。有人一天喝到晚,可称为"茶仙"。茶仙大抵有两派。一派是固定茶座。有一位姓陆的研究生,每天在一家茶馆里喝三遍茶,早,午,晚。他的牙刷、毛巾、洗脸盆就放这家茶馆里,一起来就上茶馆。另一派是流动

---

①汽锅鸡以正义路牌楼旁一家最好。这家无字号,只有一块匾,上书大字:"培养正气",昆明人想吃汽锅鸡,就说:"我们今天去培养一下正气"。

②小西门马家牛肉极好。牛肉是蒸或煮熟的,不炒菜,分部位,如"冷片"、"汤片"……有的名称很奇怪。如大筋(牛鞭)、"领肝"(牛肚)。最特别的是"撩青"(牛舌,牛的舌头可不是撩青草的吗?但非懂行人觉得这很费解)。"撩青"很好吃。

③昆明菌子种类甚多,如"鸡土从",这是菌之王,但至今我还不知道为什么只在白蚁窝上长"牛肝菌"(色如牛肝,生时熟后都像牛肝,有小毒,不可多吃,且须加大量的蒜,否则会昏倒。有个女同学吃多了牛肝菌,竟至休克)。"青头菌",菌盖青绿,菌丝白色,味较清雅。味道最为隽永深长,不可名状的是干巴菌。这东西中吃不中看,颜色紫赭,不成模样,简直像一堆牛屎,里面又夹杂了一些松毛、杂草。可是收拾干净了撕成蟹腿状的小片,加青辣椒同炒,一箸入口,酒兴顿涨,饭量猛开。这真是人间至味!

④藋字云南读平声

茶客，有一姓朱的，也是研究生，他爱到处溜，腿累了就走进一家茶馆，坐下喝一气茶。全市的茶馆他都喝遍了。他不但熟悉每一家茶馆，并且知道附近哪是公共厕所，喝足了茶可以小便，不致被尿憋死。

关于喝茶，我写过一篇《泡茶馆》，已经发表过，写得相当详细，不再重复，有诗为证：

水厄囊空亦可赊①，
枯肠三碗嗑葵花②。
昆明七载成何事？
一束光阴付苦茶。

水流云在

云南人对联大学生很好，我们对云南、对昆明也很有感情。我们为云南做了一些什么事，留下一点什么？

有些联大师生为云南做了一些有益的实事，比如地质系师生完成了《云南矿产普查报告》，生物系师生写出了《中国植物志·云南卷》的长编初稿，其他还有多少科研成果，我不大知道，我不是搞科研的。

比较明显的、普遍的影响是在教育方面。联大学生在中学

---

①我们和凤翥街几家茶馆很熟，不但喝茶，吃芙蓉糕可以欠账，甚至可以向老板借钱去看电影。
②茶馆常有女孩子来卖炒葵花子，绕桌轻唤："瓜子瓜，瓜子瓜。"

兼课的很多，连闻一多先生都在中学教过国文，这对昆明中学生学业成绩的提高，是有很大作用的。

更重要的是使昆明学生接受了民主思想，呼吸到独立思考，学术自由的空气，使他们为学为人都比较开放，比较新鲜活泼。这是精神方面的东西，是抽象的，是一种气质，一种格调，难于确指，但是这种影响确实存在。如云如水，水流云在。

我的家乡

我的家乡高邮在京杭大运河的下游。我小时候常常到运河堤上去玩。运河是一条"悬河",河底比东堤下的地面高,据说河堤和城墙垛子一般高,站在河堤上,可以俯瞰底下的街道房屋。我们几个同学,可以指认哪一处的屋顶是谁家的。城外的孩子放风筝,颤悠悠的风筝在我们脚下飘着。城里人家养鸽子,鸽子飞过来,绕过去,我们看到的是鸽子青色的背。几只野鸭子贴水飞向东,过了河堤,下面的人看见野鸭子飞得高高的。

看打鱼。在运河里打鱼的多用鱼鹰。一般都是两条船,一船八只鱼鹰。有时也会有三条、四条,排成阵势。鱼鹰栖在木架上,精神抖擞,如同临战状态。打鱼人把篙子一挥,这些鱼鹰就噼噼啪啪地纷纷跃进水里。只见它们一个猛子扎下去,眨眼工夫,有的就叼了一条鳜鱼上来——鱼鹰似乎专逮鳜鱼。打鱼人解开鱼鹰脖子上的金属的箍,把鳜鱼扔进船里,奖给它一条小鱼,它就高高兴兴、心甘情愿地转身又跳进水里去了。有时两只鱼鹰合力抬起一条大鳜鱼上来,鳜鱼还在挣蹦,打鱼人已经一手捞住了。这条鳜鱼够四斤！这真是一个热闹场面。看打鱼的，看鱼鹰的，都很兴奋激动。倒是打鱼人显得十分冷静，不动声色。

有时候我们到西堤去玩，坐小船两篙子就到了。西堤外就是高邮湖，我们那里的人都叫它西湖，湖很大，一眼望不到边。

湖通常是平静的，透明的。这样一片打水，浩浩渺渺（湖上尝尝没有一只船），让人觉得有些荒凉，有些寂寞，有些神秘。

黄昏了。湖上的蓝天渐渐变成浅黄，橘黄，又渐渐变成紫色，很深很深的紫色。这种紫色使人深深感动，我闻到一阵阵炊烟的香味，那是停泊在御码头一带的船上正在烧饭。

只听见一个女人高亮而悠长的声音："二丫头……回家吃晚饭来……"

像我的老师沈从文先生常爱说的那样，这一切真是一个圣境。

闹市闲民

我每天在西四倒 101 路公共汽车回甘家口。直对 101 站牌有一户人家。一间屋，一个老人。天天见面，很熟了。有时车老不来，老人就搬出一个马扎儿来："车还得会子，坐会儿。"

屋里陈设非常简单（除了大冬天，他的门总是开着），一张小方桌，一个方杌凳，三个马扎儿，一张床，一目了然。

老人七十八岁了，看起来不像，顶多七十岁，气色很好。他经常戴一副老式的圆镜片的浅茶晶的养目镜——这副眼镜大概是他身上唯一值钱的东西。眼睛很大，一点没有混浊，眼角有深深的鱼尾纹。跟人说话时总带着一点笑意，眼神如一个天真的孩子。上唇留了一撮疏疏的胡子，花白了。他的人中很长，唇髭不短，但是遮不住他的微厚而柔软的下唇。——相书上说人中长者多长寿，信然。他的头发也花白了，向后梳得很整齐。他常年穿一套很宽大的蓝制服，天凉时套一件黑色粗毛线的很长的背心。圆口布鞋、草绿色线袜。

从攀谈中我大概知道了他的身世。他原来在一个中学当工友,早就退休了。他有家。有老伴。儿子在石景山钢铁厂当车间主任。孙子已经上初中了。老伴跟儿子。他不愿跟他们一起过,说是:"乱!"他愿意一个人。他的女儿出嫁了。外孙也大了。儿子有时进城办事,来看看他,给他带两包点心,说会子话。儿媳妇、女儿隔几个月给他拆洗拆洗被褥。平常,他和亲属很少来往。

他的生活非常简单。早起扫扫地,扫他那间小屋,扫门前的人行道。一天三顿饭。早点是干馒头就咸菜喝白开水。中午晚上吃面。一年三百六十五天,天天如此。他不上粮店买切面,自己做。抻条,或是拨鱼儿。他的拨鱼儿真是一绝。小锅里坐上水,用一根削细了的筷子把稀面顺着碗口"赶"进锅里。他拨的鱼儿不断,一碗拨鱼儿是一根,而且粗细如一。我为看他拨鱼儿,宁可误一趟车。我跟他说:"你这拨鱼儿真是个手艺!"他说:"没什么,早一点把面和上,多搅搅。"我学着他的法子回家拨鱼儿,结果成了一锅面糊糊疙瘩汤。他吃的面总是一个味儿!浇炸酱。黄酱,很少一点肉末。黄瓜丝、小萝卜,一概不要。白菜下来时,切几丝白菜,这就是"菜码儿"。他饭量不小,一顿半斤面。吃完面,喝一碗面汤(他不大喝水),涮涮碗,坐在门前的马扎儿上,抱着膝盖看街。

我有时带点新鲜菜蔬,青蛤、海蛎子、鳝鱼、冬笋、木耳菜,他总要过来看看:"这是什么?"我告诉他是什么,他摇摇头:"没吃过。南方人会吃。"他是不会想到吃这样的东西的。

他不种花,不养鸟,也很少遛弯儿。他的活动范围很小,除了上粮店买面,上副食店买酱,很少出门。

七载云烟

他一生经历了很多大事。远的不说。敌伪时期,吃混合面。傅作义。解放军进城,扭秧歌,呛呛七呛七。开国大典,放礼花。没完没了的各种运动。三年自然灾害,大家挨饿。"文化大革命"。"四人帮"。"四人帮"垮台。华国锋。华国锋下台……

然而这些都与他无关,没有在他身上留下多少痕迹。他每天还是吃炸酱面,——只要粮店还有白面卖,而且北京的粮价长期稳定——坐在门口马扎儿上看街。

他平平静静,没有大喜大忧,没有烦恼,无欲望亦无追求,天然恬淡,每天只是吃抻条面、拨鱼儿,抱膝闲看,带着笑意,用孩子一样天真的眼睛。

这是一个活庄子。

一九九〇年五月五日

大妈们

我们楼里的大妈们都活得有滋有味,使这座楼增加了不少生气。

许大妈是许老头的老伴,比许老头小十几岁,身体挺好,没听说她有什么病。生病也只有伤风感冒,躺两天就好了。她有一根花椒木的拐杖,本色,很结实,但是很轻巧,一头有两个杈,像两个小犄角。她并不用它来拄着走路,而是用来扛菜。她每天到铁匠营农贸市场去买菜,装在一个蓝布兜里,把布兜的袢套在拐杖的小犄角上,扛着。她买的菜不多,多半是一把韭菜或一把茴香。走到刘家窑桥下,坐在一块石头上,把菜倒出来,择菜。择韭菜、择茴香。择完了,抖落抖落,把菜装进布兜,又用花椒木拐杖扛起来,往回走。她很和善,见人也打招呼,笑笑,但是不说话。她用拐杖扛菜,不是为了省劲,好像是为了好玩。到了家,过不大会,就听见她乒乒乓乓地剁菜。剁韭菜,剁茴香。她们家爱吃馅儿。

奚大妈是河南人,和传达室小邱是同乡,对小邱很关心,很照顾。她最放不下的一件事，是给小邱张罗个媳妇。小邱已经三十五岁，还没有结婚。她给小邱张罗过三个对象，都是河南人，是通过河南老乡关系间接认识的。第一个是奚大妈一个村的。事情已经谈妥，这女的已经在小邱床上睡了几个晚上。一天，不见了，跟在附近小旅馆里住着的几个跑买卖的山西人跑了。第二个在一个饭馆里当服务员。也谈着差不多了，女的说要回家问问哥哥的意见。小邱给她买了很多东西：衣服、料子、鞋、头巾……借了一辆平板三轮，装了半车，蹬车送她上火车站。不料一去再无音信。第三个也是在饭馆里当服务员的，长得很好看，高颧骨，大眼睛，身材也很苗条。就要办事了，才知道这女的是个"石女"，奚大妈叹了一口气："唉！这事儿闹的！"

　　江大妈人非常好，非常贤惠，非常勤快，非常爱干净。她家里真是一尘不染。她整天不断地擦、洗、掸、扫。她的衣着也非常干净，非常利索。裤线总是笔直的。她爱穿坎肩，铁灰色毛涤纶的，深咖啡色薄呢的，都熨熨帖帖。她很注意穿鞋，鞋的样子都很好。她的脚很秀气。她已经过六十了，近看脸上也有皱纹了，但远远一看，说是四十来岁也说得过去。她还能骑自行车，出去买东西，买菜，都是骑车去。看她跨上自行车，一踩脚蹬，哪像是已经有了四岁大的孙子的人哪！她平常也不大出门，老是不停地收拾屋子。她不是不爱理人，有时也和人聊聊天，说说这楼里的事，但语气很宽厚，不嚼老婆舌头。

　　顾大妈是个胖子。她并不胖得腮帮的肉都往下掉，只是腰围很粗。她并不步履蹒跚，只是走得很稳重，因为搬动她的身体并不很轻松。她面白微黄，眉毛很淡，头发稀疏，但是总是梳得很整齐服帖。她原来在一个单位当出纳，是干部。退休了，在本楼当家属委员会委员，也算是干部。家属委员会委员的任务是要换购粮本、副食本了，到各家敛了来，办完了，又给各家送回去。她的干部意识根深蒂固，总觉得自己不是一个家庭妇女。别的大妈也觉得她有架子，很少跟她过话。她爱和本楼的退休了的或尚未退休的女干部说话。说她自己的事。说她的儿女在单位很受器重；说她原来的领导很关心她，逢春节都要来看看她……

在这条街上任何一个店铺里，只要有人一学丁大妈雄赳赳气昂昂走路的神气，大家就知道这学的是谁，于是都哈哈大笑，一笑笑半天。丁大妈的走路，实在是少见。头昂着，胸挺得老高，大踏步前进，两只胳臂前后甩动，走得很快。她头发乌黑，梳得整齐。面色紫褐，发出铜光，脸上的纹路清楚，如同刻出。除了步态，她还有一特别处：她穿的上衣，都是大襟的。料子是讲究的。夏天，派力司；春秋天，平绒；冬天，下雪，穿羽绒服。羽绒服没有大襟的。她为什么爱穿大襟上衣？这是习惯。她原是崇明岛的农民，吃过苦。现在苦尽甘来了。她把儿子拉扯大了。儿子、儿媳妇都在美国，按期给她寄钱。她现在一个人过，吃穿不愁。她很少自己做饭，都是到粮店买馒头，买烙饼，买面条。她有个外甥女，是个时装模特儿，常来看她，很漂亮。这外甥女，楼里很多人都认识。她和外甥女上电梯，有人招呼外甥女："你来了！"——"我每星期都来。"丁大妈说："来看我！"非常得意。丁大妈活得非常得意，因此她雄赳赳气昂昂。

罗大妈是个高个儿,水蛇腰。她走路也很快,但和丁大妈不一样:丁大妈大踏步,罗大妈步子小。丁大妈前后甩胳臂,罗大妈胳臂在小腹前左右摇。她每天"晨练",走很长一段,扭着腰,摇着胳膊。罗大妈没牙,但是乍看看不出来,她的嘴很小,嘴唇很薄。她这个岁数——她也就是五十出头吧,不应该把牙都掉光了,想是牙有病,拔掉的。没牙,可是话很多,是个连片子嘴。

乔大妈一头银灰色的鬈发,天生的卷。气色很好。她活得兴致勃勃。她起得很早,每天到天坛公园"晨练",打一趟太极拳,练一遍鹤翔功,遛一个大弯。然后顺便到法华寺菜市场买一提兜菜回来。她爱做饭,做北京"吃儿"。蒸素馅包子,炒疙瘩,摇棒子面嘎嘎……她对自己做的饭非常得意。"我蒸的包子,好吃极了","我炒的疙瘩,好吃极了","我摇的嘎嘎,好吃极了!"她间长不短去给她的孙子做一顿中午饭。他儿子儿媳妇不跟她一起住,单过。儿子儿媳是"双职工",中午顾不上给孩子做饭。"老让孩子吃方便面,那哪成!"她爱养花,阳台上都是花。她从天坛东门买回来一大把芍药骨朵,深紫色的。"能开一个月!"

大妈们常在传达室外面院子里聚在一起闲聊天。院子里放着七八张小凳子、小椅子,她们就错错落落地分坐着。所聊的无非是一些家长里短。谁家买了一套组合柜,谁家拉回来一堂沙发,哪儿买的、多少钱买的,她们都打听得很清楚。谁家的孩子上"学前班",老不去,"淘着哪!"谁家俩口子吵架,又好啦,挎着胳臂上游乐园啦!乔其纱现在不时兴啦,现在兴"沙洗"……大妈们有一个好处,倒不搬弄是非。楼里有谁家结婚,大妈们早就在院里等着了。她们看扎着红彩绸的小汽车开进来,看放鞭炮,看新娘子从汽车里走出来,看年轻人往新娘子头发上撒金银色纸屑……

草巷口

过去,我们那里的民间常用燃料不是煤。除了炖鸡汤、熬药,也很少烧柴。平常煮饭、炒菜,都是烧草——烧芦柴。这种芦柴秆细而叶多,除了烧火,没有什么别的用处。草都是由乡下——主要是北乡用船运来,在大淖靠岸。要买草的,到岸边和草船上的人讲好价钱,卖草的即可把草用扁担挑了,送到这家,一担四捆,前两捆,后两捆,水桶粗细一捆,六七尺长。送到买草的人家,过了秤,直接送到堆草的屋里。给我们家过秤的是一个本家叔叔抡元二叔。他用一杆很大的秤约了分量,用一张草纸记上"苏州码子"。我是从抡元二叔的"草纸账"上才认识苏州码子的。现在大家都用阿拉伯数字,认识苏州码子的已经不多了。我们家后花园里有三间空屋,是堆草的。一次买草,数量很多,三间屋子装得满满的,可以烧很多时候。

从大淖往各家送草,都要经过一条巷子,因此这条巷子叫作草巷口。

草巷口在"东头街上"算是比较宽的巷子。像普通的巷子一样，是砖铺的——我们那里的街巷都是砖铺的，但有一点和别的巷子不同，是巷口嵌了一个相当大的旧麻石磨盘。这是为了省砖，废物利用，还是有别的什么原因，就不知道了。

磨盘的东边是一家油面店，西边是一个烟店。严格说，"草巷口"应该指的是油面店和烟店之间，即麻石磨盘所在处的"口"，但是大家把由此往北，直到大淖一带都叫作"草巷口"。

"油面店"也叫"茶食店"，即卖糕点的铺子，店里所卖糕点也和别的茶食店差不多，无非是：兴化饼子、鸡蛋糕，兴化饼子带椒盐味，大概是从兴化传过来的；羊枣，也叫京果，分大小两种，小京果即北京的江米条，大京果似北京蓼花而稍小；八月十五前当然要做月饼。过年前做烽糖饼，像一个锅盖，烽糖饼是送礼用的；夏天早上做一种"潮糕"，米面蒸成，潮糕做成长长的一条，切开了一片一片是正方角，骨牌大小，但是切时断而不分，吃时一片一片揭开吃，潮糕有韧性，口感很好；夏天的下午做一种"酒香饼子"，发面，以糯米和面，烧熟，初出锅时酒香扑鼻。

吉陞的糕点多是零块地卖，如果买得多（是为了送礼的），则用苇篾编的"撇子"装好，一底一盖，中衬一张长方形的红纸，印黑字：

本店开设东大街草巷口坐北朝南惠顾诸君请认明吉陞字号庶不致误

source昌烟店主要是卖旱烟,也卖水烟——皮丝烟。皮丝烟中有一种,颜色是绿的,名曰"青条",抽起来劲头很冲。一般烟店不卖这种烟。

源昌有一点和别家店铺不同。别的铺子过年初一到初五都不开门,破五以前是不做生意的。源昌却开了一半铺搭子门,靠东墙有一个卖"耍货"的摊子。可能卖耍货的和源昌老板是亲戚,所以留一块空地供他摆摊子。"耍货"即卖给小孩子玩意:"捻捻转"、"地嗡子"(陀螺)……卖得最多的是"洋泡"。一个薄薄橡皮做的小囊,上附小木嘴。吹气后就成了氢气球似的圆泡,撒手后,空气振动木嘴里的一个小哨,哇的一声。还卖一些小型的花炮,起火,"猫捉老鼠"……最便宜的是"滴滴金",——皮纸制成麦秆粗细的小管,填了一点硝药,点火后就会哧哧地喷出火星,故名"滴滴金"。

进巷口,过麻石磨盘,左手第一家是一家"茶炉子"。茶炉子是卖开水的,即上海人所说的"老虎灶"。店主名叫金大力。金大力只管挑水,烧茶炉子的是他的女人,茶炉子四角各有一口大汤罐,当中是火口,烧的是粗糠。一簸箕粗糠倒进火口,呼的一声,火头就蹿了上来,水马上呱呱地就开了。茶炉子卖水不收现钱,而是事前售出很多"茶筹子"——一个一个小竹片,上面用烙铁烙了字:"十文"、"二十文",来打开水的,交几个茶筹子就行。这大概是一种古制。

往前走两步,茶炉子斜对面,是一个澡塘子,不大。但是东街上只有这么一个澡塘子,这条街上要洗澡的只有上这家来。澡塘子在巷口往西的一面墙上钉了一个人字形小木棚,每晚在

小棚下挂一个灯笼,算是澡塘的标志(不在澡塘的门口)。过年前在木棚下贴一条黄纸的告白,上写:

"正月初六日早有菊花香水"

那就是说初一到初五澡塘子是不开业的。

为什么是"菊花香水"而不是兰花香水、桂花香水?我在这家澡塘洗过多次澡,从来没有闻到过"菊花香水"味儿,倒是一进去,就闻到一股浓重的澡塘子味儿。这种澡塘子味道,是很多人愿意闻的。他们一闻过味道,就觉得:这才是洗澡!

有些人烫了澡(他们不怕烫,不烫不过瘾),还得擦背、捏脚、修脚,这叫"全大套"。还要叫小伙计去叫一碗虾子猪油葱花面来,三扒两口吃掉。然后咕咚咕咚喝一壶浓茶,脑袋一歪,酣然睡去。洗了"全大套"的澡,吃一碗滚烫的虾子汤面,来一觉,真是"快活似神仙"。

由澡塘往北,不几步,是一个卖香烛的小店。这家小店只有一间门面。除香烛纸之外,卖"箱子"。苇秆为骨,外糊红纸。四角贴了"云头"。这是人家买去,内装纸钱,到冥祭时烧给亡魂的。小香烛店的老板(他也算是"老板"),人物猥琐,个儿矮小,而且是个"齇鼻子","齇"得非常厉害,说起话来瓮声瓮气,谁也听不清他说什么。他的媳妇可是一个很"刷括"(即干净利索)的小媳妇,她每天除了操持家务,做针线,就是糊"箱子"。一街的人都为这小媳妇感到很不平,——嫁了这么一个矮小个齇鼻子丈夫。但是她就是这样安安静静地过了好多年。

由香烛店往北走几步，就闻到一股骡粪的气味。这是一家碾坊。这家碾坊只有一头骡子（一般碾坊至少有两头骡子，轮流上套）。碾房是个老碾房。这头骡子也老了，看到这头老骡子低着脑袋吃力地拉着碾子，总叫人有些不忍心。骡子的颜色是豆沙色的，更显得没有精神。

碾坊斜对面有一排比较整齐高大的房子，是连万顺酱园的住家兼作坊。作坊主要制品是萝卜干，萝卜干揉盐之后，晾晒在门外的芦席上，过往行人，可以抓几个吃。新腌的萝卜干，味道很香。

再往北走，有几户人家。这几家的女人每天打芦席。她们盘腿坐着，压过的芦苇片在她们的手指间跳动着，延展着，一会儿的工夫就能织出一片。

再往北还零零落落有几户人家。这几户人家都是干什么的，我就不知道了，我很少到那边去。

故乡的元宵

故乡的元宵是并不热闹的。

没有狮子、龙灯,没有高跷,没有跑旱船,没有"大头和尚戏柳翠",没有花担子、茶担子。这些都在七月十五"迎会"——赛城隍时才有,元宵是没有的。很多地方兴"闹元宵",我们那里的元宵却是静静的。

有几年,有送麒麟的。上午,三个乡下的汉子,一个举着麒麟,——一张长板凳,外面糊纸扎的麒麟,一个敲小锣,一个打镲,咚咚当当敲一气,齐声唱一些吉利的歌。每一段开头都是"格炸炸":

格炸炸,格炸炸,

麒麟送子到你家……

我对这"格炸炸"印象很深。这是什么意思呢?这是状声词?状的什么声呢?送麒麟的没有表演,没有动作,曲调也很简单。送麒麟的来了,一点也不叫人兴奋,只听得一连串的"格炸炸"。"格炸炸"完了,祖母就给他们一点钱。

街上掷骰子"赶老羊"的赌钱的摊子上没有人。六颗骰子静静地在大碗底卧着。摆赌摊的坐在小板凳上抱着膝盖发呆。年快过完了,准备过年输的钱也输得差不多了,明天还有事,大家都没有赌兴。

草巷口有个吹糖人的。孙猴子舞大刀、老鼠偷油。

北市口有捏面人的。青蛇、白蛇、老渔翁。老渔翁的蓑衣是从药店里买来的夏枯草做的。

到天地坛看人拉"天嗡子"——抖空竹,拉得很响,天嗡子蛮牛似的叫。

到泰山庙看老妈妈烧香。一个老妈妈鞋底有牛屎,干了。

一天快过去了。

不过元宵要等到晚上,上了灯,才算。元宵元宵嘛。我们那里一般不叫元宵,叫灯节。灯节要过几天,十三上灯,十七落灯。"正日子"是十五。

各屋里的灯都点起来了。大妈(大伯母)屋里是四盏玻璃方灯。二妈屋里是画了红寿字的白明角琉璃灯,还有一张珠子灯。我的继母屋里点的是红琉璃泡子。一屋子灯光,明亮而温柔,显得很吉祥。

上街去看走马灯。连万顺家的走马灯很大。"乡下人不识走马灯,——又来了。"走马灯不过是来回转动的车、马、人(兵)的影子,但也能看它转几圈。后来我自己也动手做了一个,点了蜡烛,看着里面的纸轮一样转了起来,外面的纸屏上一样映出了影子,很欣喜。乾隆和的走马灯并不"走",只是一个长方的纸箱子,正面白纸上有一些彩色的小人,小人连着一根头发丝，烛火烘热了发丝，小人的手脚会上下动。它虽然不"走"，我们还是叫它走马灯。要不，叫它什么灯呢？这外面的小人是唐僧、孙悟空、猪八戒、沙和尚。整个画面表现的是《西游记》唐僧取经。

孩子有自己的灯。兔子灯、绣球灯、马灯……兔子灯大都是自己动手做的。下面安四个轱辘，可以拉着走。兔子灯其实不大像兔子，脸是圆的，眼睛是弯弯的，像人的眼睛，还有两道弯弯的眉毛！绣球灯、马灯都是买的。绣球灯是一个多面的纸扎的球，有一个篾制的架子，架子上有一根竹竿，架子下有两个轱辘，手执竹竿，向前推移，球即不停滚动。马灯是两段，一个马头，一个马屁股，用带子系在身上。西瓜灯、虾蟆灯、鱼灯，这些手提的灯，是小孩玩的。

有一个习俗可能是外地所没有的：看围屏。硬木长方框，约三尺高，尺半宽，镶绢，上画一笔演义小说人物故事，灯节前装好，一堂围屏约三十幅，屏后点蜡烛。这实际上是照得透亮的连环画。看围屏有两处，一处在炼阳观的偏殿，一处在附设在城隍庙里的火神庙。炼阳观画的是《封神榜》，火神庙画的是《三国》。围屏看了多少年，但还是年年看。好像不看围屏就不算过灯节似的。

街上有人放花。

有人放高升（起火），不多的几支，起火升到天上，哧——灭了。

天上有一盏红灯笼。竹篾为骨，外糊红纸，一个长方的筒，里面点了蜡烛，放到天上，灯笼是很好放的，连脑线都不用，在一个角上系上线，就能飞上去。灯笼在天上微微飘动，不知道为什么，看了使人有一点薄薄的凄凉。

年过完了，明天十六，所有店铺就"大开门"了。我们那里，初一到初五，店铺都不开门。初六打开两扇排门，卖一点市民必需的东西，叫作"小开门"。十六把全部排门卸掉，放一挂鞭，几个炮仗，叫作"大开门"，开始正常营业。年，就这样过去了。

一九九三年二月十二日

却老

范泉先生:

捧接来书,真同隔世。你历尽坎坷,重返故地,仍理旧业。从来信行文及字迹看,流利秀雅,知身心并甚健康,深可欣慰。承嘱为文谈老年心态,自当如命,但恨只能作泛泛之谈,无深意耳。

糊里糊涂,就老了。不知道从什么时候起,别人对我的称呼从"老汪"变成了"汪老"。老态之一,是记性不好。

初见生人,经人介绍,很热情地握手,转脸就忘了此人叫什么。有的朋友见过不止一次,一起开会交谈,却怎么也想不起该怎么称呼。有时接到电话,订了约会,自以为是记住了,但却忘得一干二净。但是一些旧事,包括细节,却又记得十分清楚。这是老人"十悖"之一,上了岁数,都是这样。另外一方面,又还不怎么显老,眼睛还不老。人老,首先老在眼睛上。老人眼睛没神,眼睛是空的,说明他已经失去思想的敏锐性,他的思想集中不起来。我自觉还不是这样。前几年《三月风》

杂志请丁聪为我画了一张漫画头像,让我写几句话作为像赞。写了四句诗:

近事模糊远事真,
双眸犹幸未全昏。
衰年变法谈何易,
唱罢落花又一春。

人总要老的,但要尽量使自己老得慢一些。

要使自己老得慢一点,首先要保持思想的年轻,不要僵化。重要的,甚至是唯一的方法,是和年轻人多接触。

今年五月,我给青年诗人魏志远的小说集写了一篇序,说:

去年下半年,我为几个青年作家写过序,读了一些他们的作品。每一次都是一次新的经验,都是对我的衰老的一次冲击,对我这盆奇形怪状的老盆景下了一场雨。

……

志远这样的作家是不需要"导师"的(志远是我在鲁迅文学院所带的研究生,我算是他的导师),谁也不能指导他什么。任何一个作家都不需要什么导师。我不是志远的导师,是朋友。因为年辈的相差,可以说是忘年交。凡上岁数的作家,都应该多有几个忘年交。相交忘年,不是为了去指导,而是去接受指导,或者,说得婉转一点,是接受影响,得到启发。这是遏制衰老的唯一办法。

我说的是实实在在的话,不是矫情。但这对一些人是不适用的。

要长葆思想的活泼,得常用。太原晋祠有泉曰"难老",有亭,亭中有小竖匾,匾是傅青主所写,曰"永锡难老"。泉水所以难老,因为流动。人的思想也是这样,常用,则灵活敏捷;老不用,就会迟钝甚至痴呆。用思想,最好的办法是写文章。平常想一些事情,想想也就过去了。倘要落笔写成文章,就得再多想想,使自己的思想合逻辑,有条理,同时也会发现这件事所蕴藏的更丰富的意义。为写文章,尤其是散文,就要读一点书。平常读书,稍有发现,常常是看过也就算了。到要写一点什么,就不同了。朱光潜先生说为写文章而读书,会读得更细致,更深入。这是经验之谈。文章越写越有,老不写,就没有。

庄稼人学种地,老人们常说"力气越用越有",写文章也是这样。带着问题读书,常常会旁及有关的材料。最近重读《阅微草堂笔记》,原来是为印证鲁迅对此书的评价(我曾经认为鲁迅的评价偏高),却从书中发现纪晓岚的父亲纪姚安是个非常有意思的人,他的思想非常通达,因写了一篇散文《纪姚安的议论》:这是原先没有想到的。我因此又对乾嘉之际的学者的思想产生兴趣,很想读一读戴乐原、俞理初的书,写文章引起读书的兴趣,这是最大的收获。写作最好养成习惯。老舍先生说他有得写没得写,一天至少要写五百字,因此直到后来,笔下仍极矫健。

一个作家,在写作的时候,是生命状态最充盈、最饱满的时候,也是最快乐的时候。孙犁同志说写作是他的最好的休息,我有同感。笔耕不辍,乃长寿之道。只是老人写作,譬如登山,不能跑得过猛。像年轻人那样,不分日夜,一口气干出万把字,那是不行的。

一个弄文学的人,倘不愿速老,最好能搞一点现代主义,接受一点西方的影响。上个月,应台湾《联合日报副刊》之邀,写了一篇小文章。文章小,题目却大:《二十一世纪的文学》。我认为本世纪中国文学,颠来倒去,无非是两个方向的问题:一个是现实主义与现代主义的问题;一个是继承民族传统与接受外来影响的问题。前几年,在北京市作协举行的讨论我的小说的座谈会上,我于会议将结束时作了一个简短的发言,题目是《回到现实主义,回到民族传统》,好像这是我的文学主张。所以说"回到",是因为我年轻时接受过西方现代派的影响(范泉先生大概还记得我在《文艺复兴》和《文艺春秋》上发表的那些作品)。经过一段时间的磨炼,我觉得现实主义是仍有生命力的;一个人,不能脱离自己本土的文化传统,否则就会变成无国籍的"悬空的人",——我曾用这题目写过一篇散文,记几个美国黑人学者的心态,他们的没有自己的文化,没有历史的深刻的悲哀。所谓"祖国",很重要的成分是祖国的文化。为了怕引起误会,我后来在别的文章里作了一点补充:我所说的现实主义是能容纳一切流派的现实主义;我所说的民族文化传统是不排斥外来影响的文化传统。现实主义和现代主义是可以融合的;民族文化和外来影响也并不矛盾,它们之间并非泾渭分明，作家也不必不归杨则归墨，在一棵树上吊死。二十一世纪的文学，可能是既是更加现实主义的，也是更加现代主义的；既有更浓厚的民族传统色彩，也有更鲜明的西方文学的影响。针对中国大陆文学的现状，我以为目前有强调对现代主义、西方影响更加开放的必要。人体需要接受一点刺激，促进新陈代谢。现实主义如果不吸收现代主义，就会衰老、干枯，成为水化石。

"衰年变法谈何易"，变法，我是想过的。怎么变，写那首诗时还没有比较清晰的想法。现在比较清楚了：我得回过头来，在作品里溶入更多的现代主义；不一定每篇作品都是这样。有时是受所表现的生活所制约的。比如我写的《天鹅之死》，时空交错，有点现代派；最近为《中国作家》写的《小芳》，就写得很平实，初看，看不出有什么现代派的影子。说要溶入更多的现代主义只是一个主观追求的倾向。

现实主义和现代主义都是一个宽泛的概念，作家不要自我设限，如孔夫子所说："今汝画"。

路漫漫其修远兮，吾将上下而求索。

给我看过相的都说我能长寿。有一位素不相识的退休司机在一个小酒馆里自荐给我看一相，断言我能活九十岁。我今年七十一，还能活多久，未可知也。我是希望能多活几年的，我要多看看，看着世界的变化。国家的变化，文学的变化。

第六辑
一辈古人

因为故事写得很美,写得真实,有人就认为真有那么一回事。有的华侨青年,读了《边城》,回国来很想到茶峒去看看,看看那个溪水、白塔、渡船,看看渡船老人的坟,看看翠翠曾在哪里吹竹管……

老舍先生

北京东城乃兹府丰富胡同有一座小院。走进这座小院,就觉得特别安静,异常豁亮。这院子似乎经常布满阳光。院里有两棵不大的柿子树(现在大概已经很大了),到处是花,院里、廊下、屋里,摆得满满的。按季更换,都长得很精神,很滋润,叶子很绿,花开得很旺。这些花都是老舍先生和夫人胡絜青亲自莳弄的。天气晴和,他们把这些花一盆一盆抬到院子里,一身热汗。刮风下雨,又一盆一盆抬进屋,又是一身热汗。老舍先生曾说:"花在人养。"老舍先生爱花,真是到了爱花成性的地步,不是可有可无的了。汤显祖曾说他的词曲"俊得江山助"。老舍先生的文章也可以说是"俊得花枝助"。叶浅予曾用白描为老舍先生画像,四面都是花,老舍先生坐在百花丛中的藤椅里,微仰着头,意态悠远。这张画不是写实,意思恰好。

客人被让进了北屋当中的客厅,老舍先生就从西边的一间屋子走出来。这是老舍先生的书房兼卧室。里面陈设很简单,一桌、一椅、一榻。老舍先生腰不好,习惯睡硬床。老舍先生是文雅的、彬彬有礼的。他的握手是轻轻的，但是很亲切。茶已经沏出色了，老舍先生执壶为客人倒茶。据我的印象，老舍先生总是自己给客人倒茶的。

老舍先生爱喝茶，喝得很勤，而且很酽。他曾告诉我，到莫斯科去开会，旅馆里倒是为他特备了一只暖壶。可是他沏了茶，刚喝了几口，一转眼，服务员就给倒了。"他们不知道，中国人是一天到晚喝茶的！"

有时候，老舍先生正在工作，请客人稍候，你也不会觉得闷得慌。你可以看看花。如果是夏天，就可以闻到一阵一阵香白杏的甜香味儿。一大盘香白杏放在条案上，那是专门为了闻香而摆设的。你还可以站起来看看西壁上挂的画。

老舍先生藏画甚富，大都是精品。所藏齐白石的画可谓"绝品"。壁上所挂的画是时常更换的。挂的时间较久的，是白石老人应老舍点题而画的四幅屏。其中一幅是很多人在文章里提到过的"蛙声十里出山泉"。"蛙声"如何画？白石老人只画了一脉活泼的流泉，两旁是乌黑的石崖，画的下端画了几只摆尾的蝌蚪。画刚刚裱起来时，我上老舍先生家去，老舍先生对白石老人的设想赞叹不止。

老舍先生极其爱重齐白石，谈起来时总是充满感情。我所知道的一点白石老人的逸事，大都是从老舍先生那里听来的。老舍先生谈这四幅里原来点的题有一句是苏曼殊的诗（是哪一句我忘记了），要求画卷心的芭蕉。老人踌躇了很久，终于没有应命，因为他想不起芭蕉的心是左旋还是右旋的了，不能胡画。老舍先生说："老人是认真的。"老舍先生谈起过，有一次要拍齐白石的画的电影,想要他拿出几张得意的画来,老人说:"没有!"后来由他的学生再三说服动员,他才从画案的隙缝中取出一卷(他是木匠出身,他的画案有他自制的"消息"),外面裹着好几层报纸,写着四个大字:"此是废纸。"打开一看,都是惊人的杰作——就是后来纪录片里所拍摄的。白石老人家里人口很多,每天煮饭的米都是老人亲自量,用一个香烟罐头。"一下、两下、三下……行了!"——"再添一点,再添一点!"——"吃那么多呀!"有人曾提出把老人接出来住,这么大岁数了,不要再操心这样的家庭琐事了。老舍先生知道了,给拦了,说:"别!他这么着惯了。不叫他干这些,他就活不成了。"老舍先生的意见表现了他对人的理解,对一个人生活习惯的尊重,同时也表现了对白石老人真正的关怀。

老舍先生很好客,每天下午,来访的客人不断。作家,画家,戏曲、曲艺演员……老舍先生都是以礼相待,谈得很投机。

每年,老舍先生要把市文联的同人约到家里聚两次。一次是菊花开的时候,赏菊。一次是他的生日,——我记得是腊月二十三。酒菜丰盛,而有特点。酒是"敞开供应",汾酒、竹叶青、伏特加,愿意喝什么喝什么,能喝多少喝多少。有一次很郑重地拿出一瓶葡萄酒,说是毛主席送来的,让大家都喝一点。菜是老舍先生亲自掂配的。老舍先生有意叫大家尝尝地道的北京风味。我记得有次有一瓷钵芝麻酱炖黄花鱼。这道菜我从未吃过,以后也再没有吃过。老舍家的芥末墩是我吃过的最好的芥末墩!有一年,他特意订了两大盒"盒子菜"。直径三尺许的朱红扁圆漆盒,里面分开若干格,装的不过是火腿、腊鸭、小肚、口条之类的切片，但都很精致。熬白菜端上来了，老舍先生举起筷子："来来来！这才是真正的好东西！"

老舍先生对他下面的干部很了解，也很爱护。当时市文联的干部不多，老舍先生对每个人都相当清楚。他不看干部的档案，也从不找人"个别谈话"，只是从平常的谈吐中就了解一个人的水平和才气，那是比看档案要准确得多的。老舍先生爱才，对有才华的青年，常常在各种场合称道，"平生不解藏人善，到处逢人说项斯"。而且所用的语言在有些人听起来是有点过甚其词，不留余地的。老舍先生不是那种惯说模棱两可、含糊其词、温吞水一样的官话的人。我在市文联几年，始终感到领导我们的是一位作家。他和我们的关系是前辈与后辈的关系，不是上下级关系。老舍先生这样"作家领导"的作风在市文联留下很好的影响，大家都平等相处，开诚布公，说话很少顾虑，都有点书生气、书卷气。他的这种领导风格，正是我们今天很多文化单位的领导所缺少的。

老舍先生是市文联的主席，自然也要处理一些"公务"，看文件，开会，作报告（也是由别人起草的）……但是作为一个北京市的文化工作的负责人，他常常想着一些别人没有想到或想不到的问题。

北京解放前有一些盲艺人，他们沿街卖艺，有的还兼带算命，生活很苦。他们的"玩意儿"和睁眼的艺人不全一样。老舍先生和一些盲艺人熟识，提议把这些盲艺人组织起来，使他们的生活有出路，别让他们的"玩意儿"绝了。为了引起各方面的重视，他把盲艺人请到市文联演唱了一次。老舍先生亲自主持，作了介绍，还特烦两位老艺人翟少平、王秀卿唱了一段《当皮箱》。这是一个喜剧性的牌子曲，里面有一个人物是当铺的掌柜，说山西话；有一个牌子叫"鹦哥调"，句尾的和声用喉舌作出有点像母猪拱食的声音，很特别，很逗。这个段子和这个牌子，是睁眼艺人没有的。老舍先生那天显得很兴奋。

北京有一座智化寺，寺里的和尚做法事和别的庙里的不一样，演奏音乐。他们演奏的乐调不同凡响，很古。所用乐谱别人不能识，记谱的符号不是工尺，而是一些奇奇怪怪的笔道。乐器倒也和现在常见的差不多，但主要的乐器却是管。据说这是唐代的"燕乐"。解放后，寺里的和尚多半已经各谋生计了，但还能集拢在一起。老舍先生把他们请来，演奏了一次。音乐界的同志对这堂活着的古乐都很感兴趣。老舍先生为此也感到很兴奋。

《当皮箱》和"燕乐"的下文如何，我就不知道了。

老舍先生是历届北京市人民代表。当人民代表就要替人民说话。以前人民代表大会的文件汇编是把代表提案都印出来的。有一年老舍先生的提案是：希望政府解决芝麻酱的供应问题。那一年北京芝麻酱缺货。老舍先生说："北京人夏天离不开芝麻酱！"不久，北京的油盐店里有芝麻酱卖了，北京人又吃上了香喷喷的麻酱面。

老舍是属于全国人民的，首先是属于北京人的。

一九五四年，我调离北京市文联，以后就很少上老舍先生家里去了。听说他有时还提到我。

金岳霖先生

西南联大有许多很有趣的教授，金岳霖先生是其中的一位。金先生是我的老师沈从文先生的好朋友。沈先生当面和背后都称他为"老金"。大概时常来往的熟朋友都这样称呼他。

关于金先生的事，有一些是沈先生告诉我的。我在《沈从文先生在西南联大》一文中提到过金先生。有些事情在那篇文章里没有写进，觉得还应该写一写。

金先生的样子有点怪。他常年戴着一顶呢帽，进教室也不脱下。每一学年开始，给新的一班学生上课，他的第一句话总是："我的眼睛有毛病，不能摘帽子，并不是对你们不尊重，请原谅。"他的眼睛有什么病，我不知道，只知道怕阳光。

因此他的呢帽的前檐压得比较低，脑袋总是微微地仰着。他后来配了一副眼镜，这副眼镜一只的镜片是白的，一只是黑的。这就更怪了。后来在美国讲学期间把眼睛治好了，——好一些，眼镜也换了，但那微微仰着脑袋的姿态一直还没有改变。他身材相当高大，经常穿一件烟草黄色的麂皮夹克，天冷了就在里面围一条很长的驼色的羊绒围巾。联大的教授穿衣服是各色各样的。闻一多先生有一阵穿一件式样过时的灰色旧夹袍,是一个亲戚送给他的,领子很高,袖口极窄。联大有一次在龙云的长子、蒋介石的干儿子龙绳武家里开校友会,——龙云的长媳是清华校友,闻先生在会上大骂"蒋介石,王八蛋!混蛋!"那天穿的就是这件高领窄袖的旧夹袍。

朱自清先生有一阵披着一件云南赶马人穿的蓝色毡子的一口钟。除了体育教员,教授里穿夹克的,好像只有金先生一个人。他的眼神即使是到美国治了后也还是不大好,走起路来有点深一脚浅一脚。他就这样穿着黄夹克,微仰着脑袋,深一脚浅一脚地在联大新校舍的一条土路上走着。

金先生教逻辑。逻辑是西南联大规定文学院一年级学生的必修课,班上学生很多,上课在大教室,坐得满满的。在中学里没有听说有逻辑这门学问,大一的学生对这课很有兴趣。金先生上课有时要提问,那么多的学生,他不能都叫得上名字来,——联大是没有点名册的,他有时一上课就宣布:"今天,穿红毛衣的女同学回答问题。"

于是所有穿红衣的女同学就都有点紧张,又有点兴奋。那时联大女生在蓝阴丹士林旗袍外面套一件红毛衣成了一种风气。——穿蓝毛衣、黄毛衣的极少。问题回答得流利清楚,也是件出风头的事。金先生很注意地听着,完了,说:"Yes!请坐!"

学生也可以提出问题,请金先生解答。学生提的问题深浅不一,金先生有问必答,很耐心。有一个华侨同学叫林国达,操广东普通话，最爱提问题，问题大都奇奇怪怪。他大概觉得逻辑这门学问是挺"玄"的，应该提点怪问题。有一次他又站起来提了一个怪问题，金先生想了一想，说："林国达同学，我问你一个问题：Mr. 林国达 is perpendicular to the blackboard（林国达君垂直于黑板），这什么意思？"

林国达傻了。林国达当然无法垂直于黑板，但这句话在逻辑上没有错误。

林国达游泳淹死了。金先生上课，说："林国达死了，很不幸。"这一堂课，金先生一直没有笑容。

有一个同学，大概是陈蕴珍，即萧珊，曾问过金先生："您为什么要搞逻辑？"逻辑课的前一半讲三段论，大前提、小前提、结论、周延、不周延、归纳、演绎……还比较有意思。后半部全是符号，简直像高等数学。她的意思是：这种学问多么枯燥！金先生的回答是："我觉得它很好玩。"

除了文学院大一学生必修逻辑，金先生还开了一门"符号逻辑"，是选修课。这门学问对我来说简直是天书。选这门课的人很少，教室里只有几个人。学生里最突出的是王浩。金先生讲着讲着，有时会停下来，问："王浩，你以为如何？"这堂课就成了他们师生二人的对话。王浩现在在美国。前些年写了一篇关于金先生的较长的文章，大概是论金先生之学的，我没有见到。

王浩和我是相当熟的。他有个要好的朋友王景鹤，和我同在昆明黄土坡一个中学教学，王浩常来玩。来了，常打篮球。大都是吃了午饭就打。王浩管吃了饭就打球叫"练盲肠"。王浩的相貌颇"土",脑袋很大,剪了一个光头,——联大同学剪光头的很少,说话带山东口音。他现在成了洋人——美籍华人,国际知名的学者,我实在想象不出他现在是什么样子。前年他回国讲学,托一个同学要我给他画一张画。我给他画了几个青头菌、牛肝菌,一根大葱,两头蒜,还有一块很大的宣威火腿。——火腿是很少入画的。我在画上题了几句话,有一句是"以慰王浩异国乡情"。王浩的学问,原来是师承金先生的。一个人一生哪怕只教出一个好学生,也值得了。当然,金先生的好学生不止一个人。

金先生是研究哲学的,但是他看了很多小说。从普鲁斯特到福尔摩斯,都看。听说他很爱看平江不肖生的《江湖奇侠传》。有几个联大同学住在金鸡巷,陈蕴珍、王树藏、刘北汜、施载宣(萧荻)。楼上有一间小客厅。沈先生有时拉一个熟人去给少数爱好文学、写写东西的同学讲一点什么。金先生有一次也被拉了去。他讲的题目是《小说和哲学》。题目是沈先生给他出的。大家以为金先生一定会讲出一番道理。不料金先生讲了半天,结论却是:小说和哲学没有关系。有人问:"那么《红楼梦》呢?"金先生说:"《红楼梦》里的哲学不是哲学。"他讲着讲着,忽然停下来:"对不起,我这里有个小动物。"他把右手伸进后脖颈,捉出了一个跳蚤,捏在手指里看看,甚为得意。

金先生是个单身汉(联大教授里不少光棍,杨振声先生曾写过一篇游戏文章《释鳏》,在教授间传阅),无儿无女,但是过得自得其乐。他养了一只很大的斗鸡(云南出斗鸡)。这只斗鸡能把脖子伸上来,和金先生一个桌子吃饭。他到处搜罗大梨、大石榴，拿去和别的教授的孩子比赛。比输了，就把梨或石榴送给他的小朋友，他再去买。

金先生朋友很多，除了哲学家的教授外，时常来往的，据我所知，有梁思成、林徽因夫妇，沈从文，张奚若……君子之交淡如水，坐定之后，清茶一杯，闲话片刻而已。金先生对林徽因的谈吐才华，十分欣赏。现在的年轻人多不知道林徽因。她是学建筑的，但是对文学的趣味极高，精于鉴赏，所写的诗和小说如《窗子以外》《九十九度中》，风格清新，一时无二。林徽因死后，有一年，金先生在北京饭店请了一次客，老朋友收到通知，都纳闷：老金为什么请客？到了之后，金先生才宣布："今天是徽因的生日。"

金先生晚年深居简出。毛主席曾经对他说："你要接触接触社会。"金先生已经八十岁了，怎么接触社会呢？他就和一个蹬平板三轮车的约好，每天拉着他到王府井一带转一大圈。

我想象金先生坐在平板三轮上东张西望，那情景一定非常有趣。王府井人挤人，熙熙攘攘，谁也不会知道这位东张西望的老人是一位一肚子学问，为人天真、热爱生活的大哲学家。

金先生治学精深，而著作不多。除了一本大学丛书里的《逻辑》，我所知道的，还有一本《论道》。其余还有什么，我不清楚，须问王浩。

我对金先生所知甚少。希望熟知金先生的人把金先生好好写一写。

联大的许多教授都应该有人好好地写一写。

星斗其文,赤子其人

沈先生逝世后,傅汉斯、张充和从美国电传来一幅挽辞。字是晋人小楷,一看就知道是张充和写的。词想必也是她拟的。只有四句:

不折不从　亦慈亦让
星斗其文　赤子其人

这是嵌字格,但是非常贴切,把沈先生的一生概括得很全面。这位四妹对三姐夫沈二哥真是非常了解。——荒芜同志编了一本《我所认识的沈从文》,写得最好的一篇,我以为也应该是张充和写的《三姐夫沈二哥》。

沈先生的血管里有少数民族的血液。他在填履历表时,"民族"一栏里填土家族或苗族都可以,可以由他自由选择。湘西有少数民族血统的人大都有一股蛮劲,狠劲,做什么都要做出一个名堂。黄永玉就是这样的人。沈先生瘦瘦小小(晚年发胖了),但是有用不完的精力。他小时是个顽童,爱游泳(他叫"游水")。进城后好像就不游了。三姐(师母张兆和)很想看他游一次泳,但是没有看到。我当然更没有看到过。他少年当兵,漂泊转徙,很少连续几晚睡在同一张床上。吃的东西,最好的不过是切成四方的大块猪肉(煮在豆芽菜汤里)。行军、拉船,锻炼出一副极富耐力的体魄。二十岁冒冒失失地闯到北平来,举目无亲。连标点符号都不会用,就想用手中一支笔打出一个天下。经常为弄不到一点东西"消化消化"而发愁。冬天屋里生不起火,用被子围起来,还是不停地写。我一九四六年到上海,因为找不到职业,情绪很坏,他写信把我大骂了一顿,说:"为了一时的困难,就这样哭哭啼啼的,甚至想到要自杀,真是没出息!你手中有一支笔,怕什么!"他在信里说了一些他刚到北京时的情形。——同时又叫三姐从苏州写了一封很长的信安慰我。他真的用一支笔打出了一个天下了。一个只读过小学的人,竟成了一个大作家,而且积累了那么多的学问,真是一个奇迹。

沈先生很爱用一个别人不常用的词:"耐烦"。他说自己不是天才(他应当算是个天才),只是耐烦。他对别人的称赞,也常说"要算耐烦"。看见儿子小虎搞机床设计时,说"要算耐烦"。看见孙女小红做作业时,也说"要算耐烦"。他的"耐烦",意思就是锲而不舍,不怕费劲。一个时期,沈先生每个月都要发表几篇小说,每年都要出几本书,被称为"多产作家",但是写东西不是很快的,从来不是一挥而就。他年轻时常常日以继夜地写。他常流鼻血。血液凝聚力差,一流起来不易止住,很怕人。有时夜间写作，竟致晕倒，伏在自己的一摊鼻血里，第二天才被人发现。我就亲眼看到过他的带有鼻血痕迹的手稿。他后来还常流鼻血，不过不那么厉害了。他自己知道，并不惊慌。很奇怪，他连续感冒几天，一流鼻血，感冒就好了。他的作品看起来很轻松自如，若不经意，但都是苦心刻琢出来的。《边城》一共不到七万字，他告诉我，写了半年。他这篇小说是《国闻周报》上连载的，每期一章。小说共二十一章，21×7＝147，我算了算，差不多正是半年。这篇东西是他新婚之后写的，那时他住在达子营。巴金住在他那里。他们每天写，巴老在屋里写，沈先生搬个小桌子，在院子里树荫下写。巴老写了一个长篇，沈先生写了《边城》。他称他的小说为"习作"，并不完全是谦虚。有些小说是为了教创作课给学生示范而写的，因此试验了各种方法。为了教学生写对话，有的小说通篇都用对话组成，如《若墨医生》；有的，一句对话也没有。《月下小景》确是为了履行许给张家小五的诺言"写故事给你看"而写的。同时，当然是为了试验一下"讲故事"的方法（这一组"故事"明显地看得出受了《十日谈》和《一千零一夜》的影响）。同时，也为了试验一下把六朝译经和口语结合的文体。这种试验，后来形成一种他自己说是"文白夹杂"的独特的沈从文体，在四十年代的文字（如《烛虚》）中尤为成熟。他的亲戚，语言学家周有光曾说"你的语言是古英语"，甚至是拉丁文。沈先生讲创作，不大爱说"结构"，他说是"组织"。我也比较喜欢"组织"这个词。"结构"过于理智，"组织"更带感情，较多作者的主观。他曾把一篇小说一条一条地裁开，用不同方法组织，看看哪一种形式更为合适。沈先生爱改自己的文章。他的原稿，一改再改，天头地脚页边，都是修改的字迹，蜘蛛网似的，这里牵出一条，那里牵出一条。作品发表了，改。成书了，改。看到自己的文章，总要改。有时改了多次，反而不如原来的，以至三姐后来不许他改了（三姐是沈先生文集的一个极其细心、极其认真的义务责任编辑）。沈先生的作品写得最快，最顺畅，改得最少的，只有一本《从文自传》。这本自传没有经过冥思苦想，只用了三个星期，一气呵成。

他不大用稿纸写作。在昆明写东西，是用毛笔写在当地出产的竹纸上的，自己折出印子。他也用钢笔，蘸水钢笔。他抓钢笔的手势有点像抓毛笔（这一点可以证明他不是洋学堂出身）。《长河》就是用钢笔写的，写在一个硬面的练习簿上，直行，两面写。他的原稿的字很清楚，不潦草，但写的是行书。不熟悉他的字体的排字工人是会感到困难的。他晚年写信写文章爱用秃笔淡墨。用秃笔写那样小的字，不但清楚，而且顿挫有致，真是一个功夫。

他很爱他的家乡。他的《湘西》《湘行散记》和许多篇小说可以做证。他不止一次和我谈起棉花坡，谈起枫树坳，——一到秋天满城落了枫树的红叶。一说起来，不胜神往。黄永玉画过一张凤凰沈家门外的小巷，屋顶墙壁颇零乱，有大朵大朵的红花——不知是不是夹竹桃，画面颜色很浓，水气泱泱。沈先生很喜欢这张画，说："就是这样！"八十岁那年，和三姐一同回了一次凤凰，领着她看了他小说中所写的各处，都还没有大变样。家乡人闻知沈从文回来了，简直不知怎样招待才好。

他说:"他们为我捉了一只锦鸡!"锦鸡毛羽很好看,他很爱那只锦鸡,还抱着它照了一张相,后来知道竟作了他的盘中餐,对三姐说"真煞风景!"锦鸡肉并不怎么好吃。沈先生说时大笑,但也表现出对乡人的殷勤十分感激。他在家乡听了傩戏,这是一种古调犹存的很老的弋阳腔。打鼓的是一位七十多岁的老人,他对年轻人打鼓失去旧范很不以为然。沈先生听了,说:"这是楚声,楚声!"他动情地听着"楚声",泪流满面。

沈先生八十岁生日,我曾写了一首诗送他,开头两句是:

犹及回乡听楚声,
此身虽在总堪惊。

端木蕻良看到这首诗,认为"犹及"二字很好。我写下来的时候就有点觉得这不大吉利,没想到沈先生再也不能回家乡听一次了!他的家乡每年有人来看他,沈先生非常亲切地和他们谈话,一坐半天。每当同乡人来了,原来在座的朋友或学生就只有退避在一边,听他们谈话。沈先生很好客,朋友很多。老一辈的有林宰平、徐志摩。沈先生提及他们时充满感情。没有他们的提挈,沈先生也许就会当了警察,或者在马路旁边"瘪了"。我认识他后,他经常来往的有杨振声、张奚若、金岳霖、朱光潜诸先生,梁思成林徽因夫妇。他们的交往真是君子之交,既无朋党色彩,也无酒食征逐。清茶一杯,闲谈片刻。杨先生有一次托沈先生带信,让我到南锣鼓巷他的住处去,我以为有什么事。去了,只是他亲自给我煮一杯咖啡,让我看一本他收藏的姚茫父的册页。这册页的芯子只有火柴盒那样大，横的，是山水，用极富金石味的墨线勾轮廓，设极重的青绿，真是妙品。杨先生对待我这个初露头角的学生如此，则其接待沈先生的情形可知。杨先生和沈先生夫妇曾在颐和园住过一个时期，想来也不过是清晨或黄昏到后山谐趣园一带走走，看看湖里的金丝莲，或写出一张得意的字来，互相欣赏欣赏，其余时间各自在屋里读书做事，如此而已。沈先生对青年的帮助真是不遗余力。他曾经自己出钱为一个诗人出了第一本诗集。一九四七年，诗人柯原的父亲故去，家中拉了一笔债，沈先生提出卖字来帮助他。《益世报》注销了沈从文卖字的启事，买字的可定出规格，而将价款直接寄给诗人。柯原一九八〇年去看沈先生，沈先生才记起有这回事。他对学生的作品细心修改，寄给相熟的报刊，尽量争取发表。他这辈子为学生寄稿的邮费，加起来是一个相当可观的数字。抗战时期，通货膨胀，邮费也不断涨，往往寄一封信，信封正面反面都得贴满邮票。为了省一点邮费，沈先生总是把稿纸的天头地脚页边都裁去，只留一个稿芯，这样分量轻一点。稿子发表了，稿费寄来，他必为亲自送去。李霖灿在丽江画玉龙雪山，他的画都是寄到昆明，由沈先生代为出手的。我在昆明写的稿子，几乎无一篇不是他寄出去的。一九四六年，郑振铎、李健吾先生在上海创办《文艺复兴》，沈先生把我的《小学校的钟声》和《复仇》寄去。这两篇稿子写出已经有几年，当时无地方可发表。稿子是用毛笔楷书写在学生作文的绿格本上的，郑先生收到，发现稿纸上已经叫蠹虫蛀了好些洞，使他大为激动。沈先生对我这个学生是很喜欢的。为了躲避日本飞机空袭,他们全家有一阵住在呈贡新街,后迁跑马山桃源新村。沈先生有课时进城住两三天。他进城时,我都去看他,交稿子,看他收藏的宝贝,借书。沈先生的书是为了自己看,也为了借给别人看的。"借书一痴,还书一痴",借书的痴子不少,还书的痴子可不多。有些书借出去一去无踪。有一次,晚上,我喝得烂醉,坐在路边,沈先生到一处演讲回来,以为是一个难民,生了病,走近看看,是我!他和两个同学把我扶到他住处,灌了好些酽茶,我才醒过来。有一回我去看他,牙疼,腮帮子肿得老高。沈先生开了门,一看,一句话没说,出去买了几个大橘子抱着回来了。沈先生的家庭是我见到的最好的家庭,随时都在亲切和谐气氛中。两个儿子,小龙小虎,兄弟怡怡。他们都很高尚清白,无丝毫庸俗习气,无一句粗鄙言语,——他们都很幽默,但幽默得很温雅。一家人于钱上都看得很淡。《沈从文文集》的稿费寄到,九千多元,大概开过家庭会议,又从存款中取出几百元,凑成一万,寄到家乡办学。沈先生也有生气的时候,也有极度烦恼痛苦的时候,在昆明,在北京,我都见到过,但多数时候都是笑眯眯的。他总是用一种善意的、含情的微笑,来看这个世界的一切。到了晚年,喜欢放声大笑,笑得合不拢嘴,且摆动双手作势,真像一个孩子。只有看破一切人事乘除,得失荣辱,全置度外,心地明净无渣滓的人,才能这样畅快地大笑。

沈先生五十年代后放下写小说散文的笔(偶然还写一点,笔下仍极活泼,如写纪念陈翔鹤文章,实写得极好),改业钻研文物,而且钻出了很大的名堂,不少中国人、外国人都很奇怪。

实不奇怪。沈先生很早就对历史文物有很大兴趣。他写的关于展子虔游春图的文章，我以为是一篇重要文章，从人物服装颜色式样考订图画的年代的真伪，是别的鉴赏家所未注意的方法。他关于书法的文章，特别是对宋四家的看法，很有见地。在昆明，我陪他去遛街，总要看看市招，到裱画店看看字画。昆明市政府对面有一堵大照壁，写满了一壁字（内容已不记得，大概不外是总理遗训），字有七八寸见方大，用二爨掺一点北魏造像题记笔意，白墙蓝字，是一位无名书家写的，写得实在好。我们每次经过，都要去看看。昆明有一位书法家叫吴忠荩，字写得极多，很多人家都有他的字，家家裱画店都有他的刚刚裱好的字。字写得很熟练，行书，只是用笔枯扁，结体少变化。沈先生还去看过他，说"这位老先生写了一辈子字"！意思颇为他水平受到限制而惋惜。昆明碰碰撞撞都可见到黑漆金字抱柱楹联上钱南园的四方大颜字，也还值得一看。沈先生到北京后即喜欢搜集瓷器。有一个时期，他家用的餐具都是很名贵的旧瓷器，只是不配套，因为是一件一件买回来的。他一度专门搜集青花瓷。买到手，过一阵就送人。西南联大好几位助教、研究生结婚时都收到沈先生送的雍正青花的茶杯或酒杯。沈先生对陶瓷赏鉴极精，一眼就知是什么朝代的。一个朋友送我一个梨皮色釉的粗瓷盒子，我拿去给他看，他说："元朝东西，民间窑！"有一阵搜集旧纸，大都是乾隆以前的。多是染过色的，瓷青的、豆绿的、水红的，触手细腻到像煮熟的鸡蛋白外的薄皮，真是美极了。至于茧纸、高丽发笺，那是凡品了（他搜集旧纸，但自己舍不得用来写字。晚年写字用糊窗户的高丽纸，他说:"我的字值三分钱")。

在昆明,搜集了一阵耿马漆盒。这种漆盒昆明的地摊上很容易买到,且不贵。沈先生搜集器物的原则是"人弃我取"。其实这种竹胎的,涂红黑两色漆,刮出极繁复而奇异的花纹的圆盒是很美的。装点心,装花生米,装邮票杂物均合适,放在桌上也是个摆设。这种漆盒也都陆续送人了。客人来,坐一阵,临走时大都能带走一个漆盒。有一阵研究中国丝绸,弄到许多大藏经的封面,各种颜色都有:宝蓝的、茶褐的、肉色的,花纹也是各式各样。沈先生后来写了一本《中国丝绸图案》。有一阵研究刺绣。除了衣服、裙子,弄了好多扇套、眼镜盒、香袋。不知他是从哪里"寻摸"来的。这些绣品的针法真是多种多样。我只记得有一种绣法叫"打子",是用一个一个丝线疙瘩缀出来的。他给我看一种绣品,叫"七色晕",用七种颜色的绒绣成一个团花,看了真叫人发晕。他搜集、研究这些东西,不是为了消遣,是从发现、证实中国历史文化的优越这个角度出发的,研究时充满感情。我在他八十岁生日写给他的诗里有一联:

玩物从来非丧志,
着书老去为抒情。

这全是记实。沈先生提及某种文物时常是赞叹不已。马王堆那副不到一两重的纱衣,他不知说了多少次。刺绣用的金线原来是盲人用一把刀,全凭手感,就金箔上切割出来的。他说起时非常感动。有一个木俑(大概是楚俑)一尺多高,衣服非

常特别：上衣的一半（连同袖子）是黑色，一半是红的；下裳正好相反，一半是红的，一半是黑的。沈先生说："这真是现代派！"如果照这样式（一点不用修改）做一件时装，拿到巴黎去，由一个长身细腰的模特儿穿起来，到表演台上转那么一转，准能把全巴黎都"镇"了！他平生搜集的文物，在他生前全都分别捐给了几个博物馆、工艺美术院校和工艺美术工厂，连收条都不要一个。

沈先生自奉甚薄。穿衣服从不讲究。他在《湘行散记》里说他穿了一件细毛料的长衫，这件长衫我可没见过。我见他时总是一件洗得褪了色的蓝布长衫，夹着一摞书，匆匆忙忙地走。解放后是蓝卡其布或涤卡的干部服，黑灯芯绒的"懒汉鞋"。有一年做了一件皮大衣（我记得是从房东手里买的一件旧皮袍改制的，灰色粗线呢面），他穿在身上，说是很暖和，高兴得像一个孩子。吃得很清淡。我没见他下过一次馆子。在昆明，我到文林街二十号他的宿舍去看他，到吃饭时总是到对面米线铺吃一碗一角三分钱的米线。有时加一个西红柿，打一个鸡蛋，超不过两角五分。三姐是会做菜的，会做八宝糯米鸭，炖在一个大砂锅里，但不常做。他们住在中老胡同时，有时张充和骑自行车到前门月盛斋买一包烧羊肉回来，就算加了菜了。在小羊宜宾胡同时，常吃的不外是炒四川的菜头，炒茨菇。沈先生爱吃茨菇，说"这个好，比土豆'格'高"。他在《自传》中说他很会炖狗肉，我在昆明，在北京都没见他炖过一次。有一次他到他的助手王亚蓉家去，先来看看我（王亚蓉住在我们家马路对面，——他七十多了，血压高到二百多，还常为了一点研究资料上的小事到处跑），我让他过一会来吃饭。他带来一卷画，是古代马戏图的摹本，实在是很精彩。他非常得意地问我的女儿："精彩吧？"那天我给他做了一只烧羊腿，一条鱼。他回家一再向三姐称道："真好吃。"他经常吃的荤菜是：猪头肉。

  他的丧事十分简单。他凡事不喜张扬，最反对搞个人的纪念活动。反对"办生做寿"。他生前累次嘱咐家人，他死后，不开追悼会，不举行遗体告别。但火化之前，总要有一点仪式。新华社消息的标题是沈从文告别亲友和读者，是合适的。只通知少数亲友。——有一些景仰他的人是未接通知自己去的。不收花圈，只有二十多个布满鲜花的花篮，很大的白色的百合花、康乃馨、菊花、菖兰。参加仪式的人也不戴纸制的白花，但每人发给一枝半开的月季，行礼后放在遗体边。不放哀乐，放沈先生生前喜爱的音乐，如贝多芬的"悲怆"奏鸣曲等。沈先生面色如生，很安详地躺着。我走近他身边，看着他，久久不能离开。这样一个人，就这样地去了。我看他一眼，又看一眼，我哭了。

  沈先生家有一盆虎耳草，种在一个椭圆形的小小钧窑盆里。很多人不认识这种草。这就是《边城》里翠翠在梦里采摘的那种草，沈先生喜欢的草。

一九八八年五月二十六日
载一九八八年第七期《人民文学》

沈从文和他的《边城》

《边城》是沈从文先生所写的唯一的一个中篇小说。说是中篇小说，是因为篇幅比较长，有六万多字；还因它有一个有头有尾的故事——沈先生的短篇小说有好些是没有什么故事的，如《牛》《三三》《八骏图》……都只是通过一点点小事，写人的感情、感觉、情绪。

《边城》的故事其实也很简单：茶峒山城一里外有一小溪，溪边有一弄渡船的老人。老人的女儿和一个兵有了私情，和那个兵一同死了，留下一个孤雏，名叫翠翠，老船夫和外孙女相依为命地生活着。茶峒城里有个在水码头上掌事的龙头大哥顺顺，顺顺有两个儿子，天保和傩送，两兄弟都爱上翠翠。翠翠爱二老傩送，不爱大老天保。大老天保在失望之下驾船往下游去，失事淹死；傩送因为哥哥的死在心里结了一个难解疙瘩，也驾船出外了。雷雨之夜，渡船老人死了，剩下翠翠一个人。傩送对翠翠的感情没有变，但是他一直没有回来。

就这样一个简单的故事，却写出了几个活生生的人物，写了一首将近七万字的长诗!

因为故事写得很美,写得真实,有人就认为真有那么一回事。有的华侨青年,读了《边城》,回国来很想到茶峒去看看,看看那个溪水、白塔、渡船,看看渡船老人的坟,看看翠翠曾在哪里吹竹管……

大概是看不到的。这故事是沈从文编出来的。

有没有一个翠翠?

有的。可她不是在茶峒的碧溪岨,是泸西县一个绒线铺的女孩子。

《湘行散记》里说:

"……在十三个伙伴中我有两个极好的朋友。……其次是那个年纪顶轻的,名字就叫'傩右'。一个成衣人的独生子,为人伶俐勇敢,希有少见。……这小孩子年纪虽小,心可不小!同我们到县城街转了三次,就看中一个绒线铺的女孩子,问我借钱向那女孩子买了三次白棉线草鞋带子……那女孩子名叫'翠翠',我写《边城》故事时,弄渡船的外孙女,明慧温柔的品性,就从那绒线铺小女孩脱胎出来。"

她是泸西县的吗?也不是。她是山东崂山的。

看了《湘行散记》,我很怕上了《灯》里那个青衣女子同样的当,把沈先生编的故事信以为真,特地上他家去核对一回,问他翠翠是不是绒线铺的女孩子。他的回答是:

"我们(他和夫人张兆和)上崂山去,在汽车里看到出殡的，一个女孩子打着幡。我说：这个我可以帮你写个小说。"

幸亏他夫人补充了一句："翠翠的性格、形象，是绒线铺那个女孩子。"

沈先生还说："我平生只看过那么一条渡船，在棉花坡。"那么，碧溪的渡船是从棉花坡移过来的。棉花坡离碧溪岨不远，但总还有一个距离。

读到这里，你会立刻想起鲁迅所说的脸在那里，衣服在那里的那段有名的话。是的，作家酝酿人物形象和故事情节是一个很复杂的过程。一九五七年，沈先生曾经跟我说过："我们过去写小说都是真真假假的，哪有现在这样都是真事的呢。"有一个诗人很欣赏"真真假假"这句话，说是这说明了创作的规律，也说明了什么是浪漫主义。翠翠，《边城》，都是想象出来的。然而必须有丰富的生活经验，积累了众多的印象，并加上作者的思想、感情和才能，才有可能想象得真实，以至把创作变得好像是报道。

沈从文善于写中国农村的少女。沈先生笔下的湘西少女不是一个，而是一串。

三三、夭夭、翠翠，她们是那样的相似，又是那样的不同。她们都很爱娇，但是各因身世不同，娇得不一样。三三生在小溪边的碾坊里，父亲早死，跟着母亲长大，除了碾坊小溪，足迹所到最远处只是在堡子里的总爷家。她虽然已经开始有了一个少女对于"人生"朦朦胧胧的神往，但究竟是个孩子，浑不解事，娇得有点痴。夭夭是个有钱的橘子园主人的幺姑娘，一家子都宠着她。她已经订了婚，未婚夫是个在城里读书的学生。

她可以背了一个特别精致的背篓,到集市上去采购她所中意的东西,找高手银匠洗她的粗如手指的银链子。她能和地方上的小军官从容说话。她是个"黑里俏",性格明朗豁达,口角伶俐。她很娇,娇中带点野。翠翠是个无父无母的孤雏,她也娇,但是娇得乖极了。

用文笔描绘少女的外形,是笨人干的事。沈从文画少女,主要是画她的神情,并把她安置在一个颜色美丽的背景上,一些动人的声音当中。

……为了住处两山多竹篁,翠色逼人而来,老船夫随便给这个可怜的孤雏,拾取了一个近身的名字,叫作翠翠。

翠翠在风日里长养着,把皮肤变得黑黑的,触目为青山绿水,一对眸子清明如水晶,自然既长养她且教育她。为人天真活泼,处处俨然如一只小兽物。人又那么乖,和山头黄麂一样,从不想到残忍事情,从不发愁,从不动气。平时在渡船上遇陌生人对她有所注意时,便把光光的眼睛瞅着那陌生人,作成随时都可举步逃入深山的神气,但明白了面前的人无心机后,就又从从容容来完成任务了。

风日清和的天气,无人过渡,整日长闲,祖父同翠翠便坐在门前大岩石上晒太阳;或把一段木头从高处向水中抛去,嗾使身边黄狗从岩石高处跃下,把木头衔回来;或翠翠与黄狗皆张着耳朵,听祖父说些城中多年以前的战争故事;或祖父同翠翠两人,各把小竹作成的竖笛,逗在嘴边吹着迎亲送女的曲子,过渡人来了,老船夫放下了竹管,独自跟到船边

去横溪渡人。在岩上的一个,见船开动时,于是锐声喊着:

"爷爷,爷爷,你听我吹,你唱!"

爷爷到溪中央于是很快乐地唱起来,哑哑的声音,振荡在寂静的空气里,溪中仿佛也热闹了些。实则歌声的来复,反而使一切更加寂静。

篁竹、山水、笛声,都是翠翠的一部分。它们共同在你们心里造成这女孩子美的印象。

翠翠的美,美在她的性格。

《边城》是写爱情的,写中国农村的爱情,写一个刚刚进入青春期的农村女孩子的爱情。这种爱是那样的纯粹,那样不俗,那样像空气里小花、青草的香气,像风送来的小溪流水的声音,若有若无,不可捉摸,然而又是那样的实实在在,那样的真。这样的爱情叫人想起古人说得很好,但不大为人所理解的一句话:思无邪。

沈从文的小说往往是用季节的颜色、声音来计算时间的。

翠翠的爱情的发展是跟几个端午节连在一起的。

翠翠十五岁了。

端午节又快到了。

传来了龙船下水预习的鼓声。

蓬蓬鼓声掠水越山到了渡船头那里时,最先注意到的是那只黄狗。那黄狗汪汪地吠着,受了惊似的绕屋乱走;有人过渡时,便随船渡过河东岸去,且跑到那小山头向城里一方面大吠。

翠翠正坐在门外大石上用棕叶编蚱蜢、蜈蚣玩,见黄狗先在太阳下睡着,忽然醒来便发疯似的乱跑,过了河又回来,就问它骂它:

"狗,狗,你做什么!不许这样子!"

"可是一会儿那远处声音被她发现了,她于是也绕屋跑着,并且同黄狗一块儿渡过了小溪,站在小山头听了许久,让那点迷人的鼓声,把自己带到一个过去的节日里去。"两年前的一个节日里去。

作者这里用了倒叙。

两年前,翠翠才十三岁。

这一年的端午,翠翠是难忘的。因为她遇见了傩送。

翠翠还不大懂事。她和爷爷一同到茶峒城里去看龙船,爷爷走开了,天快黑了,看龙船的人都回家了,翠翠一个人等爷爷,傩送见了她,把她还当一个孩子,很关心地对她说了几句话,翠翠还误会了,骂了人家一句:"你个悖时砍脑壳的!"及至傩送好心派人打火把送她回去,她才知道刚才那人就是出名的傩送二老,"记起自己先前骂人那句话,心里又吃惊又害羞,再也不说什么,默默地随了那火把走了"。到了家,"另外一件事,属于自己不关祖父的,却使翠翠沉默了一个夜晚"。这写得非常含蓄。

翠翠过了两个中秋,两个新年,但"总不如那个端午所经过的事甜而美"。

十五岁的端午不是翠翠所要的那个端午。"从祖父和那长年谈话里,翠翠听明白了二老是在下游六百里外沅水中部青浪滩过端午的。"未及见二老,倒见到大老天保。大老还送他们一只鸭子。回家时,祖父说:"顺顺真是好人,大方得很。大老也很好。这一家人都好!"翠翠说:"一家人都好,你认识他们一家人吗?"祖父不明白这句话的意思所在,聪明的读者是明白的。路上祖父说了假如大老请人来做媒的笑话,"翠翠着了恼,把火炬向路两旁乱晃着,向前快快地走去了"。

"翠翠,莫闹,我摔到河里去了,鸭子会走脱的!"

"谁也不稀罕那只鸭子!"

翠翠向前走去,忽然停住了发闷:

"爷爷,你的船是不是正在下青浪滩呢?"

这一句没头没脑的问话,说出了这女孩子的心正在飞向什么所在。

端午又来了。翠翠长大了,十六了。

翠翠和爷爷到城里看龙船。

未走之前,先有许多曲折。祖父和翠翠在三天前业已预先约好,祖父守船,翠翠同黄狗过顺顺吊脚楼去看热闹。翠翠先不答应,后来答应了。但过了一天,翠翠又反悔,以为要看两人去看,要守船两人守船。初五大早,祖父上城买办过节的东西。翠翠独自在家,看看过渡的女孩子,唱唱歌,心上浸入了一丝儿凄凉。远处鼓声起来了,她知道绘有朱红长线的龙船这时节已下河了。细雨下个不止,溪面一片烟。将近吃早饭时节,祖父回来了，办了节货，却因为到处请人喝酒，被顺顺把个酒葫芦扣下了。正像翠翠所预料的那样，酒葫芦有人送回来了。送葫芦回来的是二老。二老向翠翠说："翠翠，吃了饭，和你爷爷到我家吊脚楼上去看划船吧？"翠翠不明白这陌生人的好意，不懂得为什么一定要到他家中去看船，抿着小嘴笑笑。到了那里，祖父离开去看一个水碾子。翠翠看见二老头上包着红布，在龙船上指挥，心中便印着两年前的旧事。黄狗不见了，翠翠便离了座位，各处去寻她的黄狗。在人丛中却听到两个不相干的妇人谈话。谈的是砦子上王乡绅想把女儿嫁给二老，用水碾子作陪嫁。二老喜欢一个撑渡船的。翠翠脸发火烧。二老船过吊脚楼，失足落水，爬起来上岸，一见翠翠就说："翠翠，你来了，爷爷也来了吗？"翠翠脸还发烧，不便作声，心想"黄狗跑到什么地方去了呢？"二老又说："怎不到我家楼上去看呢？我已经要人替你弄了个好位子。"翠翠心想："碾坊陪嫁，稀奇事情咧。"翠翠到河下时，小小心腔中充满一种说不分明的东西。翠翠锐声叫黄狗，黄狗扑下水中，向翠翠方面泅来。到身边时，身上全是水。翠翠说："得了，狗，装什么疯！你又不翻船，谁要你落水呢？"爷爷来了，说了点疯话。爷爷说："二老捉得鸭子，一定又会送给我们的。"话不及说完，二老来了，站在翠翠面前微微笑着。翠翠也不由不抿着嘴微笑着。

顺顺派媒人来为大老天保提亲。祖父说得问问翠翠。祖父叫翠翠，翠翠拿了一簸箕豌豆上了船。"翠翠，翠翠，先前那个人来作什么，你知道不知道？"翠翠说："我不知道。"说后脸同脖颈全红了。翠翠弄明白了,人来做媒的是大老!不曾把头抬起,心忡忡地跳着,脸烧得厉害,仍然剥她的豌豆,且随手把空豆荚抛到水中去,望着它们在流水中从从容容流去,自己也俨然从容了许多。又一次,祖父说了个笑话,说大老请保山来提亲,翠翠那神气不愿意;假若那个人还有个兄弟,想来为翠翠唱歌,攀交情,翠翠将怎么说。翠翠吃了一惊,勉强笑着,轻轻地带点恳求的神气说:"爷爷,莫说这个笑话吧。"翠翠说:"看天上的月亮,那么大!"说着出了屋外,便在那一派清光的露天中站定。

……

有个女同志,过去很少看过沈从文的小说,看了《边城》提出了一个问题:"他怎么能把女孩子的心捉摸得那么透,把一些细微曲折的地方都写出来了?这些东西我们都是有过的———沈从文是个男的。"我想了想,只好说:"曹雪芹也是个男的。"

沈先生在给我们上创作课的时候,经常说的一句话,是:"要贴到人物来写。"他还说:"要滚到里面去写。"他的话不太好懂。他的意思是说:笔要紧紧地靠近人物的感情、情绪,不要游离开,不要置身在人物之外。要和人物同呼吸,共哀乐,拿起笔来以后,要随时和人物生活在一起,除了人物,什么都不想,用志不纷,一心一意。

首先要有一颗仁者之心,爱人物,爱这些女孩子,才能体会到她们的许多飘飘忽忽的、跳动的心事。

祖父也写得很好。这是一个古朴、正直、本分、尽职的老人。某些地方，特别是为孙女的事进行打听、试探的时候，又有几分狡猾，狡猾中仍带着妩媚。主要的还是写了老人对这个孤雏的怜爱，一颗随时为翠翠而跳动的心。

黄狗也写得很好。这条狗是这一家的成员之一，它参与了他们的全部生活，全部的命运。一条懂事的、通人性的狗。——沈从文非常善于写动物，写牛、写小猪、写鸡，写这些农村中常见的，和人一同生活的动物。

大老、二老、顺顺都是侧面写的，笔墨不多，也都给人留下颇深的印象。包括那个杨马兵、毛伙，一个是一个。

沈从文不是一个雕塑家，他是一个画家。一个风景画的大师。他画的不是油画，是中国的彩墨画，笔致疏朗，着色明丽。

沈先生的小说中有很多篇描写湘西风景的，各不相同。《边城》写酉水：

那条河水便是历史上知名的酉水，新名字叫作白河。白河下游到辰州与沅水汇流后，便略显浑浊，有出山泉水的意思。靠溯流而上，则三丈五丈的深潭，清澈见底。深潭中为白日所映照，河底小的石子，有花纹的玛瑙石子，全看得明明白白。水中游鱼来去，全如浮在空气里。两岸多高山，山中多可以造纸的细竹，长年作深翠颜色，逼人眼目。近水人家多在桃杏花里。春天时只需注意，凡有桃花处必有人家，凡有人家处必可沽酒。夏天则晾晒在日光下耀目的紫花布衣裤，可以作为人家所在的旗帜。秋冬来时，酉水中游如王村、岔、保靖、里耶和许多无名山村,人家房屋在悬岩上的,滨水面的,无不朗然入目。黄泥的墙,乌黑的瓦,位置却那么妥帖,且与四周环境极其调和,使人迎面得到的印象,实在非常愉快。

描写风景,是中国文学的一个悠久传统。晋宋时期形成山水诗。吴均的《与宋元思书》是写江南风景的名著。柳宗元的《永州八记》,苏东坡、王安石的许多游记,明代的袁氏兄弟、张岱,这些写风景的高手,都是会对沈先生有启发的。就中沈先生最为钦佩的,据我所知,是郦道元的《水经注》。

古人的记叙虽可资借鉴,主要还得靠本人亲自去感受,养成对于形体、颜色、声音乃至气味的敏感,并有一种特殊的记忆力,能把各种印象保存在记忆里,要用时即可移到纸上。沈先生从小就爱各处去看、去听、去闻嗅。"我的心总得为一种新鲜声音、新鲜颜色、新鲜气味而跳。"(《从文自传》)

雨后放晴的天气,日头炙到人肩上、背上已有了点力量。溪边芦苇水杨柳,菜园中菜蔬,莫不繁荣滋茂,带着一种有野性的生气。草丛里绿色蚱蜢各处飞着,翅膀搏动空气时作声。枝头新蝉声音虽不成腔,却也渐渐宏大。两山深翠逼人的竹篁中,有黄鸟和竹雀、杜鹃交递鸣叫。翠翠感觉着,望着,听着,同时也思索着……

这是夏季的白天。

月光如银子,无处不可照及,山上竹篁在月光下变成一片黑色。身边草丛中虫声繁密如落雨,间或不知从什么地方,忽然会有一只草莺"嘘！"转着它的喉咙，不久之间，这小鸟儿又好像明白这是半夜，不应当那么吵闹，便仍然闭着那小小眼儿安睡了。

这是夏天的夜。

小饭店门前长案上常有煎得焦黄的鲤鱼豆腐，身上装饰了红辣椒丝，卧在浅口钵头里，钵旁大竹筒中插着大把朱红筷子……

这是多么热烈的颜色！

到了卖杂货的铺子里，有大把的粉条，大缸的白糖，有炮仗，有红蜡烛，莫不给翠翠一种很深的印象，回到祖父身边，总把这些东西说个半天。

粉条、白糖、炮仗、蜡烛，这都是极其常见的东西，然而它们配搭在一起，是一幅对比鲜明的画。

天已经快夜，别的雀子似乎都休息了，只杜鹃叫个不息，石头泥土为白日晒了一整天，草木为白日晒了一整天，到这时节各放散出一种热气。空气中有泥土气味，有草木气味，还有各种甲虫类气味。翠翠看着天上的红云，听着渡口飘来乡生意人的杂乱声音，心中有些儿薄薄的凄凉。

甲虫气味大概还没有哪个诗人在作品里描写过！

曾经有人说沈从文是个文体家。

沈先生曾有意识地试验过各种文体。《月下小景》叙事重复铺张，有意模仿六朝翻译的佛经，语言也多四字为句，近似偈语。《神巫之爱》的对话让人想起《圣经》的《雅歌》和萨福的情诗。他还曾用骈文写过一个故事。其他小说中也常有骈偶的句子，如"凡有桃花处必有人家，凡有人家处必可沽酒"，"地方像茶馆却不卖茶，不是烟馆却可以抽烟"。但是通常所用的是他的"沈从文体"。这种"沈从文体"用他自己的话，就是"充满泥土气息"和"文白杂糅"。他的语言有一些是湘西话，还有他个人的口头语，如"即刻"、"照例"之类。他的语言里有相当多的文言成分———文言的词汇和文言的句法。问题是他把家乡话与普通话，文言和口语配置在一起，十分调和，毫不"格生"，这样就形成了沈从文自己的特殊文体。他的语言是从多方面吸取的。间或有一些当时的作家都难免的欧化的句子，如"……的我"，但极少。大部分语言是具有民族特点的。就中写人叙事简洁处，受《史记》《世说新语》的影响不少。他的语言是朴实的，朴实而有情致；流畅的，流畅而清晰。这种朴实，来自于雕琢；这种流畅，来自于推敲。他很注意语言的节奏感，注意色彩，也注意声音。他从来不用生造的，谁也不懂的形容词之类，用的是人人能懂的普通词汇。但是常能对于普通词汇赋予新的意义。比如《边城》里两次写翠翠拉船，所用字眼不同。一次是：

有时过渡的是从川东过茶峒的小牛，是羊群，是新娘子的花轿，翠翠必争着做渡船夫，站在船头，懒懒地攀引缆索，让船缓缓地过去。

又一次是：

一辈古人

翠翠斜睨了客人一眼,见客人正盯着她,便把脸背过去,抿着嘴儿,不声不响,很自负地拉着那条横缆。

"懒懒地","很自负地"都是很平常的字眼,但是没有人这样用过,用在这里,就成了未经人道语了。尤其是"很自负地"。你要知道,这"客人"不是别个,是傩送二老呀,于是"很自负地",就有了很多很深的意思。这个词用在这里真是最准确不过了!

沈先生对我们说过语言的唯一标准是准确(契诃夫也说过类似的意思)。所谓"准确",就是要去找,去选择,去比较。也许你相信这是"妙手偶得之",但是我更相信这是"众里寻他千百度,蓦然回首,那人却在灯火阑珊处"。

《边城》不到七万字,可是整整写了半年。这不是得来全不费功夫。沈先生常说:人做事要耐烦。沈从文很会写对话。他的对话都没有什么深文大义,也不追求所谓"性格化的语言",只是极普通的说话。然而写得如闻其声,如见其人。比如端午之前,翠翠和祖父商量谁去看龙船:

"见祖父不再说话,翠翠就说:'我走了,谁陪你?'祖父说:'你走了,船陪我。'翠翠把一对眉毛皱拢去苦笑着,'船陪你,嘿,嘿,船陪你。爷爷,你真是,只有这只宝贝船!'"

比如黄昏来时,翠翠心中无端地有些薄薄的凄凉,一个人胡思乱想,想到自己下桃源县过洞庭湖,爷爷要拿把刀放在包袱里,搭下水船去杀了她!她被自己的胡想吓怕起来了。心直跳,就锐声喊她的祖父:

"爷爷,爷爷,你把船拉回来呀!"

请求了祖父两次,祖父还不回来。她又叫:"爷爷,为什么不上来?我要你!"

有人说沈从文的小说不讲结构。

沈先生的某些早期小说诚然有失之散漫冗长的。《惠明》就相当散,最散的大概要算《泥涂》。但是后来的大部分小说是很讲结构的。他说他有些小说是为了教学需要而写的,为了给学生示范,"用不同方法处理不同问题"。这"不同方法"包括或极少用对话,或全篇都用对话(如《若墨医生》),等等,也指不同的结构方法。他常把他的小说改来改去,改的也往往是结构。他曾经干过一件事,把写好的小说剪成一条一条的,重新拼合,看看什么样的结构最好。他不大用"结构"这个词,常用的是"组织"、"安排",怎样把材料组织好,位置安排得更妥帖。他对结构的要求是:"匀称。"这是比表面的整齐更为内在的东西。一个作家在写一局部时要顾及整体,随时意识到这种匀称感。正如一棵树,一个枝子,一片叶子,这样长,那样长,都是必需的,有道理的。否则就如一束绢花,虽有颜色,终少生气。《边城》的结构是很讲究的,是完美地实现了沈先生所要求的匀称的,不长不短,恰到好处,不能增减一分。

有人说《边城》像一个长卷。其实像一套二十一开的册页,每一节都自成首尾,而又一气贯注。——更像长卷的是《长河》。

沈先生很注意开头,尤其注意结尾。

他的小说的开头是各式各样的。

《边城》的开头取了讲故事的方式:

由四川过湖南去,靠东有一条官路,这官路将近湘西边境,到了一个地方名叫"茶峒"的小山城时,有一小溪,溪边有座白色小塔,塔下住了一户单独的人家。这人家只一个老人,一个女孩子,一只黄狗。

这样的开头很朴素,很平易亲切,而且一下子就带起全文牧歌一样的意境。

汤显祖评董解元《西厢记》,论及戏曲的收尾,说"尾"有两种,一种是"度尾",一种是"煞尾"。"度尾"如画舫笙歌,从远地来,过近地,又向远地去;"煞尾"如骏马收缰,忽然停住,寸步不移,他说得很好。收尾不外这两种。《边城》各章的收尾,两种兼见。

翠翠正坐在门外大石上用棕叶编蚱蜢、蜈蚣玩,见黄狗先在太阳下睡着,忽然醒来便发疯似的乱跑,过了河又回来,就问它骂它:

"狗,狗,你做什么!不许这样子!"

可是一会儿那远处声音被她发现了,她于是也绕屋跑着,并且同黄狗一块儿渡过了小溪,站在小山头听了许久,让那点迷人的鼓声,把自己带到一个过去的节日里去。

这是"度尾"。

……翠翠感觉着，望着，听着，同时也思索着：

"爷爷今年七十岁……三年六个月的歌———谁送那只白鸭子呢？……得碾子的好运气，碾子得谁更是好运气……"

痴着，忽地站起，半簸箕豌豆便倾倒到水中去了。伸手把那簸箕从水中捞起时，隔溪有人喊过渡。

这是"煞尾"。

全文的最后，更是一个精彩的结尾：

到了冬天，那个圮坍了的白塔，又重新修好了。那个在月下歌唱，使翠翠在睡梦里为歌声把灵魂轻轻浮起的年轻人，还不曾回到茶峒来。

……

这个人也许永远不回来了，也许明天回来。

七万字一齐收在这一句话上。故事完了，读者还要想半天。你会随小说里的人物对远人作无边的思念，随她一同盼望着，热情而迫切。

我有一次在沈先生家谈起他的小说的结尾都很好，他笑眯眯地说："我很会结尾。"

三十年来，作为作家的沈从文很少被人提起（这些年他以一个文物专家的资格在文化界占一席位），不过也还有少数人在读他的小说。有一个很有才华的小说家对沈先生的小说存着偏爱。他今年春节，温读了沈先生的小说，一边思索着一个问题：

什么是艺术生命?他的意思是说:为什么沈先生的作品现在还有蓬勃的生命?我对这个问题也想了几天,最后还是从沈先生的小说里找到了答案,那就是《长河》里的夭夭所说的:"好看的应该长远存在。"

现在,似乎沈先生的小说又受到了重视。出版社要出版沈先生的选集,不止一个大学的文学系开始研究沈从文了。这是好事。这是"百花齐放"的一种体现。这对推动创作的繁荣是有好处的。我想。

难得最是得从容

千秋一净裘盛戎。
遗像宛然沐清风。
虎啸龙吟余事耳,
难能最是得从容。

裘盛戎幼年失学,文化不高,但是对艺术有特殊的禀赋。他的艺术感极好,对剧情、人物理解极深,反应极快,而且表现得非常准确。导演有什么要求,一点就破,和编剧、导演很默契。导过他的戏的导演都说:给盛戎导戏,很省事,不用"阐述……启发"这一套,几句话就行了。

《杜鹃山》(老本)有一场"打长工",雷刚认为长工和地主是一回事,把长工打了,事后看到长工身上的伤痕,非常后悔。有这样两句唱:

他遍体伤痕都是豪绅罪证,
我怎能在他的旧伤痕上再加新伤痕!

唱腔是流水。练唱的时候我在旁边，说："老兄，你不能就这样'数'过去，得有个过程，得真看到伤痕，心里悔恨。"盛戎想了想说："我再来来。"其实也很简单，他把"旧伤痕上"唱"散了"，加了一个单音的弹拨乐小垫头，然后再回到原尺寸。这样，眼里、心里就都充满仇恨。在场听唱的，齐声说："好！就是这样！"《杜鹃山》有一稿有一场"烤番薯"。毒蛇胆在山下杀人放火，残害乡亲，雷刚受军纪约束，一时不能下山拯救百姓，心如火焚，按捺不住。

山上断粮，只能每人发一个番薯当饭。番薯在火里烤出了香味，勾起雷刚想起乡亲们多年对他的好处：

一块番薯掰两半，
曾受深恩三十年……

盛戎把两句压低了音量，唱得很"虚"，表现出雷刚对乡亲们的思念，既深且远。

盛戎善于运用音色、体形的变化塑造不同的人物。

他演的铫期端肃威重，俨然是一位坐镇一方的开国老臣。一位王爷。他演的周处（《除三害》），把开氅往肩上一搭，倚里歪斜地就下了场了，完全是一个痞子，一个天桥耍胳臂的"杂不地"。——这种不从程序而从生活出发塑造人物的方法在花脸里很少见。

盛戎的身体条件不太好，不像"十全大面"金少山那样的魁梧。他比较瘦，但是也有他的优越条件：肩宽，腰细，扮戏很"受装"。他扮出来的《盗御马》的窦尔敦，箭衣板平。这样的箭衣装当得起北京人爱说的一个字：帅。

裘派装是很讲究的。盛戎有一件平金白蟒，全用金线，绣的是一条整龙。这件一条龙的平金绣蟒真是美极了，——当然也得看是什么人穿。补自己的缺陷。他一般不演曹操，因为曹操的盔头压得低，更显得演员脸小。盛戎勾脸的特点是干净、细致，每一笔都有起落，有交代。姚期的眉子是略有深浅的，不是简单两个圆形的黑点子。包拯两颊揉红，恰到好处，不像有些唱花脸的演员把脸画成了两个大海茄子。即便是窦尔敦的花三块瓦，也是清清楚楚，一笔是一笔，不让人有"乱七八糟"之感。他弥补脸形的诀窍是以神带形，首先要表现出人物的品格气质，这样本来是一般化的脸谱就有了不一般的表情。他演的姚期，透过眼窝还能充分表现出眼神，并且眼神的内涵很丰富。

盛戎的戏也有节奏较快的，如《盗御马》，但是快而不乱。一般人物都演得很从容，不火暴，不论是什么性格，都有一种发自于中的儒雅，即一般常说的"书卷气"。这就提高了人物品格，增加了人物的深度。花脸而有书卷气，此裘派之所以为裘派，这是寻常花脸所达不到的。

盛戎不大爱活动。他常出来遛个小弯，从西河沿到虎坊桥，脚步较慢，不慌不忙，潇潇洒洒。

除了看看报，给儿子拉胡琴吊嗓子，教徒弟，作身段示范，大部分时间盘膝坐在床上一个人琢磨戏。晚年特别重视气口。

他说：花脸一句唱得用多少气？年轻时凭火力壮，现在上了岁数，得在气口上下功夫。他精研气口，深有心得。比如《智取威虎山》李勇奇唱的"扫平那威虎山我一马当先"，一般花脸都唱成"一马——当先"，盛戎说，叫我，我唱成这样："我一马当——先"，"当"字唱雀上面，和"一马当"一口气，然后换气，再单独唱"先"，这样"先"字气才显足。他很欣赏《智取威虎山》"同志们语重心长"的"长"字唱断，不拖泥带水。他是唱花脸的，但对程派兴趣很大，认为花脸运腔，可以参考。

盛戎在台上，在平常生活里，都从容不迫，他走得可是过于匆匆了。他去世时才五十六岁，活到今天，也只是八十岁，本来可以留下更多的东西，现在只搜集到不多的图片，可供后人凝眸怀想，是可悲也。

我的父亲

我父亲行三。我的祖母有时叫他的小名"三子"。他是阴历九月初九重阳节那天生的,故名菊生(我父亲那一辈生字排行,大伯父名广生,二伯父名常生),字淡如。他作画时有时也题别号:亚痴、灌园生……他在南京读过旧制中学。所谓旧制中学大概是十年一贯制的学堂。我见过他在学堂时用过的教科书,英文是纳氏文法,代数几何是线装的有光纸印的,还有"修身"什么的。他为什么没有升学,我不知道。"旧制中学生"也算是功名。他的这个"功名"我在我的继母的"铭旌"上见过,写的是扁宋体的泥金字,所以记得。什么是"铭旌",看《红楼梦》贾府办秦可卿丧事那回就知道,我就不噜苏了。

我父亲年轻时是运动员。他在足球校队踢后卫。他是撑杆跳选手,曾在江苏全省运动会上拿过第一。他又是单杠选手。我还见过他在天王寺外边驻军所设置的单杠上表演过空中大回环两周,这在当时是少见的。他练过武术,腿上带过铁砂袋。练过拳,练过刀、枪。我见他施展过一次武功,我初中毕业后,他陪我到外地去投考高中,在小轮船上,一个初来的侦缉队以检查为名勒索乘客的钱财。我父亲一掌,把他打得一溜跟头,从船上退过跳板,一屁股坐在码头上。我父亲平常温文尔雅,我还没见过他动手打人,而且,真有两下子!我父亲会骑马。南京马场有一匹劣马,咬人,没人敢碰它,平常都用一截粗竹筒套住它的嘴。我父亲偷偷解开缰绳,一蹁腿骑了上去。一趟马道子跑下来,这马老实了。父亲还会游泳,水性很好。这些,我都不知道他是什么时候学的。

从南京回来后,他玩过一个时期乐器。他到苏州去了一趟,买回来好些乐器,笙箫管笛、琵琶、月琴、拉秦腔的胡胡、扬琴,甚至还有大小唢呐。唢呐我从未见他吹过。这东西吵人,除了吹鼓手、戏班子,一般玩乐器人都不在家里吹。一把大唢呐、一把小唢呐(海笛)一直放在他的画室柜橱的抽屉里。我们孩子们有时翻出来玩。没有哨子,吹不响,只好把铜嘴含在嘴里,自己呜呜作声,不好玩!他的一支洞箫、一支笛子,都是少见的上品。洞箫箫管很细,外皮作殷红色,很有年头了。笛子不是缠丝涂了一节一节黑漆的,是整个笛管擦了荸荠紫漆的,比常见的笛子管粗。箫声幽远,笛声圆润。我这辈子吹过的箫笛无出其右者。这两支箫笛不是从乐器店里买的,是花了大价钱从私人手里买的。他的琵琶是很好的,但是拿去和一个理发店里换了。他拿回理发店的那面琵琶又脏又旧、油里咕叽的。我问他为什么要换了这么一面脏琵琶回来,他说:"这面琵琶声音好!"理发店用一面旧琵琶换了他的几乎是全新的琵琶,当然乐意。不论什么乐器,他听听别人演奏,看看指法,就能学会，他弹过一阵古琴，说：都说古琴很难，其实没有什么。我的一个远房舅舅，有一把一个法国神父送他的小提琴，我父亲跟他借回来，鼓揪鼓揪，几天工夫，就能拉出曲子来，据我父亲说：乐器里最难，最要功夫的，是胡琴。别看它只有两根弦，很简单，越是简单的东西越不好弄。他拉的胡琴我拉不了，弓子硬马尾多，滴的松香很厚，松香拉出一道很窄的深槽，我一拉，马尾就跑到深槽的外面来了。父亲不在家的时候我有时使劲拉一小段，我父亲一看松香就知道我动过他的胡琴了。他后来不大摆弄别的乐器了，只有胡琴是一直拉着的。

摒挡丝竹以后，父亲大部分时间用于画画和刻图章，他画画并无真正的师承，只有几个画友。画友中过从较密的是铁桥，是一个和尚，善因寺的方丈。我写的小说《受戒》里的石桥，就是以他为原型的。铁桥曾在苏州邓尉山一个庙里住过，他作画有时下款题为"邓尉山僧"。我父亲第二次结婚，娶我的第一个继母，新房里就挂了铁桥的一个条幅，泥金纸，上角画了几枝桃花，两只燕子，款题"淡如仁兄嘉礼弟铁桥写贺"。在新房里挂一幅和尚的画，我的父亲可谓全无禁忌；这位和尚和俗人称兄道弟，也真是不拘礼法。我上小学的时候，就觉得他们有点"胡来"。这幅画的两边还配了我的一个舅舅写的一副虎皮宣的对子："蝶欲试花犹护粉，莺初学啭尚羞簧"，我后来懂得对联的意思了，觉得实在很不像话！铁桥能画，也能写。他的字写石鼓，画法任伯年。根据我的印象，都是相当有功力的。我父亲和铁桥常来往，画风却没有怎么受他的影响。也画过一阵工笔花卉。我们那里的画家有一种理论，画画要从工笔入手，也许是有道理的。扬州有一位专画菊花的画家,这位画家画菊按朵论价,每朵大洋一元。父亲求他画了一套菊谱,二尺见方的大册页。我有个姑太爷,也是画画的,说:"像他那样的玩法,我们玩不起!"兴化有一位画家徐子兼,画猴子,也画工笔花卉。我父亲也请他画了一套册页。有一开画的是罂粟花,薄瓣透明,十分绚丽。一开是月季,题了两行字:"春水蜜波为花写照。""春水"、"蜜波"是月季的两个品种,我觉得这名字起得很美,一直不忘。我见过父亲画工笔菊花,原来花头的颜色不是一次敷染,要"加"几道。扬州有菊花名种"晓色",父亲说这种颜色最不好画。"晓色",很空灵,不好捉摸。他画成了,我一看,是晓色!他后来改了画写意,用笔略似吴昌硕,照我看,我父亲的画是有功力的,但是"见"得少,没有行万里路,多识大家真迹,受了限制。他又不会作诗,题画多用前人陈句,故布局平稳,缺少创意。

父亲刻图章,初宗浙派,清秀规矩。他年轻时刻过一套《陋室铭》印谱,有几方刻得不错,但是过于着意,很拘谨。有"兰带"、"折钉",都是"做"出来的。有一方"草色入帘青"是双钩,我小时觉得很好看,稍大,即觉得纤巧小气。《陋室铭》印谱只是他初学刻印的成绩。三十多岁后,渐渐豪放,以治汉印为主。他有一套端方的《斋印存》,经常放在案头。有时也刻浙派少印。我记得他给一个朋友张仲陶刻过一块青田涷石小长方印,文曰"中",实在漂亮。"中"两字也很好安排。

刻印的人多喜藏石。父亲的石头是相当多的,他最心爱的是三块田黄,我在小说《岁寒三友》中写的靳彝甫的三块田黄,实际上写的是我父亲的三块图章。

他盖章用的印泥是自己做的。用的是"大劈砂",这是朱砂里最贵重的。大劈砂深紫色的,片状,制成印泥,鲜红夺目。他说见过一些明朝画,纸色已经灰暗,而印色鲜明不变。大劈砂盖的图章可以"隐指",即用手指摸摸,印文是鼓出的。他的画室的书橱里摆了一列装在玻璃瓶的大劈砂和陈年的蓖麻子油,蓖麻油是调印色用的。

我父亲手很巧,而且总是活得很有兴致。他会做各种玩意。元宵节,他用通草(我们家开药店,可以选出很大片的通草)为瓣,用画牡丹的西洋红(西洋红很贵,齐白石作画,有一个时期,如用西洋红,是要加价的)染出深浅,做成一盏荷花灯,点了蜡烛,比真花还美。他用蝉翼笺染成浅绿,以铁丝为骨,做了一盏纺织娘灯,下安细竹棍。我和姐姐提了,举着这两盏灯上街,到邻居家串门,好多人围着看。清明节前,他糊风筝。有一年糊了一只蜈蚣(我们那里叫"百脚"),是绢糊的,他用药店里称麝香用的小戥子约蜈蚣两边的鸡毛,——鸡毛必须一样重,否则上天就会打滚。他放这只蜈蚣不是用的一般线,是胡琴的老弦。我们那里用老弦放风筝的,家父实为第一人(用老弦放风筝,风筝可以笔直地飞上去,没有"肚子")。他带了几个孩子在傅公桥麦田里放风筝。这时麦子尚未"起身",是不怕踩的,越踩越旺。春服既成,惠风和畅,我父亲这个孩子头带着几个孩子,在碧绿的麦垅间奔跑呼叫,为乐如何?我想念我的父亲(我现在还常常梦见他),想念我的童年,虽然我现在是七十二岁,皤然一老了。夏天,他给我们糊养金铃子的盒子。

他用钻石刀把玻璃裁成一小块一小块,再合拢,接缝处用皮纸糨糊固定,再加两道细蜡笺条,成了一只船、一座小亭子、一个八角玲珑玻璃球,里面养着金铃子。隔着玻璃,可以看到金铃子在里面爬,吃切成小块的梨,张开翅膀"叫"。秋天,买来拉秧的小西瓜,把瓜瓤掏空,在瓜皮上镂刻出很细致的图案,做成几盏西瓜灯,西瓜灯里点了蜡烛,撒下一片绿光,父亲鼓捣半天,就为让孩子高兴一晚上。我的童年是很美的。

我母亲死后,父亲给她糊了几箱子衣裳,单夹皮棉,四时不缺。他不知从哪里搜罗来各种颜色,砑出各种花样的纸。听我的大姑妈说,他糊的皮衣跟真的一样,能分出滩羊、灰鼠。这些衣服我没看见过,但他用剩的色纸,我见过。我们用来折"手工"。有一种纸,银灰色,正像当时时兴的"慕本缎子"。

我父亲为人很随和,没架子。他时常周济穷人,参与一些有关公益的事情。因此在地方上人缘很好。民国二十年发大水,大街成了河。我每天看见他蹚着齐胸的水出去,手里横执了一根很粗的竹篙,穿一身直罗裥,他出去,主要是办赈济。我在小说《钓鱼的医生》里写王淡人有一次乘了船,在腰里系了铁链,让几个水性很好的船工也在腰里系了铁链,一头拴在王淡人的腰里,冒着生命危险,渡过激流,到一个被大水围困的孤村去为人治病,这写的实际是我父亲的事。不过他不是去为人治病,而是去送"华洋义赈会"发来的面饼(一种很厚的面饼,山东人叫"锅盔")。这件事写进了地方上人送给我祖父的六十寿序里,我记得很清楚。

父亲后来以为人医眼为职业。眼科是汪家祖传。我的祖父、

大伯父都会看眼科。我不知道父亲懂眼科医道。我十九岁离开家乡，离乡之前，我没见过他给人看眼睛。去年回乡，我的妹婿给我看了一册父亲手抄的眼科医书，字很工整，是他年轻时抄的。那么，他是在眼科上下过功夫的。听说他的医术还挺不错。有一邻居的孩子得了眼疾，双眼肿得像桃子，眼球红得像大红缎子。父亲看过，说不要紧。他叫孩子的父亲到阴城（一片乱葬坟场，很大，很野，据说韩世忠在这里打过仗）去捉两个大田螺来。父亲在田螺里倒进两管鹅翎眼药，两撮冰片，把田螺扣在孩子的眼睛上，过了一会田螺壳裂了。据那个孩子说，他睁开眼，看见天是绿的。孩子的眼好了，一生没有再犯过眼病。田螺治眼，我在任何医书上没看见过，也没听说过。这个"孩子"现在还在，已经五十几岁了，是个理发师傅。去年我回家乡，从他的理发店门前经过，那天，他又把我父亲给他治眼的经过，向我的妹婿详细地叙述了一次。这位理发师傅希望我给他的理发店写一块招牌。当时我很忙，没有来得及给他写。我会给他写的。一两天就写了托人带去。

我父亲配制过一次眼药。这个配方现在还在，但是没有人配得起，要几十种贵重的药，包括冰片、麝香、熊胆、珍珠……珍珠要是人戴过的。父亲把祖母帽子上的几颗大珠子要了去。听我的第二个继母说，他制药极其虔诚，三天前就洗了澡（"斋戒沐浴"），一个人住在花园里，把三道门都关了，谁也不让去。

父亲很喜欢我。我母亲死后，他带着我睡。他说我半夜醒来就笑。那时我三岁（实年）。我到江阴去投考南菁中学，是他带着我去的。住在一个市庄的栈房里，臭虫很多。他就点了一支蜡烛,见有臭虫,就用蜡烛油滴在它身上。第二天我醒来,看见席子上好多好多蜡烛油点子。我美美地睡了一夜,父亲一夜未睡。我在昆明时,他还在信封里用玻璃纸包了一小包"虾松"寄给我过。我父亲很会做菜,而且能别出心裁。我的祖父春天忽然想吃螃蟹。这时候哪里去找螃蟹?父亲就用瓜鱼(即水仙鱼)给他伪造了一盘螃蟹,据说吃起来跟真螃蟹一样。"虾松"是河虾剁成米大小粒,掺以小酱瓜丁,入温油炸透。我也吃过别人做的"虾松",都比不上我父亲的手艺。

　　我很想念我的父亲,现在还常常做梦梦见他。我的那些梦本和他不相干,我梦里的那些事,他不可能在场,不知道怎么会掺和进来了。

我的母亲

我父亲结过三次婚。我的生母姓杨。我不知道她的学名。杨家不论男女都是排行的。我母亲那一辈"遵"字排行,我母亲应该叫杨遵什么。前年我写信问我的姐姐我们的母亲叫什么。姐姐回信说:叫"强四"。我觉得很奇怪,怎么叫这么个名呢?是小名吗?也不大像。我知道我母亲不是行四。一个人怎么会连自己母亲的名字都不知道呢?因为我母亲活着的时候我太小了。

我三岁的时候,母亲就故去了。我对她一点印象都没有。她得的是肺病,病后即移住在一个叫"小房"的房间里,她也不让人把我抱去看她。我只记得我父亲用一个煤油箱自制了一个炉子。煤油箱横放着,有两个火口,可以同时为母亲熬粥,熬参汤、燕窝,另外还记得我父亲雇了一只船陪她到淮城去就医,我是随船去的。还记得小船中途停泊时,父亲在船头钓鱼,我记得船舱里挂了好多大头菜。我一直记得大头菜的气味。

我只能从母亲的画像看看她。据我的大姑妈说,这张像画得很像。画像上的母亲很瘦,眉尖微蹙。样子和我的姐姐很相似。我母亲是读过书的。她病倒之前每天还写一张大字。我曾在我父亲的画室里找出一摞母亲写的大字,字写得很清秀。

前年我回家乡,见着一个老邻居,她记得我母亲。看见过我母亲在花园里看花——这家邻居和我们家的花园只隔一堵短墙。我母亲叫她"小新娘子"。"小新娘子,过来过来,给你一朵花戴。"我于是好像看见母亲在花园里看花,并且觉得她对邻居很和善。这位"小新娘子"已经是八十多岁的老太太了!

我还记得我母亲爱吃京冬菜。这东西我们家乡是没有的,是托做京官的亲戚带回来的,装在陶制的罐子里。

我母亲死后,她养病的那间"小房"锁了起来,里面堆放着她生前用的东西,全部嫁妆——"擦橱"、皮箱和铜火盆,朱漆的火盆架子……我的继母有时开锁进去,取一两样东西,我跟着进去看过。"小房"外面有一个小天井。靠南有一个秋叶形的小花台。花台上开了一些秋海棠。这些海棠自开自落,没人管它。花很伶仃,但是颜色很红。

我的第一个继母娘家姓张。她们家原来在张家庄住,是个乡下财主。后来在城里盖了房子,才搬进城来。房子是全新的,新砖,新瓦,油漆的颜色也都很新。没有什么花木,却有一片很大的桑园。我小时就觉得奇怪,又不养蚕,种那么多桑树做什么?

桑树都长得很好,干粗叶大,是湖桑。我的继母幼年丧母,她是跟姑妈长大的,姑妈家姓吴。继母的姑妈年轻守寡。她住的房子二梁上挂着一块匾,朱底金字:"松贞柏节",下款是"大总统题"。这大总统不知是谁,是袁世凯,还是黎元洪?吴家家境不富裕,住的房子是张家的三间偏房。老姑奶奶有两个儿子,一个叫大和子,一个叫小和子。两个儿子都没上学校,念了几年私塾,专学珠算。同年龄的少年学"鸡兔同笼",他们却每天打"归除"、"斤求两,两求斤"。他们是准备到钱庄去学生意的。

我的继母归宁,也到她的继母屋里坐坐,但大部分时间都在这三间偏房里和姑妈在一起。我父亲到老丈人那边应酬应酬,说些淡话,也都在"这边"陪姑妈闲聊。直到"那边"来请坐席了,才过去。

继母身体不好。她婚前咳嗽得很厉害,和我父亲拜堂时是服用了一种进口的杏仁露压住的。

她是长女,但是我的外公显然并不钟爱她。她的陪嫁妆奁是不丰的。她有时准备出门做客,才戴一点首饰。比较好的首饰是副翡翠耳环。有一次,她要带我们到外公家拜年,她打扮了一下,换了一件灰鼠的皮袄。我觉得她一定会冷。这样的天气,穿一件灰鼠皮袄怎么行呢?然而她只有一件皮袄。我忽然对我的继母产生一种说不出来的感情。我可怜她,也爱她。

后娘不好当。我的继母进门就遇到一个局面,"前房"(我的生母)留下三个孩子:我姐姐,我,还有一个妹妹。这对于"后娘"当然会是沉重的负担。上有婆婆,中有大姑子,小姑子,还有一些亲戚邻居,她们都拿眼睛看着,拿耳朵听着。

也许我和娘(我们都叫继母为娘)有缘,娘很喜欢我。

她每次回娘家,都是吃了晚饭才回来。张家总是叫了两辆黄包车，姐姐和妹妹坐一辆，娘搂着我坐一辆。张家有个规矩（这规矩是很多人家都有的），姑娘回自己婆家，要给孩子手里拿两根点着了的安息香。我于是拿着两根安息香，偎在娘怀里。黄包车慢慢地走着。两旁人家、店铺的影子向后移动着，我有点迷糊。闻着安息香的香味，我觉得很幸福。

小学一年级时，冬天，有一天放学回家，我大便急了，憋不住，拉在裤子里了（我记得我拉的屎是热腾腾的）。我兜着一裤兜屎，一扭一扭地回了家。我的继母一闻，二话没说，赶紧烧水，给我洗了屁股。她把我擦干净了，让我围着棉被坐着。接着就给我洗衬裤刷棉裤。她不但没有说我一句，连眉头都没有皱一下。

我妹妹长了头虱，娘煎草药给她洗头，用篦子给她篦头发。张氏娘认识字，念过《女儿经》。《女儿经》有几个版本，她念过的那本，她从娘家带过来，我看过。里面有这样的句子："张家长，李家短，别人的事情我不管。"她就是按照这一类道德规范做人的。她有时念经：《金刚经》《心经》《高王经》。她是为她的姑妈念的。

她做的饭菜有些是乡下做法，比如番瓜（南瓜）熬面疙瘩、煮百合先用油炒一下。我觉得这样的吃法很怪。

她死于肺病。

我的第二个继母姓任。任家是邵伯大地主，庄园有几座大门，庄园外有壕沟吊桥。

我父亲是到邵伯结的婚。那年我已经十七岁，读高二了。父亲写信给我和姐姐，叫我们去参加他的婚礼。任家派一个长工推了一辆独轮车到邵伯码头来接我们。我和姐姐一人坐一边。我第一次坐这种独轮车,觉得很有趣。

我已经很大了,任氏娘对我们很客气,称呼我是"大少爷"。我十九岁离开家乡到昆明读大学。一九八六年回乡,这时娘才改叫我"曾祺"——我这时已经六十六岁,也不是什么"少爷"了。我对任氏娘很尊敬。因为她伴随我的父亲度过了漫长的很艰苦的沧桑岁月。

她今年八十六岁。

我的祖父祖母

我的祖父名嘉勋，字铭甫。他的本名我只在名帖上见过。我们那里有个风俗，大年初一，多数店铺要把东家的名帖投到常有来往的别家店铺。初一，店铺是不开门的，都是天不亮由门缝里插进去。名帖是前两天由店铺的"相公"（学生）在一张一张八寸长、五寸宽的大红纸上用一个木头戳子蘸了墨汁盖上去的，楷书，字有核桃大。我有时也愿意盖几张。盖名帖使人感到年就到了。我盖一张，总要端详一下那三个乌黑的欧体正字：汪嘉勋，好像对这三个字很有感情。

祖父中过拔贡，是前清末科，从那以后就废科举改学堂了。他没有能考取更高的功名，大概是终身遗憾的。拔贡是要文章写得好的。听我父亲说，祖父的那份墨卷是出名的，那种章法叫作"夹凤股"。我不知道是该叫"夹凤"还是"夹缝"，当然更不知道是如何一种"夹"法。拔贡是做不了官的。功名道断。他就在家经营自己的产业。他是个创业的人。

我们家原是徽州人（据说全国姓汪的原来都是徽州人），迁居高邮，从我祖父往上数，才七代。祠堂里的祖宗牌位没有多少块。高邮汪家上几代功名似都不过举人，所做的官也只是"教谕"、"训导"之类的"学官"，因此，在邑中不算望族。我的曾祖父曾在外地坐过馆，后来做"盐票"亏了本。"盐票"亦弥"盐引"，是包给商人销售官盐的执照，大概是近似股票之类的东西，我也弄不清做盐票怎么就会亏了，甚至把家产都赔尽了。听我父亲说，我们后来的家业是祖父几乎是赤手空拳地创出来的。创业不外两途：置田地，开店铺。

祖父手里有多少田，我一直不清楚。印象中在两千多亩，这是个不小的数目。但他的田好田不多。一部分在北乡。北乡田瘦，有的只能长草，谓之"草田"。年轻时他是亲自管田的，常常下乡。后来请人代管，田地上的事就不再过问。我们那里有一种人，专替大户人家管田产，叫作"田禾先生"。看青（估产）、收租、完粮、丈地……这也是一套学问。田禾先生大都是世代相传的。我们家的田禾先生姓龙，我们叫他龙先生。他给我留下颇深的印象，是因为他骑驴。我们那里的驴一般都是牵磨用，极少用来乘骑。龙先生的家不在城里，在五里坝。他每逢进城办事或到别的乡下去，都是骑驴。他的驴拴在檐下，我爱喂它吃粽子叶。龙先生总是关照我把包粽子的麻筋拣干净，说驴吃了会把肠子缠住。

祖父所开的店铺主要是两家药店，一家万全堂，在北市口，一家保全堂，在东大街。这两家药店过年贴的春联是祖父自撰的。万全堂是"万花仙掌露，全树上林春"，保全堂是"保我黎民，全登寿域"。祖父的药店信誉很好，他坚持必须卖"地道药材"。药店一般倒都不卖假药，但是常常不很地道。尤其是丸散，常言"神仙难识丸散"，连做药店的内行都不能分辨这里该用的贵重药料，麝香、珍珠、冰片之类是不是上色足量。万全堂的制药的过道上挂着一副金字对联："修合虽无人见，存心自有天知"，并非虚语。我们县里有几个门面辉煌的大药店，店里的店员生了病，配方抓药。都不在本店，叫家里人到万全堂抓。祖父并不到店问事，一切都交给"管事"（经理）。只到每年腊月二十四，由两位管事挟了总账，到家里来，向祖父报告一年营业情况。因为信誉好，盈利是有保证的。我常到两处药店去玩，尤其是保全堂，几乎每天都去。我熟悉一些中药的加工过程，熟悉药材的形状、颜色、气味。有时也参加搓"梧桐子大"的蜜丸，碾药，摊膏药。保全堂的"管事"、"同事"（配药的店员）、"相公"（学生意未满师的）跟我关系很好。他们对我有一个很亲切的称呼，不叫我的名字，叫"黑少"——我小名叫黑子。我这辈子没有别人这样称呼过我。我的小说《异秉》写的就是保全堂的生活。

祖父是很有名的眼科医生。汪家世代都是看眼科的。他有一球眼药，有一个柚子大，黑咕隆咚的。祖父给人看了眼，开了方子，祖母就用一把大剪子从黑柚子的窟窿抠出耳屎大一小块，用纸包了交给病人，嘱咐病人用清水化开，用灯草点在眼里。这一球眼药不知道有多少年头了，据说很灵。祖父为人看眼病是不收钱也不受礼的。

中年以后，家道渐丰，但是祖父生活俭朴，自奉甚薄。他爱喝一点好茶，西湖龙井。饭食很简单。他总是一个人吃，在堂屋一侧放一张"马杌"——较大的方凳，便是他的餐桌。坐小板凳。他爱吃长鱼（鳝鱼）汤下面。面下在白汤里，汤里的长鱼捞出来便是酒菜。——他每顿用一个五彩釉画公鸡的茶盅喝一盅酒。没有长鱼，就用咸鸭蛋下酒。一个咸鸭蛋吃两顿。上顿吃一半，把蛋壳上掏蛋黄蛋白的小口用一块小纸封起来，下顿再吃。他的马杌上从来没有第二样菜。喝了酒，常在房里大声背唐诗："李白斗酒诗百篇，长安市上酒家眠。天子呼来不上船，自称臣是酒……中……仙……"汪铭甫的俭省，在我们县是有名的。

　　但是他曾有一个时期舍得花钱买古董字画。他有一套商代的彝鼎，是祭器。不大，但都有铭文。难得的是五件能配成一套。我们县里有钱人家办丧事，六七开吊，常来借去在供桌上摆一天。有一个大霁红花瓶，高可四尺，是明代物。一九八六年我回乡时，我的妹婿问我："人家都说汪家有个大霁红花瓶，是有过吗？"我说："有过！"我小时天天看见，放在"老爷柜"（神案）上，不过我们并不觉得它有什么名贵，和老爷柜上的锡香炉烛台同等看待之。他有一个奇怪古董：浑天仪。不是陈列在南京紫金山天文台和北京观象台的那种大家伙，只是一个直径约四寸的铜的溜圆的圆球，上面有许多星星，下面有一个把，安在紫檀木座上。就放在他床前的小条桌上。我曾趴在桌上细细地看过，没有什么好看。是明代御造的。其珍贵处在一次一共只造了几个。祖父不知是从哪里买来的。他还为此起了一个斋名"浑天仪室"，让我父亲刻了一块长方形的图章。他有几张好画。有四幅马远的小屏条。他曾为这四张画亲自到苏州去，请有名的细木匠做紫檀木框,把画嵌在里面。对这四幅画的真伪,我有点怀疑,面的构图颇满,不像"马一角"。但"年份"是很旧的。有一个高约八尺的绢地大中堂,画的是"报喜图"。一棵很大的柏树,树上有十多只喜鹊,下面卧着一头豹子。作者是吕纪。我小时候不知吕纪是何许人,只觉得画得很像,豹子的毛是一根一根都画出来的,真亏他有那么多工夫!这几幅画平常是不让人见的,只在他六十大寿时拿出来挂过。同时挂出来的字画,我记得有郑板桥的六尺大横幅,纸本,画的是兰花;陈曼生的隶书对联;汪琬的楷书对联。我对汪琬的对子很有兴趣,字很端秀,尤其是对子的纸。真好看,豆绿色的蜡笺。他有很多字帖,是一次从夏家买下来的。夏家是百年以上的大家,号"十八鹤来堂夏家"(据说堂建成时有十八只仙鹤飞来)。夏家的房屋极多而大。花园里有合抱的大桂花,有曲沼流泉,人称"夏家花园"。后来败落了,就出卖藏书字画。祖父把几箱字帖都买了。我小时候写的《圭峰碑》、《闲邪公家传》,以及后来奖励给我的虞世南的《夫子庙堂碑》、褚遂良的《圣教序》、小字《麻姑仙坛》,都是初拓本,原是夏家的东西。祖父有两件宝。一是一块蕉叶白大端砚。据我父亲说,颜色正如芭蕉叶的背面。是夏之蓉的旧物。一是《云麾将军碑》,据说是个很早的拓本,海内无二,这两样东西祖父视为性命,每遇"兵荒",就叫我父亲首先用油布包了埋起来。这两件宝物,我都没有看见过。解放后还在,现在不知下落。

我弄不清祖父的"思想"是怎么回事。他是幼读孔孟之书的,思想的基础当然是儒家。他是学佛的,在教我读《论语》

的桌上有一函《南无妙法莲华经》。他是印光法师的弟子。他屋里的桌上放的两部书,一部是顾炎武的《日知录》,另一部是《红楼梦》!更不可理解的是,他订了一份杂志:邹韬奋编的《生活周刊》。

我的祖父本来是有点浪漫主义气质,诗人气质的,只是因为所处的环境,使他的个性不可能得到发展。有一年,为了避乱,他和我父亲这一房住在乡下一个小庙里,即我的小说《受戒》所写的菩提庵里,就住在小说所写"一花一世界"那间小屋里。这样他就常常让我陪他说说闲话。有一天,他喝了酒,忽然说起年轻时的一段风流韵事,说得老泪纵横。我没怎么听明白,又不敢问个究竟。后来我问父亲:"是有那么一回事吗?"父亲说:"有!是一个什么大官的姨太太。"老人家不知为什么要跟他的孙子说起他的艳遇,大概他的尘封的感情也需要宣泄宣泄吧,因此我觉得我的祖父是个人。

我的祖母是谈人格的女儿。谈人格是同光间本县最有名的诗人,一县人都叫他"谈四太爷"。我的小说《徙》里所写的谈甓渔就是参照一些关于他的传说写的。他的诗我在小说《故里杂记·李三》的附注里引用过一首《警火》。后来又读了友人从旧县志里抄出寄来的几首。他的诗明白晓畅,是"元和体",所写多与治水、修坝、筑堤有关,是"为事而发",属闲适一类者较少。看来他是一个关心世务的明白人,县人所传关于他的糊涂放诞的故事不怎么可靠。

祖母是个很勤劳的人,一年四季不闲着。做酱。我们家吃的酱油都不到外面去买。把酱豆瓣加水熬透,用一个牛腿似的布兜子"吊"起来，酱油就不断由布兜的末端一滴一滴滴在盆里。这"酱油兜子"就挂在祖母所住房外的廊檐上。逢年过节，有客人，都是她亲自下厨。她做的鱼圆非常嫩。上坟祭祖的祭菜都是她做的。端午，包粽子。中秋洗"连枝藕"——藕得有五节，极肥白，是供月亮用的。做糟鱼。糟鱼烧肉，我小时候不爱吃那种味儿，现在想起来是很好吃的东西。腌咸蛋。入冬，腌菜。腌"大咸菜"，用一个能容五担水的大缸腌"青菜"。我的家乡原来没有大白菜，只有青菜，似油菜而大得多。腌芥菜。腌"辣菜"，——小白菜晾去水分，入芥末同腌，过年时开坛，色如淡金，辣味冲鼻，极香美。自离家乡，我从来没吃过这么好吃的咸菜。风鸡，——大公鸡不去毛，揉入粗盐，外包荷叶，悬之于通风处，约二十日即得，久则愈佳。除夕，要吃一顿"团圆饭"，祖父与儿孙同桌。团圆饭必有一道鸭羹汤，鸭丁与山药丁、慈菇丁同煮。这是徽州菜。大年初一，祖母头一个起来，包"大圆子"，即汤团。我们家的大圆子特别"油"。圆子馅前十天就以洗沙猪油拌好，每天放在饭锅头蒸一次，油都"吃"进洗沙里去了，煮出，咬破，满嘴油。这样的圆子我最多能吃四个。

祖母的针线很好。祖父的衣裳鞋袜都是她缝制的。祖父六十岁时，祖母给他做了几双"挖云子"的鞋，——黑呢鞋面上挖出"云子"，内衬大红薄呢里子。这种鞋我只在戏台上和古画上见过。老太爷穿上，高兴得像个孩子。祖母还会剪花样。我的小说《受戒》写小英子的妈赵大娘会剪花样，这细节是从我祖母身上借去的。

祖母对祖父照料得非常周到。每天晚上用一个"五更鸡"（一种点油的极小的炉子）给他炖大枣。祖父想吃点甜的，又没有牙，祖母就给他做花生酥，——花生用饼槌碾细，掺绵白糖，在一个针箍子（即顶针）里压成一个个小圆糖饼。

祖母是吃长斋的。有一年祖父生了一场大病。她在佛前许愿，从此吃了长斋。她吃的菜离不了豆腐、面筋、皮子（豆腐皮）……她的素菜里最好吃的是香蕈饺子。香蕈（即冬菇）熬汤，荠菜馅包小饺子，油炸后顺入滚汤中，嗤拉一声。这道菜她一生中也没有吃过几次。

她没有休息的时候。没事时也总在捻麻线。一个牛拐骨，上面有个小铁钩，续入麻丝后，用手一转牛拐，就捻成了麻线。我不知道她捻那么多麻线干什么，肯定是用不完的。小时候读归有光的《先妣事略》："孺人不忧米盐，乃劳苦若不谋夕"，觉得我的祖母就是这样的人。

祖母很喜欢我。夏天晚上，我们在天井里乘凉，她有时会摸着黑走过来，躺在竹床上给我"说古话"（讲故事）。有时她唱"偈"，声音哑哑的："观音老母站桥头……"这是我听她唱过的唯一的"歌"。

一九九一年十月，我回了一趟家乡，我的妹妹、弟弟说我长得像祖母。他们拿出一张祖母的六寸相片，我一看，是像，尤其是鼻子以下，两腮，嘴，都像。我年轻时没有人说过我像祖母。大概年轻时不像，现在，我老了，像了。

遥寄爱荷华
——怀念聂华苓和保罗·安格尔

一九八七年九月，我应安格尔和聂华苓之邀，到爱荷华去参加爱荷华大学"国际写作计划"，认识了他们夫妇，成了好朋友。安格尔是爱荷华人，他是爱荷华城的骄傲。爱荷华的第一国家银行是本城最大的银行，和"写作计划"的关系很密切（"国际写作计划"作家的存款都在第一银行开户），每一届"国际写作计划"，第一银行都要举行一次盛大的招待酒会。第一银行的墙壁上挂了一些美国伟人的照片或图像。酒会那天，银行特意把安格尔的巨幅淡彩铅笔图像也摆了出来，画像画得很像，很能表现安格尔的神情：爽朗，幽默，机智。安格尔拉了我站在这张画像的前边拍了一张照片。可惜我没有拿到照相人给我加印的一张。

江迪尔是一家很大的农机厂。这家厂里请亨利·摩尔做了一个很大的抽象的铜像，特意在一口湖当中造了一个小岛，把铜像放在岛上。江迪尔农机厂是"国际写作计划"的赞助者之一，每年要招待国际作家一次午宴。在宴会上，经理致辞，说安格尔是美国文学的巨人。

我不熟悉美国文学的情况，尤其是诗，不能评价安格尔在美国当代文学中的位置。我只读过一本他的诗集《中国印象》，是他在中国旅行之后写的，很有感情。他的诗是平易的，好懂的，是自由诗。有一首诗的最后一段只有一行：

中国也有萤火虫吗？

我忽然非常感动。

我真想给他捉两个中国的萤火虫带到美国去。

我三天两头就要上聂华苓家里去，有时甚至天天去。有两天没有去，聂华苓估计我大概一个人在屋里，就会打电话来。我们住在五月花公寓，离聂华苓家很近，五分钟就到了。

聂华苓家在爱荷华河边的一座小山半麓。门口有一块铜牌，竖写了两个隶书："安寓。"这大概是聂华苓的主意。这是一所比较大的美国中产阶级的房子，买了已经有些年了。木结构。美国的民居很多是木结构，没有围墙，一家一家不挨着。这种木结构的房子也是不能挨着，挨在一起，一家着火，会烧成一片。我在美国看了几处遭了火灾的房子，都不殃及邻舍。和邻舍保持一段距离，这也反映出美国人的以个人主义为基础的文化心理。美国人不愿意别人干扰他们的生活，不讲什么"处街坊"，不讲"闻多素心人，乐与数晨夕"。除非得到邀请，美国人不随便上人家"串门儿"。

是一座两层的房子。楼下是聂华苓的书房，有几张中国字画。我给她带去一个我自己画的小条幅，画的是一丛秋海棠，一个草虫,题了两句朱自清先生的诗:"解得夕阳无限好,不须怅惘近黄昏。"第二天她就挂在书桌的左侧,以示对我的尊重。

楼上是卧室、厨房、客厅。一上楼梯,对面的墙上在一块很大的印第安人的壁衣上挂满了各个民族、各个地区、各色各样的面具,是安格尔搜集来的。安格尔特别喜爱这些玩意。他的书架上、壁炉上,到处都是这一类东西(包括一个黄铜敲成的狗头鸟脚的非洲神像,一些东南亚的皮影戏人形……)。

餐厅的一壁横挂了一柄船桨,上面写满了字,想是安格尔在大学划船比赛获奖的纪念。

一个书柜里放了一张安格尔的照片,坐在一块石头上,很英俊,一个典型的美国年轻绅士。聂华苓说:"我认识他的时候,他就是这个样子!"

南面和西面的墙顶牵满了绿萝。美国很多人家都种这种植物,有的店铺里也种。这玩意只要一点土,一点水,就能陆续抽出很长的条,不断生出心形的浓绿肥厚的叶子。

白色羊皮面的大沙发是可以移动的。一般是西面、北面各一列,成直角。有时也可以拉过来,在小圆桌周围围成一圈。人多了,可以坐在地毯上。台湾诗人蒋勋好像特爱坐在地毯上。

客厅的一角散放着报纸、刊物、画册。

这是一个舒适、随便的环境,谁到这里都会觉得无拘无束。美国有的人家过于整洁,进门就要脱鞋,又不能抽烟,真是别扭。

安格尔和聂华苓都非常好客。他们家几乎每个晚上都是座上客常满,杯中酒不空。爱荷华是个安静、古板的城市(城市人口六万,其中三万是大学生),没有夜生活。有一个晚上,台湾诗人郑愁予喝了不少酒,说他知道有一家表演脱衣舞的地方,要带几个男女青年去看看。不大一会,回来了!这家早就关闭了。爱荷华原来有一家放色情片子的电影院,让一些老头儿、老太太轰跑了。夜间无事,因此,家庭聚会就比较多。

"国际写作计划"会期三个月,聂华苓星期六大都要举行晚宴,招待各国作家。分拨邀请。这一拨请哪些位,那一拨请哪些位,是用心安排的。她邀请中国作家(包括大陆的、台湾的、香港的,和在美国的华人作家)次数最多。有些外国作家(主要是说西班牙语的南美作家)有点吃醋,说聂华苓对中国作家偏心。聂华苓听到了,说"那是!"我跟她说:"我们是你的娘家人。"——"没错!"

美国的习惯是先喝酒,后吃饭。六点来钟,就开始喝。安格尔很爱喝酒,喝威士忌。我去了,也都是喝苏格兰威士忌或伯尔本(美国威士忌)。伯尔本有一点苦味,别具特色。每次都是吃开心果就酒。聂华苓不知买了多少开心果,随时待客,源源不断。有时我去早了,安格尔在他自己屋里,聂华苓在厨房忙着,我就自己动手,倒一杯先喝起来。他们家放酒和冰块的地方我都知道。一边喝加了冰的威士忌,一边翻阅一大摞华文报纸,蛮惬意。我在安格尔家喝的威士忌加在一起,大概不止一箱。我一辈子没有喝过那样多威士忌。有两次,聂华苓说我喝得说话舌头都直了!临离爱荷华前一晚,聂华苓还在我的外面包着羊皮的不锈钢扁酒壶里灌了一壶酒。

晚饭烤牛排的时候多。我爱吃烤得很嫩的牛排。聂华苓说:

"下次来，我给你一块生牛排你自己切了吃！"

吃过一次核桃树枝烤的牛肉。核桃树枝是从后面小山上捡的。

美国火锅吃起来很简便。一个长方形的锅子，各人自己涮鸡片、鱼片、肉片……

聂华苓表演了一次豆腐丸子。这是湖北菜。

聂华苓在美国二十多年了，但从里到外，都还是一个中国人。

她有个弟弟也在美国，我听到她和弟弟打电话，说的是地地道道的湖北话！

有一次中国作家聚会，合唱了一支歌"我的家在东北松花江上"。聂华苓是抗战后到台湾的，她会唱相当多这样的救亡歌曲。台湾小说家陈映真、诗人蒋勋，包括年轻的小说家李昂也会唱这支歌。唱得大家心里酸酸的。聂华苓热泪盈眶。

聂华苓是个很容易动感情的人。有一次她和在美的华人友好欢聚，在将近酒阑人散（有人已经穿好外衣）的时候，她忽然感伤起来，失声痛哭，招得几位女士陪她哭了一气。

有一次陈映真的父亲坐一天的汽车，特意到爱荷华来看望中国作家。老先生年轻时在台湾教学，曾把鲁迅的小说改成戏剧在台演出，大概是在台湾最早介绍鲁迅的学人之一。老先生对祖国怀了极深的感情。陈映真之成为台湾"统派"的代表人物之一，与幼承庭训有关。陈老先生在席间作了热情洋溢的讲话。我听了，一时非常激动，不禁和老先生抱在一起，哭了。聂华苓陪着我们流泪，一面攥着我的手说："你真好！你真好！

你真可爱!"

我跟聂华苓说:"我已经好多年没有哭过了。"

聂华苓原来叫我"汪老",有一天,对我说:"我以后不叫你'汪老'了,把你都叫老了!我叫你汪大哥!"我说:"好!"不过似乎以后她还是一直叫我"汪老"。

中国人在客厅里高谈阔论,安格尔是不参加的,他不会汉语。他会说的中国话大概只有一句:"够了!太够了!"一有机会,在给他分菜或倒酒时,他就爱露一露这一句。但我们在聊天时,他有时也在一边听着,而且好像很有兴趣。我跟他不能交谈,但彼此似乎很能交流感情,能够互相欣赏。有一天我去得稍早,用英语跟他说了一句极其普通的问候的话:"你今天看上去气色很好。"他大叫:"华苓!他能说完整的英语!"

安格尔在家时衣着很随便,总是穿一件宽大的紫色睡袍,软底的便鞋,跑来跑去,一会儿回他的卧室,一会儿又到客厅里来。我说他是个无事忙。聂华苓说:"就是,就是!整天忙忙叨叨,busy! busy! 不知道他忙什么!"

他忙活的事情之一,是伺候他的那群鹿和浣熊。有一群鹿和浣熊住在"安寓"后山的杂木林里,是野生的,经常到他的后窗外来做客。鹿有时两三只,有时七八只;浣熊一来十好几只,他得为它们准备吃的。鹿吃玉米粒。爱荷华是产玉米的州,玉米粒多的是,鹿都站在较高的山坡上,低头吃玉米粒,忽然又扬起头来很警惕地向窗户里看一眼。浣熊吃面包。浣熊憨头憨脑,长得有点像熊猫,胆小,但是在它们专心吃面包片时,就不顾一切了。美国面包隔了夜,就会降价处理,很便宜。聂华苓隔一两天就要开车去买面包。"浣熊吃,我们也吃!"鹿和浣熊光临,便是神圣的时刻。安格尔深情地注视窗外,一面伸出指头示意:不许作声!鄂温克族作家乌热尔图是猎人,看着窗外的鹿,说:"我要是有一杆枪,一枪就能打倒一只。"安格尔瞪着灰蓝色的眼睛说:"你要是拿枪打它,我就拿枪打你!"

安格尔是个心地善良、脾气很好、快乐的老人,是个老天真,他爱大笑,大喊大叫,一边叫着笑着,一边还要用两只手拍着桌子。

他很爱聂华苓,老是爱说他和聂华苓恋爱的经过:他在台北举行酒会,聂华苓在酒会上没有和他说话。聂华苓要走了,安格尔问她:"你为什么不理我?"聂华苓说:"你是主人,你不主动找我说话,我怎么理你?"后来,安格尔约聂华苓一同到日本去,聂华苓心想:一个外国人,约我到日本去?她还是同意了。到了日本,又到了新加坡、菲律宾……后来呢?后来他们就结婚了。他大概忘了,他已经跟我说过一次他的罗曼史。我告诉蒋勋,我已经听他说过了,蒋勋说:"我已经听过五次!"他一说起这一段,聂华苓就制止他:"No more! No more!"

聂华苓从客厅走回她的卧室,安格尔指指她的背影,悄悄地跟我说:

"她是一个了不起的女人!"

十二月中旬,我到纽约、华盛顿、费城、波士顿走了一圈。走的时候正是爱荷华的红叶最好的时候,橡树、元宝树、日本枫……层层叠叠,如火如荼。

回到爱荷华,红叶已经落光,这么快!

我是年底回国的。离开爱荷华那天下了大雪,爱荷华一点声音没有。

一九八八年,安格尔和聂华苓访问了大陆一次。作协外联部不知道是哪位出了一个主意,不在外面宴请他们,让我在家里亲手给他们做一顿饭,我说"行!"聂华苓在美国时就一直希望吃到我做的菜(我在她家里只做过一次炸酱面),这回如愿以偿了。我给他们做了几个什么菜,已经记不清了,只记得有一碗扬州煮干丝、一个炝瓜皮,大概还有一盘干煸牛肉丝,其余的,想不起来了。那天是蒋勋和他们一起来的。聂华苓吃得很开心,最后端起大碗,连煮干丝的汤也喝得光光的。安格尔那天也很高兴,因为我还有一瓶伯尔本,他到大陆,老是茅台酒、五粮液,他喝不惯。我给他斟酒时,他又找到机会亮了他的唯一的一句中国话:

"够了!太够了!"

一九九〇年初秋,我有个亲戚到爱荷华去(他在爱荷华大学读书),我和老伴请他带两件礼物给聂华苓,一个仿楚器云纹朱红漆盒,一件彩色扎花印染的纯棉衣料。她非常喜欢,对安格尔说:"这真是汪曾祺!"

安格尔因心脏病突发,在芝加哥去世。大概是一九九一年初。

安格尔去世后,我和聂华苓没有通过信。她现在怎么生活呢?前天给她寄去一张贺年卡,写了几句话,信封上写的是她原来的地址,也不知道她能不能收到。

1991 年 12 月 20 日

一辈古人

靳德斋

天王寺是高邮八大寺之一。这寺里曾藏过一幅吴道子画的观音。这是可信的。清李必恒还曾赋长诗题咏,看诗意,此人是见过这幅画的。天王寺始建于宋淳熙年,明代为倭寇焚毁(我的家乡还闹过倭寇,以前我不知道),清初重建。这幅画想是宋代传下来的。据说有一个当地方官的要去看看,从此即不知下落,这不知是什么年间的事。反正,这幅画后来没有了。

天王寺在臭河边。"臭河边"是地名,自北市口至越塘一带属于"后街"的地方都叫臭河边。有一条河,却不叫"臭河"。我到现在还没有考察出来应该叫什么河,这一带的居民则简单地称之曰"河"。天王寺濒河,山门(寺庙的山门都是朝南的)外即是河水。寺的殿宇高大,佛像也高大,但是多年没有修饰,显得暗旧。寺里僧众颇多,我们家凡做佛事,都是到天王寺去请和尚。但是寺里香火不盛。很幽静。我父亲曾于月夜到天王寺找和尚闲谈,在大殿前石坪上看到一条鸡冠蛇,他三步窜上

台阶，才没被咬着。鸡冠蛇即眼镜蛇，有剧毒，蛇不能上台价，父亲才能逃脱，未被追上。寺庙中有蛇，本是常事，但也说明人迹稀少矣。

天王寺常常驻兵。我的小说《陈小手》里写的"天王庙"，即天王寺。驻在寺里的兵一般都很守规矩，并不骚扰百姓。我曾见一个兵半躺在探到水面上的歪脖柳树上吹箫，这是一个很独特的画境。

我是三天两头要到天王寺的，从我读的小学放学回家，倘不走正街（东大街），走后街。天王寺是必经的。我去看"烧房子"。我们那里有这样的风俗，给死去亲人烧房子。房子是到纸扎店定制的，当然要比真房子小，但人可以走进去。有厅，有室，有花园，花园里有花，厅堂里有桌有椅，有自鸣钟，有水烟袋！烧房子在天王寺的旁门（天王寺有个旁门，朝西）边的空地上。和尚敲动法器，念一通经。然后由亲属举火烧掉（房子下面都铺了稻草，一点就着）。或者什么也没得看，就从旁门进去，"随喜"一番，看看佛像，在大的青石上躺一躺。大殿里凉飕飕的，夏天，躺在青石上，窘人。

天王寺附近住过一个传奇性的人物，叫靳德斋。这人是个练武的。江湖上流传两句话："打遍天下无敌手，谨防高邮靳德斋。"说是，有一个外地练武的，不服，远道来找靳德斋较量。靳德斋不在家，邻居说他打酱油醋去了。这人就在竺家巷（出竺家巷不远即是天王寺，我的继母和异母弟妹现在还住在竺家巷）一家茶馆里等他。有人指给他：这就是靳德斋。这人一看，靳德斋一手端着满满一碗酱油、一手端着满满一碗醋，快走如飞,但是碗里的酱油、醋却纹丝不动。这人当时就离开高邮,搭船走了。

靳德斋练的这叫什么功?两手各持酱油醋碗,行走如飞,酱油醋不动,这可能吗?不过用这种办法来表现一个武师的功夫,却是很别致的,这比挥刀舞剑,口中"嘿嘿"地乱喊,更富于想象。

我小时走过天王寺,看看那一带的民居,总想:哪一处是靳德斋曾经住过的呢?

后于靳德斋,也在天王寺附近住过的,有韩小辫。这人是教过我祖父的拳术的。清代的读书人,除了读圣贤书之外,大都还要学两样东西,一是学佛,一是学武,这是一时风气,据我父亲说,祖父年轻时腿脚是很有功夫的。他有一次下乡"看青"(看青即看作物的长势),夜间遇到一个粪坑。我们那里乡下的粪坑,多在路侧,坑满,与地平,上结薄壳,夜间不辨其为坑为地。他左脚踏上,知是粪坑,右脚使劲一跃,即越过粪坑。想一想,于瞬息之间,转换身体的重心,尽力一跃,倘无功夫,是不行的。祖父是得到韩小辫的一点传授的。韩小辫的一家都是练功的,他的夫人能把一张板凳放倒,板凳的两条腿着地,两条腿翘着,她站在翘起的板凳脚上,做骑马蹲裆势,以一块方石置于膝上,用毛笔大书"天下太平"四字,然后推石一跃而下。这是很不容易的,何况她是小脚。夫人如此,韩小辫功夫可知,这是我父亲告诉我的,不知是他亲见,还是得诸传闻。我父亲年轻时学过武艺,想不妄语。

张仲陶

《故乡的食物》有一段：

我父亲有一个很怪的朋友，叫张仲陶。他很有学问，曾教我读过《项羽本纪》。他薄有田产，不治生业，整天在家研究易经，算卦。他算卦用蓍草。全城只有他一个人有用蓍草算卦。据说他有几卦算得极灵。有一家，丢了一只金戒指，怀疑是女佣人偷了。这女佣人蒙了冤枉，来求张先生算一卦。张先生算了，说戒指没有丢，在你们家炒米坛盖子上。一找，果然。我小时候就不大相信，算卦怎么能算得这样准，怎么能算得出在炒米坛盖子上呢？不过他的这一卦说明了一件事，即我们那里炒米坛子是几乎家家都有的。

《故乡的食物》这几段主要是记炒米的，只是连带涉及张先生。我对张先生所知道也大概只是这一些，但可补充一点材料。

我从张先生读《项羽本纪》，似在我小学毕业那年的暑假，算起来大概是虚岁十二岁即实足年龄十岁半的时候。我是怎么从张先生读这篇文章的呢？大概是我父亲在和朋友"吃早茶"（在茶馆里喝茶，吃干丝、点心）的时候，听见张先生谈到《史记》如何如何好，《项羽本纪》写得怎样怎样生动，忽然灵机一动，就把我领到张先生家去了。我们县里那时睥睨一世的名士，除经书外，读集部书的较多，读子史者少。张先生耽于读史，是少有的。他教我的时候，我的面前放一本《史记》，他面前也有一本，但他并不怎么看，只是微闭着眼睛，朗朗地背诵一段，给我讲一段。很奇怪，除了一篇《项羽本纪》，我以后再也没有跟张先生学过什么。他大概早就不记得曾经有过一个叫汪曾祺的学生了。张先生如果活着，大概有一百岁了，我都七十一了嘛！他不会活到这时候的。

张先生原来身体就不好，很瘦，黑黑的，背微驼，除了朗读《史记》时外，他的语声是低哑的。

他的夫人是一个微胖的强壮的妇人，看起来很能干，张家的那点薄薄的田产，都是由她经管的。张仲陶诸事不问，而且还抽一点鸦片烟，其受夫人辖制，是很自然的。一个十多岁的孩子也感觉得出来，张先生有些惧内。

张先生请我父亲刻过一块图章。这块图章很好，鱼脑冻，只是很小，高约四分，长方形。我父亲给他刻了两个字，阳文：中陶。刻得很好。这两个字很好安排。他后来还请我父亲刻了两方寿山石的图章，一刻阳文，一刻阴文，文曰："珠湖野人"、"天涯浪迹"。原来有人撺掇他出去闯闯，以卜卦为生，图章是准备印在卦象释解上的。事情未果，他并未出门浪迹。还是在家里糗着。

最近几年，《易经》忽然在全世界走俏，研究的人日多，角度多不相同，有从哲学角度的，有从史学角度的，有从社会学角度的，有从数学角度的。我于《易经》一无所知，但我觉得这主要还是一部占卜之书。我对张仲陶算的戒指在炒米坛盖子上那一卦表示怀疑，是觉得这是迷信。现在想想，也许他是有道理的。如果他把一生精研易学的心得写出来，包括他的那些卦例，会是一本很有意思的书。但是，写书，张仲陶大概想也没有想过。小说《岁寒三友》中季陶民在看了靳彝甫的祖父、父亲的画稿后，拍着画案说："吾乡固多才俊之士，而皆困居于蓬牖之中，声名不出于里巷，悲哉！悲哉！"张仲陶不也是这样的人吗？

薛大娘

薛大娘家在臭河边的北岸，也就是臭河边的尽头，过此即为螺蛳坝，不属臭河边了。她家很好认，四边不挨人家，远远的就能看见。东边是一家米厂，整天听见碾米机烟筒砰砰的声音。西边是她们家的菜园。菜园西边是一条路，由东街抄近到北门进城的人多走这条路。路以西，也是一大片菜园，是别人家的。房是草顶碎砖的房，但是很宽敞，有堂屋，有卧室，有厢房。

薛大娘的丈夫是个裁缝，是个极其老实的人，整天不说一句话，只是在东厢房里带着两个徒弟低着头不停地缝。儿子种菜。所种似只青菜一种。我们每天上学、放学，都可以看见薛大娘的儿子用一个长柄的水舀子浇水，浇粪，水、粪扇面似的洒开，因为用水方便，下河即可担来，人也勤快，菜长得很好。相比之下，路西的菜园就显得有点荒秽不治。薛大娘卖菜。每天早起，儿子砍得满满两筐菜，在河里浸一会，薛大娘就挑起来上街，"鲜鱼水菜"，浸水，不止是为了上分量，也是为了鲜灵好看。我们那里的菜筐是扁圆的浅筐，但两筐菜也百十斤，薛大娘挑起来若无其事。

她把菜歇在保安堂药店的廊檐下,不到一个时辰,就卖完了。

薛大娘靠五十了。她的儿子都那样大了嘛,但不显老。她身高腰直,处处显得很健康。她穿的虽然是粗蓝布衣裤,但总是十分干净利索。她上市卖菜,赤脚穿草鞋,鞋、脚都很干净。她当然是不打扮的,但是头梳得很光。脸洗得清清爽爽,双眼有光,扶着扁担一站,有一股英气,"英气"这个词用之于一个卖菜妇女身上,似乎不怎么合适,但是除此之外,你再也找不出一个合适的字眼。

薛大娘除了卖菜,偶尔还干另外一种营生,拉皮条,就是《水浒传》所说的"马泊六"。东大街有一些年轻女佣人,和薛大妈很熟,有的叫她干妈。这些女佣人都是发育到了最好的时候,一个一个亚赛鲜桃。街前街后,有一些后生家,有的还没成亲,有的娶了老婆但老婆不在身边,油头粉面,在街上一走,看到这些女佣人,馋猫似的,有时一个后生看中了一个女佣人求到薛大娘,薛大娘说:"等我问问。"因为彼此都见过,眉语目成,大都是答应的。薛大娘先把男的弄到西厢房里,然后悄悄把女的引来,关了房门,让他们成其好事。

我们家一个女佣人,就是由于薛大娘的撮合,和一个叫龚长霞的管田禾的——管田禾是为地主料理田亩收租事务的,欢会了几次,怀上了孩子。后来是由薛大娘弄了药来,才把私孩子打掉。

薛大娘没想到别人对她有什么议论。她认为:一个有心,一个有意,我在当中搭一把手,这有什么不好?

保安堂药店的管事姓蒲，行三，店里学徒的叫他蒲三爷，外人叫他蒲先生。这药店有一个规矩：每年给店中的"同事"（店员）轮流放一个月假，回去与老婆团圆（店中"同事"都是外地人），其余十一个月都住在店里，每年打十一个月的光棍，蒲三爷自然不能例外。他才四十岁出头，人很精明，也很清秀，很潇洒（潇洒用于一个管事的身上似乎也不大合适）。薛大娘给他拉拢了一个女的，这个女的不是别人，是薛大娘自己。薛大娘很喜欢蒲三，看见他就眉开眼笑，谁都看得出来，她一点也不掩饰。薛大娘趴在蒲三耳朵上。直截了当地说："下半天到我家来。我让你……"

薛大娘不怕人知道了，她觉得他干熬了十一个月，我让他快活快活，这有什么不对？

薛大娘的道德观念和大户人家的太太小姐完全不同。